RÉPUBLIQUE FRANÇAISE
3,00
Meilleurs Vœux
LA POSTE

BELGIQUE
BELGIË
1F
PHILATELIE DE LA JEUNESSE
JEUGDFILATELIE

日本郵便
1971
15
郵便創業100年記念 NIPPON

SLOVENSKO
4Sk

ÉIRE
26

3,00
LA POSTE
RÉPUBLIQUE FRANÇAISE
la lettre

3,00
LA POSTE
RÉPUBLIQUE FRANÇAISE
la lettre

DANMARK
3.75

BELGIQUE
BELGIË
Bon anniversaire
Gelukkige verjaardag
1999 (2a) K. MEERSMAN

EIRE 2½
Do chroí do shláinte

2.30
Valentinovo
REPUBLIKA HRVATSKA
HP

USA 20c

NORGE 6.00

KOCHAM CIĘ
POLSKA 1.10 ZŁ
M. JĘDRYSIK
PWPW SA 2002

1877-1906
SVERIGE
75

DEUTSCHLAND
110
BERTOLT BRECHT

ПОЩА 1982
НР БЪЛГАРИЯ
1 ЛЕВ

RYBY
POLSKA 10 GR
M.JĘDRYSIK

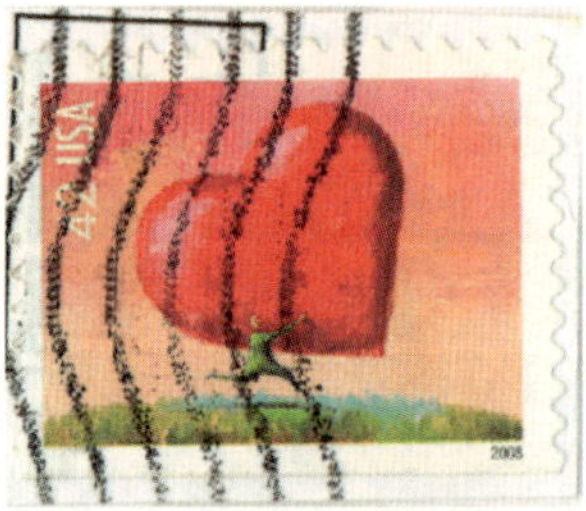
42 USA
2008

BELGIQUE
BELGIË
Félicitations ~ Proficiat

ÉIRE 32

1 luokka
klass
SUOMI FINLAND

Millennium 1999/4
World of the stage/A Jones
19

50
100 JAHRE CVJM
DEUTSCHE BUNDESPOST

60
DEUTSCHE BUNDESPOST
EUROPA
POSTSCHALTER 1854

世界上首枚情人节邮票

* 编辑部珍藏的各国邮票。

81种爱的写法

张天翼 译编

图书在版编目（CIP）数据

81 种爱的写法 / 张天翼译、编 . -- 北京：中信出版社，2022.11
ISBN 978-7-5217-4659-4

I. ① 8… II. ①张… III. ①书信集－中国－当代 IV. ① I267.5

中国版本图书馆 CIP 数据核字 (2022) 第 153239 号

81 种爱的写法

译编： 张天翼
出版发行：中信出版集团股份有限公司
（北京市朝阳区惠新东街甲 4 号富盛大厦 2 座　邮编　100029）
承印者： 鸿博昊天科技有限公司

开本：880mm×1230mm 1/32　印张：8.75　插页：4　字数：208 千字
版次：2022 年 11 月第 1 版　印次：2022 年 11 月第 1 次印刷
书号：ISBN 978-7-5217-4659-4
定价：59.80 元

版权所有·侵权必究
如有印刷、装订问题，本公司负责调换。
服务热线：400-600-8099
投稿邮箱：author@citicpub.com

目 录

1　一　热恋如火

55　二　悲剧与怨偶

103　三　伉俪情深

143　四　在悖德的阴影下

215　五　纸上知音

243　六　与子偕老

一

热恋如火

它会随着全身的血液,像思想一般迅速通过五官四肢,使每个器官发挥双倍的效能:它使眼睛增加一重明亮,恋人眼中的光芒可以使猛禽目眩;恋人的耳朵听得出最微细的声音,任何鬼祟的奸谋都逃不过他们的知觉;恋人的感觉比带壳蜗牛的触角还要微妙灵敏;恋人的舌头使善于辨味的巴克科斯显得迟钝。

——威廉·莎士比亚,《爱的徒劳》

维克多·雨果致妻子阿黛尔·富歇

我亲爱的阿黛尔：

你说了几句话就改变了我的心境。是的，你可以左右我的一切。明天，如果你那温柔的嗓音、可爱双唇的亲吻都不能降临，令我复生，我就真要一命呜呼了。今晚我躺下时的心情跟昨晚是多么不同啊！阿黛尔，昨天我相信你不再爱我了，我痛苦得希望死神快来。

但现在我仍然对自己说，即使她真的不爱我了，如果我已经不值得她爱，人生不会再有快乐，那就应该为此而死吗？我是只为了追求个人幸福而活的吗？不，我整个生命都该奉献给她，不管她是否爱我。我又有什么权利要求她回应我的爱？难道我能比天使和神祇给她带来更多？没错，我爱她，为了她的福祉，我牺牲一切也甘之如饴，一切，甚至舍弃为她所爱的希望。为了她的一个微笑、一次顾盼，我没有什么不能做的。我有其他选择吗？她不就是我人生的唯一宗旨吗？她待我冷漠，或者憎恶我，那是我的不幸，仅此而已，只要无损于她的快乐，那又有何不可？是的，如果她不爱我，我只会责怪自己。我的职责就是紧跟她的步伐，陪伴在她身边，为她抵挡所有危险，摘下我的头颅给她当垫脚石，让她免于一切烦忧之扰，不求任何奖赏，不要任何报偿。如果她偶然对这个奴仆投来怜悯目光，并在危难之时想起他，那就是莫大的荣幸了。只要她允许我用生命去实现她的每个愿望，只要她愿意在生活遇到艰难时依靠我，我便获得了渴望的唯一幸福。因为我已准备好为她牺牲一切。她要为此对我感恩吗？我爱她是她的错吗？她必须爱我吗？不！她尽可以戏弄我的感情，以怨报德，蔑视我这种崇拜之心，我也无权对我的天使怀有任何一点儿抱怨。即使她鄙夷不屑，我也不该停止对她的褒扬。就算我每天都为她做出牺牲，到死那天我也无法清偿欠她的债，因为我是为她才活下来的。

这些，我亲爱的阿黛尔，就是昨天在我脑中澎湃的思绪。今天我也还是这样想，只是其中混杂了狂喜——这样的幸福，我简直不敢相信，一想就会浑身颤抖。

那么你是真的爱我，阿黛尔？告诉我，我能相信这喜讯吗？如果我能匍匐在你面前度过余生，让你像我一样幸福，让你爱我就像我爱你一样深，你不觉得我会快乐得发狂吗？哦！你的信带来的愉悦，令我得到安宁。致以一千个谢意，阿黛尔，我心爱的天使。希望我能像从前拜神那样拜倒在你脚下。你赐予我何等的欢畅！再见，再见，我会梦着你度过这快意之夜。

睡个好觉，给你的丈夫十二个应许过的吻，以及所有未应许过的。

你亲爱的
V. H.
1820 年 1 月

* * *

维克多·雨果，法国浪漫主义文学大师，被称为"法兰西的莎士比亚"。在遥远的中国，即使文化程度不高的人也熟知他笔下的角色。比如我妈，她只读完了初中，但要问她《巴黎圣母院》，她能立刻兴致勃勃地把爱斯梅拉达、伽西莫多、弗比斯的故事完整讲一遍。有次跟她散步，看到一个肌肉虬起的中年农民骑三轮经过，她说，这人就像冉阿让。雨果小说里奇异刺激的情节，性格夸张、形象鲜明的人物，确实具有跨越种族和语言的吸引力。他那种华丽活泼的语言风格，在其情书里也体现得淋漓尽致。

上面那封情书的收信人阿黛尔·富歇，是维克多的妻子。维克多和阿黛尔算是娃娃亲，老雨果给阿黛尔的父母做完证婚人，开玩笑地说：要是你们生女儿，我生儿子，就配成一对吧。不过他当时说这话没跟太太通气，做不得主。维克多的母亲始终反对这门亲事，但两个孩子一起长大，情意逐渐滋生。1819 年 4 月 26 日，17 岁的维克多向 15 岁的阿黛尔求爱，两人私下订了婚。两年后维克多的母亲因病去世，唯一的阻碍力量不复存在。维克多用稿费给富歇小姐买了一条羊毛围巾作为结婚礼物，他们于 1822 年 10 月 12 日举行了婚礼。

维克多是个不世出的情话大师，据说在谷歌上搜索"Déclaration d'amour"（情话），百分之六十的搜索结果，都出自他的手笔。我们可以从上面那封信里感受到何为正统的"浪漫主义"。1820 年 1 月，正是他们刚定情的时候，在这个阶段两人虽情热如火，但彼此还未完全建立信任。他那岩浆一样滚烫的句子，就像火山喷发一样咕嘟嘟往外冒，却没有哀怨，因为他的爱的宗旨是"毫不利己，专门利你"。尊严？生命？轻如鸿毛！"我是只为了追求个人幸福而活的吗？不，我整个生命都该奉献给她，不管她是否爱我。""如果她偶然对这个奴仆投来怜悯目光，并在危难之时想起他，那就是莫大的荣幸了。"这格局真是大，简直达到纪伯伦所赞颂的那种"爱除自身外无施与，除自身外无接受，因为爱在爱中满足"的境界。而即使是这样"春蚕到死，蜡炬成灰"的牺牲姿态，他也觉得只是在报恩，因为"我是为她才活下来的"，像伽西莫多对爱斯梅拉达的仰望，像冉阿让对珂赛特那种赎罪似的奉献。

当时18岁的维克多认为自己可以什么都不要，只要女神阿黛尔脚跟前有一块地方允许他匍匐跪拜，他就能愉悦又安宁。但少年人眼中笼罩爱情与婚姻的玫瑰色雾气终究会散去。转眼他们结婚近10年。1830年第五个孩子出生之后，阿黛尔不让雨果跟她同床，因为她不愿再怀孕，而那年代唯一可靠的避孕方法只有禁欲。开始时雨果仍忠贞于她，把几乎所有精力投入新剧《欧那尼》的排演。但他渐渐发现阿黛尔跟常出入家中的文学评论家查尔斯·奥古斯丁·圣伯夫互生情愫，他困惑又伤心。1831年他给查尔斯写信，文风一反常态，显得笨拙："这一滴毒药足以毒害我的一生。我真的好难过。我不知道面对世上最爱的两个人该怎么办——你是两人之一。"然而他对阿黛尔是否真的背叛了自己始终持怀疑态度，因为他给她离开自己的自由，她却选择留下来。

大约18个月后，维克多跟一个温柔美貌的女演员朱丽叶·德鲁埃相爱——她写给维克多的信亦收录在本书中。1830年降生的那第五个孩子，是维克多和阿黛尔的次女，以母亲之名为名，也叫阿黛尔。1975年由意大利导演特吕弗执导、伊莎贝尔·阿佳妮主演的电影《阿黛尔·雨果的故事》，让这位文豪之女一生的悲惨故事广为人知。她遗传了父亲对爱情的热烈痴狂，不幸的是她痴狂的对象是个轻浮之徒，始乱终弃，配不上她的深情。阿黛尔·雨果疯癫终老，死在养老院里。

凯瑟琳·曼斯菲尔德
致约翰·米德尔顿·默里

我亲爱的：

　　不要因为看到这些词句，就以为我擅自翻动了你的私人笔记。你知道我不会的——今晚我想给你写封情书，可我能把它放在哪儿呢？你是我的一切——我呼吸你——谛听你——我还留在此地做什么呢？你已经离开了——我看见你在车站，上了火车，车开动了，你在车厢的灯光下向别的乘客致意——接着去洗手——与此同时我在这里——在你的帐篷里——坐在你的桌边。桌上落了些桂竹香花瓣，丢着一根燃尽的火柴、一支蓝铅笔和一份《马格德堡报》。我就像它们一样，被遗弃在家中。

　　狂风卷着尘埃吹来——扫过寂静的花园——拍击着百叶窗——我正在厨房煮咖啡，心头袭来阵阵恐惧。它如此强烈、恐怖，令我抛下咖啡壶，跑出工作室，胳膊底下夹着包、稿纸和笔冲到大街上。我想如果能上这里来，找到F太太，我就"安全"了——我找到了她，点上煤气灯，给你的钟上了发条——抱着你的黑外套坐下来——恐惧消退了。别生我的气，妖怪——它的力量比我强大……所以我到你这里来了。

　　今天下午你喝茶时，把甜面包掰成两半，用两根手指把松软的内瓤压实。不管是一块小圆面包还是一片烤面包，你总会那么做——那是你的习惯——头歪向一边……

你打开手提箱时,我看到旧领带、法语书和梳子凌乱地堆放着——"提格,我只有三块手绢"——为何这些记忆对我来说如此甜蜜?

昨晚你上床前,有那么一刻,你几乎是全裸着站在那儿,微微前倾身子——跟我说话。那个瞬间极其短暂。我望着你——我如此爱你——以澎湃的激情爱着你的肉体——啊我亲爱的——现在我脑中想到的不是那种"激情"。不,是另一样东西,令我体内每一寸都充盈着珍贵的你。你柔软的双肩——你光滑温暖的皮肤,你的耳朵,像贝壳一样清凉——你的长腿,我喜欢用双脚夹住你的脚——你小腹的触感——还有你清瘦的、洋溢活力的脊背——就在你颈子凸起的骨头下面,生着一颗小小的痣。我所感受到的激情,多半是因为我们都年轻——我爱你的青春韶龄——如果我是造物主,我连一点儿寒风都不许它染指。

你知道未来已在我们面前展开,我们将要成就了不起的事业——我对此信心十足——我对你的爱如此完美,比起来,我对自己的灵魂简直可以说是沉默的。芸芸众生,我只想要你做我的爱人和朋友,我的忠诚只献给你。

永是你的
提格
1917年5月18日

* * *

凯瑟琳·曼斯菲尔德的另一个译名——曼殊斐儿,可能大家更耳熟些。1922年,喜欢结交文学名人的徐志摩,在伦敦认识了上面那封情书的收信人:文学评论家约翰·默里。两人在茶馆里聊得投机，默里邀他到家里会见凯瑟琳。他和她自1912年便生活在一起。当时距离凯瑟琳死于结核病已不到半年时光。

被誉为新西兰文学奠基者、百年来新西兰最有影响的作家之一的凯瑟琳·曼斯菲尔德，生于惠灵顿，15岁离家到英国求学，20岁独自住在伦敦，以写作为业。她的第一段婚姻只持续了一天，后来她遇到了志趣相投的评论家兼文学编辑默里，后者在事业和生活上都给她带来积极的影响。1918年她婚后不久，即被医生告知患了肺结核，此后一直为肺病所苦，在病中完成了两篇为她带来声望的小说——《幸福》《园会》。1923年她在枫丹白露去世，年仅35岁，临终遗言是："我喜欢雨，我想要它们落到脸上的感觉。"

徐志摩听闻她的死讯后，写了一篇长文《曼殊斐儿》，又作了悼诗《哀曼殊斐儿》，刊载于1923年5月《小说月报》的第十四卷。那文章里用了几千字，描述他见到凯瑟琳时的惊艳之感，以及她的美貌与丰采。其实那晚他们的会面时间还不到半小时。"真怪，山是有高的，人是有不凡的！我见曼殊斐儿，比方说，只不过二十分钟模样的谈话，但我怎么能形容我那时在美的神奇的启示中的全生的震荡？"（《谒见哈代的一个下午》）

他文中写出的那种激动，简直像曹植见了洛神：

……不要说显示她人格的精华，就是忠实地表现我当时的单纯感象，恐怕就够难的一个题目。……她眉目口鼻之清之秀之明净，我其实不能传神于万一，仿佛你对着自然界的杰作……我看了曼殊斐儿像印度最纯澈的碧玉似的容貌，受着她充满了灵魂的电流的凝视，感着她最和软的春风似神态，所得的总量我只能称之为一整个的美感。她仿佛是个透明体,你只感讶她粹极的灵澈性,却看不见一些杂质,就是她一身的艳服,如其别人穿着也许会引起琐碎的批评,但在她身上,你只是觉得妥贴,像牡丹的绿叶,只是不可少的衬托,汤林生,她生前的一个好友,以阿尔帕斯山巅万古不融的雪,来比拟她清极超俗的美,我以为很有意味的;他说:"曼殊斐儿以美称,然美固未足以状其真,世以可人为美,曼殊斐儿固可人矣,然何其脱尽尘寰气,一若高山琼雪,清澈重霄,其美可惊,而其凉亦可感,艳阳被雪,幻成异彩,亦明明可识,然亦似神境在远,不隶人间,曼殊斐儿肌肤明皙如纯牙,其官之秀,其目之黑,其颊之腴,其约发环整如椠,其神态之闲静,有华族粲者之明粹,而无西艳伉杰之容。其躯体尤苗约,绰如也,若明蜡之静焰,若晨星之淡妙,就语者未尝不自讶其吐息之重浊,而虑是静且淡者之且神化……"所以我那晚和她同坐在蓝丝绒的榻上,幽静的灯光,轻笼住她美妙的全体,我像受了催眠似的,只是痴对她神灵的妙眼,一任她利剑似的光波,妙乐似的音浪,狂潮骤雨似的向着我灵府泼淹……曼殊斐儿音声之美,又是一个 Miracle(奇迹),一个个音符从她脆弱的声带里颤动出来,都在我习于尘俗的耳中,启示一种神奇的意境。仿佛蔚蓝的天空中一颗一颗的明星先后涌现。像听音乐似的,虽则明明你一生从不曾听过,但你总觉得好像曾经闻到过的,也许在梦里,也许在前生。她的,不仅引起你听觉的美感,而竟似直达你的心灵底里,抚摩你蕴而不渲的苦痛,温和你半僵的希望,洗涤你窒碍性灵的俗累,增加你精神快乐的情调；仿佛凑住你灵魂的耳畔私语你平日所冥想不得的仙界消息。我便此时回想，还不禁内动感激的悲慨，几于零泪……

说实话，我把这一大段引用过来时，也是努力压抑着不耐烦才看完的。子建见到洛神都不足以形容，得拿段誉遇上神仙姐姐玉雕来做对比。顶着对前贤不敬的罪名，我们恐怕要忍不住悄悄翻几个白眼，嘟囔一句"至于吗？"。由于徐某人写文章一贯浮夸，他的形容肯定要打一些折扣。说一句诛心的话，他极言曼殊斐儿之美，只怕有点儿像宋江夸耀九天玄女。所拜见的既是真神，神开过光的信徒，自然也得了真传，习到了真经。

如果光看这谀辞滚滚的文章，读者其实无从想象凯瑟琳是个什么样子，倒是读她写给默里的信，能感受到这位女作家真实鲜活的一面。这封信写于他们婚前一年，默里到外地去了，凯瑟琳充满柔情地回忆起的尽是生活中的零星琐事。像电影蒙太奇一样的镜头，剪接爱人的特写，喝茶时独有的神态，肉体的质感与气息：皮肤，耳朵，腿，小腹，脊背，脖颈，小痣……

如今坐落于惠灵顿郊区的凯瑟琳·曼斯菲尔德故居，已被新西兰列为国家历史遗迹。在惠灵顿街头立着一座凯瑟琳的雕像，被命名为"文学之女"。

罗伯特·舒曼致克拉拉·维克

3 克拉拉：

　　平安夜之后，你的来信让我无比欢欣。我想用所有可爱的绰号来称呼你，又觉得没有一个词比"亲爱的"更甜美，但得用特别的方式说出来才行。我亲爱的，一想到你属于我，我就激动得泪湿眼眶，又常怀疑自己是否配得上你。

　　一天之内这么多东西蜂拥而入，没有谁的心脏和大脑经受得住。这成千上万的思绪、愿望、悲愁、欢喜和希望都是哪儿来的？日升日落，它们还在持续涌入，可前天、昨天我是多么轻松舒畅啊！你的来信里有着多么崇高的精神、信仰以及丰裕的爱！

　　我的克拉拉，我该为了你的这份爱做点儿什么呢？古时的骑士曾树立榜样，为了赢得女士的芳心，他们蹈火海、屠恶龙，今日我辈只能满足于少抽点儿烟等平庸之事。但不管是不是骑士，我们毕竟还能去爱，时代变迁，人心不变。

　　你根本想不到，你的信让我多么昂扬振奋、精神焕发！你化腐朽为神奇，比起你为我感到骄傲，我有更多的理由为你感到骄傲。我下定决心要从你的面容上读懂你的所有想法。即使不说出口，你也知道你那了不起的罗伯特完全属于你，他爱你超越言语所能表达的程度。

　　在幸福的未来，你确实有理由这么想。昨晚你戴着小帽子的模样犹历历在目,你呼唤我的声音亦仍在耳边。

我还能看到你穿着其他装束时那些难忘的姿容。在我们分手期间,有一次你穿黑裙去剧场——我知道你不会忘的——那画面对我来说依然清晰。另一次,你打着伞走进剧院,满怀失望地避开我。还有一次,音乐会散场了,你正在戴帽子,我们的目光不期而遇,你眼中闪烁恒久不变的爱意。

我在心中描画出相遇后你所有的样子,我并没有多看你,可你的魔力令我无比迷醉……啊,赞美你和爱情的词句永远不够,我实在配不上你的爱。

罗伯特
1838 年

* * *

不听古典音乐的人也一定听说过罗伯特·舒曼,克拉拉·维克这个名字则流传得没那么广。其实在他们的时代,克拉拉比舒曼成名更早,声名更著。克拉拉的母亲玛丽安娜是钢琴家,父亲弗雷德里克·维克是莱比锡最著名的音乐教师。遗传母亲的演奏天赋,再加上自幼接受父亲的严格训练,克拉拉 11 岁就以钢琴女神童的身份举办音乐会,投身国际巡演,赢得了帕格尼尼、歌德等人的喝彩。1837 年她在音乐之都维也纳举办公演,连皇后都亲临现场倾听。

1830 年,20 岁的舒曼住进弗雷德里克·维克家学音乐,当时克拉拉 11 岁,两人是纯洁的师兄妹关系。就像令狐冲陪岳灵珊玩耍一样,舒曼陪克拉拉嬉玩度日,他给小师妹及其弟弟妹妹讲童话、猜谜语,扮成鬼陪他们做游戏。等克拉拉长到 16 岁,两人彼此萌生爱意。然而恋爱过程十分坎坷,老维克竭尽全力想拆散他们，放话要用枪打死舒曼。在此期间，这对情人以通信的方式保持炽热恋情；克拉拉到外地巡演时，抓紧一切时机向别人推介不知名作曲家舒曼的作品。而为了与克拉拉在一起，舒曼甚至把老师告上法庭，动用了他半途放弃的法律学位的知识。

　　终于，30岁的舒曼成功迎娶21岁的克拉拉。他希望对方婚后放弃音乐事业，履行作为妻子的职责，当个家庭主妇。起初克拉拉答应了他，但后来因为经济困难，且她对音乐的热爱无法泯灭，克拉拉复出了，重新开始巡演，以增加家庭收入。16年的婚姻生活，克拉拉进行了至少139场演出，其间她经历10次怀孕，带大了7个孩子，其艰难可想而知。1856年，病魔缠身的舒曼逝于精神病院，时年46岁。

　　上面这封情书写于1838年他们热恋期间。令人颇受触动的是"我下定决心要从你的面容上读懂你的所有想法"这句话——我多么迫切地想要了解你的心，甚至希望拥有面部识别功能，只用眼睛扫一下，就识别出你的一切思绪、一切言语之外的情感。

　　热恋时会有那么一段短暂的时光，人能超越自我，变得细腻又体贴、卑微又伟大，达到他自己都难以置信的程度，就像神灵附体。一旦过了那段时光，舒曼马上变成让天才太太放弃事业的普通丈夫。

　　日后在给勃拉姆斯的信中克拉拉说："我一停止演奏，心情就会变得非常糟糕。对我来说，钢琴演奏是我的生命。"如果舒曼真读懂了克拉拉的心——我相信，这个强烈的愿望绝不会只从脸上表达出来——他又怎会要求妻子不再演奏？情书里他曾遗憾于不能效仿古代骑士之前贤，为情人蹈海屠龙。其实一个丈夫所能做出的最英勇的行为就是真心支持妻子的事业，让她做自己热爱且擅长的事。

37岁成为寡妇的克拉拉将生活重心逐渐转移到演奏上，成为19世纪最了不起的女钢琴家。59岁时她担任法兰克福音乐学院的教授，热情地投入教学。她的学生遍布欧美，影响至为深远。在欧元发行之前，她是1989年发行的100德国马克纸币上的女人。

罗伯特·彭斯致埃利森·贝格比

4　亲爱的埃利森：

　　我时常想到恋爱中一个特有的困境：坠入爱河的人，越是情真意切，就越犯难该如何行动、如何传达情意。而在别的情况下，实话实说就是最简单也最安全的方式。

　　一个普通人如果居心不良，想要心口不一地谈情说爱，发些根本不打算践行的誓言，并非难事。但我现在感觉，若是一个诚实端正的男子，真挚地爱上一位品行高雅纯洁的女子，那求爱就变得很难了。每当我陪在你身边，或是坐下来想给你写封信，我总是茫然于该说些什么、写些什么。

　　我毕生遵守一条准则——诚实。我对你也始终如是。玩弄谎言和虚伪是非常卑劣、不绅士的行径，竟有人将之用在爱情这样纯真无私的情感上，实在令人惊讶。不，亲爱的小埃，我永不会用这种可憎的伎俩去博你欢心。如果你竟仁慈地准我做你的朋辈、你的挚友、你生命的伴侣，那世上再无别事能让我狂喜。

　　亲爱的，真诚地恳求你。要么给我个痛快，爽快拒绝我，让我死心；要么大方答应我，救我于忧惧惶恐。

　　你方便时如能寄来只言片语，那将是给我的莫大恩惠。我只想再说一句：我的行为受这颗充满荣誉感与美德的心的支配（可能没有完全支配），爱你，尊重你，诚心诚意想要令你幸福，如果你期望你的朋友与丈夫具备这样的德行,我想你会在你忠心的朋友和爱慕者这里找到。

罗伯特·彭斯

1781 年

* * *

有多少英文诗句是操其他语言的人也能张口就来的?莎士比亚的"我可否将你比作一个夏日"(Shall I compare thee to a summer's day),叶芝的"当你老了,头白了,睡意昏沉"(When you are old and grey and full of sleep),雪莱的"如果冬天来了,春天还会远吗"(If winter comes, can spring be far behind)……苏格兰吟游诗人罗伯特·彭斯的"我的爱人像一朵红红的玫瑰"(O, my Luve's like a red, red rose)亦在其中。

他还有一首诗更出名,人人会唱,是国人熟知的《友谊地久天长》的歌词。其实原作用的是古苏格兰方言,题为《追忆往日时光》:"怎能忘记旧日朋友/心中能不怀想……"怎么样,是不是唱出声了?"凡有井水处,即能歌柳词",是一个诗人能达到的最高境界了。为了纪念他,苏格兰还把每年的 1 月 25 日(彭斯的生日)定为"彭斯之夜",这种殊荣就连威廉·莎士比亚都没享受到。

不过这位诗人的情书和"红红的玫瑰"完全不是一个风格。遮去信末的署名,就像一位证券经纪人的来信。没有甜蜜的昵称,没有精妙的比喻(彭斯先生,难道你忘了自己是诗人吗?),没有对情人丹唇皓齿的赞美,也没有对相思之苦的描摹,那他这封情书写了什么呢?前半部分他绕来绕去讲了一大段,预先为自己"可能在求爱话术这块拿捏得不够死"找理由——亲爱的,如果你嫌我说得不精彩，那正是因为我诚实，品行好，不花言巧语。花言巧语并不难，任何一个普通人都能给你来个800字小作文，但我呢，不稀罕说……

来，给他翻译翻译：鄙人的好处就是诚实、诚实，还是……诚实。

此求婚信最后一段是论证体，论证姑娘为什么该答应他的求婚。你的丈夫应该具备某些美德，而这些美德我就有，所以，你该选我做丈夫。当然，也可以从另一角度解释——因为太爱你，所以不知该怎么表达。

这封信之外的彭斯因与众多女子私通而受到教会责难，且有婚外的私生子。这位埃利森姑娘最终并没有答应他的求婚。如果彭斯先生不用这么论证式的腔调，而是多抒情，结局会不会有所不同？

弗朗茨·卡夫卡致菲利斯·鲍尔

菲利斯：

我现在写信是想请你帮个忙，这事听起来很疯狂，如果收信的是我，我也会觉得不可理喻。

即使对脾气最好的人，它可能也是一项极大的考验。

那就是：一星期只给我写一次信，那样你的信便可在周日送抵——因为我受不了每天收到你的信，我实在受不住了。

例如，我给你写了回信，然后躺倒在床上，貌似平静，但心脏狂跳，浑身战栗，满脑子都是你。

我属于你，除了这话，我实在没有别的方式能表达，而这表达也仍不够充分。我不想知道你的穿着，它让我心烦意乱，简直再无余力生活，也因为这个，我无法去想你对我的爱意。但凡一想，像我这样的傻瓜，还怎么能呆坐在办公室或家里？我只能闭着眼，跳上火车，直等到见了你再睁开眼睛。

哦，我不能那样做，还有一个十分悲伤的理由，简言之，我的健康状况只允许我过单身生活，无法为人夫，更休提为人父。但每当读你的来信，我都有种错觉，觉得我能忽略那些实际上无法被忽略的事。

若是现在我手中就拿着你的回信，那该多美！我竟然这样折磨你，逼你在安静的房间里，阅读桌上这封最讨厌的信！老实讲，有时我觉得自己像个幽灵似的，四处捕捉你的芳名。如果周六我把那封信寄出去就好了，信里我恳求你别再给我写信，我也保证再不写了。

哦，天哪，我到底为什么没把它寄出去呢？真寄了，一切都好了。那现在还有没有和平解决的方案呢？如果我们一周只通信一次，能不能管用？

不，如果这么容易就能解脱痛苦，那说明它并不严重。我已预料到，即使只在周日收一封信，我也很难承受。在这封信的末尾，为了弥补周六那个失去的机会，我用仅余的力量请求你：如果我们还珍视生命，就彻底断绝通信吧。

我是否考虑过娶你？不，那将是大错特错。不，我已经永远被自己束缚住了。这就是我，我只能这样活下去。

弗朗茨
1912 年 11 月 11 日

6　最亲爱的：

　　……你周六寄出的信，我今天收到了，晚些时候周一的信也已送达。昨天下午，运送柏林邮件的邮车起火了，导致今天整个上午我都笼罩在愁云惨雾中，心情沉重，一直想着那辆被烧毁的车，很可能你周一发出的那封描述外出经历的信已随之化为灰烬。不过迟些信还是来了，并没有被烧掉……

1916 年 10 月 18 日
于布拉格

＊＊＊

　　凡见过弗朗茨·卡夫卡照片的人，一定对那张脸印象深刻。

卡夫卡

他无疑是英俊的：发际线很低，前额清秀，双耳从头颅两侧警觉地支出去，薄嘴唇抿在一起，眼睛亮得令人不安，目光好像能把凝视的空气烧出个洞。看一眼就知道那躯壳底下有一个敏感、忧郁的灵魂。

他大可早早开始恋爱生涯，但实际上他直到29岁才交往第一位女友，即上面那封信的收信人菲利斯·鲍尔。1912年他在评论家马克斯·勃罗德（此人是卡夫卡的挚友，卡夫卡弥留之际，嘱托他烧掉自己的手稿，然而勃罗德权衡再三，选择把遗稿公之于众，为文学界立了大功）家中见到菲利斯，立即心生爱意。菲利斯比卡夫卡小4岁，虽然相貌平平，"瘦削而无表情的脸庞……光着脖子，披着衬衣，穿着打扮像在自己家里一般……几乎像是被打坏的鼻子，有点儿僵硬的、毫无光彩的金色头发，厚实的下巴"，但精神强健，是个活泼能干的姑娘。

相恋不久，他写了短篇小说《判决》，副标题为"献给菲利斯·鲍尔小姐的故事"，从9月22日晚上10点一直写到第二天清晨6点，用了8个小时。

他们订过两次婚，两次解除婚约。1913年他写信向菲利斯求婚，然而几周后就分手了。在这期间，卡夫卡完成了短篇小说《判决》，接着他开始创作《变形记》。第二次订婚后，卡夫卡开始写长篇小说《审判》。

然而菲利斯并不支持卡夫卡的写作，卡夫卡试图通过写信的形式，掏心掏肺地说服菲利斯。交往5年，卡夫卡写给菲利斯的信多达500多封，大部分是深夜写出来的。他去世后，这些信结成集子出版，取名《致菲利斯的情书》，其德语版厚达800页，比卡夫卡任何一部长篇小说都长。

读他的信能充分感受到，他那种令人窒息的自我意识，谈起恋爱来是多么纠结，精神又是多么脆弱，明明极度渴望收到女友的信，却禁受不住天天收信。后面又是一大串颠来倒去的话，把每周一封信的说法又推翻，"如果周六我把那封信寄出去就好了，信里我恳求你别再给我写信，我也保证再不写了……我到底为什么没把它寄出去呢？真寄了，一切都好了……如果我们一周只通信一次，能不能管用？不……我已预料到，即使只在周日收一封信，我也很难承受……如果我们还珍视生命，就彻底断绝通信吧"。磨磨叽叽，磨磨叽叽，我翻译的时候都生气了。他是在往后撤退，以一种真爱至上、造化弄人的姿态后退，总结一下就是"不要太爱我，咱俩没结果"嘛。

第二封关于邮车起火的信，写于他们第二次订婚之后。几个月后，他再次主动结束了婚约。

卡夫卡渴望得到爱情，他也不是不爱菲利斯，"没有她我活不下去，和她在一起我仍然活不下去"。但他对婚姻的恐惧感太强烈了，导致他每次把恋爱谈到深处就推进不下去，反复订婚、取消婚约。他常用的逃避理由是身体不行,"我的健康状况只允许我过单身生活,无法为人夫,更休提为人父"。他甚至以"睾丸大小决定性能力"等露骨的话暗示菲利斯,他在性方面无法满足她。

在另一封给菲利斯的信中他写到自己"是文学的一部分"。他怕婚姻会挤占他用于写作的精力。

后来卡夫卡又投入地恋爱过至少三次:与布拉格的鞋帽女工尤莉叶、有夫之妇密伦娜(他写给她的信,被她在潦倒困顿时高价卖掉了),以及他生命最后11个月遇到的朵拉。当年未能被菲利斯点燃的承诺,在面对朵拉时他终于有勇气说了出来,他们计划到巴勒斯坦定居,开餐厅。去世前一个月,他最后一次求婚,但这次订婚也没能走到婚礼。1924年6月3日,卡夫卡在朵拉怀中停止呼吸。

皮埃尔·居里致玛丽·斯克沃多夫斯卡

7 亲爱的玛丽：

得到你的消息，是世上最让我快乐的事，然念及未来两个月无法收到你的信，又让我非常难过。也就是说，你的小纸条对我越发重要。

盼你多多注意健康，10月便可回到我们这里。至于我，我就待在乡间，哪儿都不去，成日消磨在敞开的窗前或花园里。

我们已经互许了承诺，是不是？至少做最好的朋友。但愿你不要改变主意！因为承诺并无约束力，它不能给意志强加什么命令。我想和你并肩携手，沉醉在梦想中：你报效祖国的梦想，我为人类谋福利的梦想，我们的科学之梦。如果能度过这样的一生那该多好，我简直不敢相信它会成真。

我想，以上所有梦想只有最后一个切合实际。因为你我没有能力改变社会秩序，即使有能力，也不知怎样做。若要诉诸行动，不管哪个方向，我们永远无法确定，阻碍必然发生的社会演化进程是否损多于益。从科学角度来看则恰恰相反，我们可以有所作为，因为科学的土壤更为坚实，不管我们做出多么微小的发现，都必将留存下来，成为切实的收获。

关于做朋友，我们已经达成共识，但如果你一年后离开法国，此后再不相见，我们的关系就只剩柏拉图式的友谊。留下来跟我在一起，不是更好吗？我知道这种问题会惹你生气，你也不想再聊这事。我由衷感到自己在各个方面都配不上你。

我希望你允许我某天到弗里堡见你，可你只在那里住一天——也许我搞错了——而那天你肯定会被我们的朋友科瓦尔斯基夫妇占为己有。

你可信任的、忠诚的
皮埃尔·居里
1894 年 8 月 10 日

* * *

1894 年春天，27 岁的波兰姑娘玛丽·斯克沃多夫斯卡正在巴黎大学准备学位考试，见到了比她大 10 岁的大学教师皮埃尔。为他俩引见的，是同在巴黎大学的波兰裔教师科瓦尔斯基夫妇——上面那封情书末尾提到的二位，他们当时就隐隐有一点儿"做媒"的心态。

转年 7 月，玛丽与皮埃尔以最简单的仪式，结成了科学史上最了不起的一对伴侣。

多年后，玛丽在自传里讲到皮埃尔的情书："1894 年夏天，皮埃尔·居里给我写的一些信很有文采，热情洋溢。信都不长，因为他习惯了言简意赅，但他每一封信都在诚心诚意地表达着他对我的一片深情，希望我能成为他的终身伴侣。我对他的文字功底十分钦佩。没有谁能像他那样三言两语就把一种精神状态或境况表达出来，而且是用一种十分简朴的方式讲出事情的本质，给人以难忘的印象。"

接着她引用了上面这封"他殷切希望我能成为他妻子的信","根据这封信,我们可以明白,对于皮埃尔·居里来说,他的未来就只有一条路。他把自己的生命献给了他的科学梦。他需要一位与他一起去实现这一梦想的伴侣。他不止一次地跟我说,他之所以直到36岁都还没有结婚,是因为他不相信会有符合他这一绝对条件的婚姻存在……从所引述的信中,我们可以看出皮埃尔相信科学,相信科学对人类有着无穷的力量,这种信念是坚定不移的"。这真是一封十分"工科生"(或者说,符合"大众对工科生的刻板印象")的情书,先列出理想的一二三四,然后分析论证哪种人生路径最切合实际、最有可能实现。没有什么浪漫的句子,但这种简约、脚踏实地和以理服人的风格,比不着边际的大话、梦话更具动人之处。

在这封简洁的情书里,皮埃尔说他将"成日消磨在敞开的窗前",那也是玛丽对他的第一印象:他们初见时,皮埃尔站在一扇朝着阳台的落地窗旁,就像窗户里镶的一幅画。

令人略感讶异的是,皮埃尔认为自己"在各个方面都配不上"玛丽。实际上,当时他已经是取得过巨大成功、蜚声业界的物理学家了。他与其兄长雅克一起发现了压电的新现象,确定某些晶体的绝对量,发明了后来广为应用的"居里静电计"……而玛丽当时只是个还没取得硕士学位的青年学生。他是否那时就发现了她身上像镭元素一样不为人知的光芒?

婚后他们的确过上了他所憧憬的、"沉醉在科学之梦"里的生活,只是这生活结束得太早、太凄厉。1906年4月19日,皮埃尔在街上被马车撞倒,头骨破裂而死。那天他离家时最后一句话是问玛丽"去不去实验室"。

玛丽在日记里写道："我的皮埃尔，我们生来就是要一起生活的，我们的结合是必然的。唉，这生活本该更长一些。"

她亲吻他那沾着血和脑浆的衣服，将之剪成碎布，投入火中。他们11年婚姻所共创的"留存下来，成为切实收获"的，是诺贝尔物理学奖和两个女儿（长女于1935年与其丈夫共获诺贝尔化学奖）。

马克·吐温致奥利维娅·兰顿

8　　丽薇，亲爱的，你今早感觉如何？因为是早晨，至多九点半钟，我还没起床，刚刚醒来一会儿，就很自然地想起了你。直到中午，我才起身，给我们的母亲——如果她准许我这么称呼她——写了封信，信已寄出。如果能把信追回，我会重写一遍。我觉得让信"自我完成"，它就会呈现一种很不寻常的形式。我时常忘记我写信时面对的不是她，而是公众，所以我详细讲了那些无须细说的事，把本该详尽阐述的事草草带过。你发现没？如果我脑中总想着公众，那种个人隐私被外人质疑、盘问的感受太令人窒息，我就根本没法儿写信了。实在难以想象，你所写的最敏感的私密之事，会如何被陌生人和心如铁石的评论家于茶余饭后随意批评，如何被那些卖弄聪明的、乱七八糟的人传来传去。所以我觉得，虽然我意识不到，但我会有种抑制自己的冲动，不允许自己直抒胸臆。我不觉得同等情况下，我比别人更敏感。

我让费尔班克斯夫人去订制戒指，然后用快递寄到埃尔迈拉，那样我20号就能收到，就能亲手给我的小太太戴在手指上了。

昨天，我给特威切尔写了封短信，感谢他为我们的婚事劳心费力。我跟他说，我们计划过一种有意义的、质朴虔诚的教徒生活，一旦安顿下来，我就会跟教堂联系。我们两个都更中意哈特福德的宁静、有道德感的氛围，不喜欢克利夫兰那里的争名逐利、野心勃勃的生活方式。我想向他表达，我们想要的是一个家庭——我们过够了作秀与虚荣的生活，打算投身现实；也厌倦了追逐生活的幻影，想要抓住实实在在的东西。至少我是这样想的——当然，我说"我"的时候，意思是我们两个；我说"我们"，指的是"我"，因为你与我已经融为一体了，对不对？

昨晚我读了好久的《圣经》——为什么我们不多读读《圣经》，却把那么多永远不会读的书搬到起居室里？这问题我想了好多次。

阴云又遮上来了——难道永远不会放晴了吗？我要再去睡一会儿了。带着我充满爱意的吻，上床去吧，我的偶像。

山姆
1869 年 2 月 15 日于俄亥俄

亲爱的丽薇：

今天的信已经写完，可是，能随时给世上最可爱的姑娘写信，我太得意了，必须再写上几行，只为了表达爱意，丽薇。

因我实在爱你至深，丽薇——

如露水爱花朵；如鸟群爱阳光；

如涟漪爱微风；如母亲爱头生子；

如记忆依恋着往昔熟悉的面容；如涌动的潮汐热爱月亮；

如天使珍爱纯真的心。

我太爱你了，如果你离开我，我所有的情感都会随你而去，徒留一颗暗淡无光的心，一片空荡废墟，永无光明之日……

请接收我的吻和祝祷，接受这件事：我永远属于你。

山姆
1869 年

附：我读了这封信，觉得它轻浮、愚蠢、幼稚。真希望我回家之后没写这信，而是直接到床上去。你曾叮嘱我，不管写了什么都寄给你，一定不要撕毁。丽薇，你把这封信烧了吧，我没意识到我写得这么滑稽又简陋，我情绪过于高涨，写不出理智的东西来。

塞缪尔·克莱门斯（马克·吐温）

* * *

7岁时，我得到一本《马克·吐温幽默故事集》，是家里人出差时在火车站买的。那时没有手机，报刊亭售卖杂志和小开本的《笑话大全》，帮人们打发旅途漫长的时间。家人不知道马克·吐温是谁，看着好像跟马克思有点儿关系？反正比《故事会》洋气，在车上翻一翻，拿回家还能送给小孩子。我不喜欢"吐"字，觉得不文明。不过，熟读那些故事后，我在认识哈克贝利·费恩之前认识了吐温太太丽薇——就像对于谦的父亲王老爷子一样熟悉。

"丽薇"是奥利维娅的昵称，有一个段子我记得最清楚。吐温喜欢骂脏话，丽薇总想让他改掉这个毛病。一天早晨，吐温刮胡子割伤了自己，骂了一大串脏话，为了让他感受到这有多糟糕，丽薇把他说的每个词都平静地重复了一遍，吐温微笑道："你认识这些词，亲爱的薇，不过你没掌握正确语调。"

因此再读到他婚前写给丽薇的情书时，备感亲切。奥利维娅的父亲是个煤矿实业家，穷小子吐温追求富家千金，用了将近两年时间，共写下184封情书。

上面信中提到的特威切尔是一位牧师，也是他和丽薇的证婚人，还是吐温终生的亲密好友，所以他会跟特威切尔详细描述对婚后生活的期许。我小时候读到的吐温故事里，也有这位牧师当配角。马克·吐温去他朋友特威切尔牧师所在的教堂，布道仪式结束后，他对牧师说："我再也不来了，我以前去教堂是为了好好休息和安静地打盹，可今天，我一会儿也没合眼，我就是没法睡着。"

可以看出，吐温是个多爱赖床的家伙。第一封信里，他九点多醒来，中午才起身，起来写了两封信，一封给未来的丈母娘，一封给未婚妻，然后又回床上去了。第二封信的附言，他后悔的是一回家没有直接上床。实际上，他一生都喜欢在床上看书、写作。关于这个，《马克·吐温幽默故事集》里也有个段子。马克·吐温在床上待得太久，丽薇担心这样影响健康，想督促他多外出锻炼身体，就让女儿克拉拉给他读威廉·卡伦·布莱恩特的传记。那位诗人80岁还精力充沛，坚持早起散步、锻炼。吐温对此的感想是："了不起！我要是活到80岁，也一定像他那样好好锻炼。"

上面第一封信中吐温对特威切尔提到，他们想把哈特福德选为定居之处。这个计划后来实现了，19世纪70年代初，吐温一家迁居哈特福德。不过，该城可不是什么"宁静、有道德感"的圣徒之城。相反，城中阔佬云集，有声名显赫的军火制造商和垄断企业，也有机构庞大的保险公司和不少出版公司的总部。马克·吐温搬来后不久，在一篇文章中感慨道："哈特福德的富翁们拥有美国所有大型企业的一半股份。这里的穷人们又在何处呢？大概都被驱赶到我还不曾拜访的极乐世界的角落里去了吧。"在哈特福德居住花销很大，一开始他们租房住，很快，吐温买下一块地。1873年，他建造了一座有19间房的住所，屋里一套家具就价值3万多美元……这跟上面信中所说的"过一种有意义的、质朴虔诚的教徒生活",好像不是一回事了。

我对吐温的第一印象：他是个随时随地都在说俏皮话的老头儿，好玩，但也有点儿油滑，不真诚。后来知道，"幽默"是他精心维护一生的人设，就像鲁迅说的："他成了幽默家，是为了生活。"比起造像总统山，吐温更想要的是世俗意义上的成功：享大名，发大财。靠写作获得第一笔钱之后，他就开始近乎疯狂地投资，梦想一夜暴富。在他慷慨撒钱的20项新业务和发明里，居然还有一项叫作"粉笔雕刻法"。缺乏投资眼光，再加上时运不济，19世纪末金融危机来临时，吐温的钱成了扔给狗群的肉包子，有去无回。宣告破产之后，他不得不带着太太出国：一方面为了赚钱，另一方面为了躲避90多名债主。而他赚钱还债的方式，就是做商业演讲，讲即兴笑话，抖包袱，以他的捷才猎取声名，打造"幽默家吐温"的大IP。这个还债之旅长达5年，除了大城市，他还去了很多小镇，有点儿像过气歌星到县城里跑商演。1900年，他终于还清债务，像个英雄似的回到美国。回国4年后，奥利维娅因病去世。

如果马克·吐温活在当下，他一定是最活跃的推特用户、最会拍搞笑短视频的UP主、最红的网络人气王。他懂得如何最大限度运用传媒的威力、如何精准包装，让自己成为那种公众需要崇拜的名人，永立于畅销浪潮的顶端。传记作家彼得·克拉斯在他为吐温写的传记《无知、自信和肮脏的有钱朋友》中称其为"气压计式作家"：善于把握时代脉搏，拥抱主流媒体，总能在第一时间知晓"市场和读者最想要什么"。在那个年代，他就深谙打造个人形象之道，在公共场合坚持以身着白色西装、口衔烟斗的经典形象示人，还斥巨资将那座哈特福德的大宅打造得豪华富丽，时常大排筵席，出入有贵人，往来无白丁。全世界几乎都认同他这样的形象：非常自信自恋，擅长自我推销，视商业价值高于一切。美国总统柯立芝说："The business of America is business.（美国人的事业就是搞商业。）"马克·吐温不是文学梦的偶像，是"美国梦"的实践家。

因此，回头再看他当年写给奥利维娅的情书，就会觉出那一点儿笨拙的珍贵：激情之下写出那几行不怎么样的诗（他可真没有诗才），写完了又不自信，自承"滑稽又简陋"，却还是遵照女友嘱咐，乖乖把信寄出去……这些真是太不"吐温"了，它们属于塞缪尔·克莱门斯，那个还没有变成"马克·吐温品牌公司"的热恋中的青年。

弗朗茨·李斯特致玛丽

10　　我的心洋溢着激情与欢乐！我不知道我的心渗透了怎样无尽的喜悦和天堂般的柔情，以至于我的人将要燃烧殆尽。那种感觉，就像我此前从未爱过！！！告诉我：这不寻常的骚动的春意、无法言说的怡悦，以及神圣的爱的战栗从何而来？哦！这一切的源泉只能是你，妹妹，天使，女人，玛丽！一切源自你炽热灵魂中散发出的温柔光芒，或是你早就留在我胸中的一滴悲伤的泪珠。

　　我的上帝，我的造物主，慈悲些吧，求您永不要把我们分开！看我都说了些什么？原谅我的脆弱，您怎会把我们分开！您给我们的唯有怜悯……不！这些言语绝不是白费唇舌，由此我们的肉与灵可得永生。天父，天父，伸出您的手，让我们破碎的心灵在此中寻得庇护。哦！我们称颂您，感激您，赞美您，哦，上帝，为了您已赐予和将赐予的一切……

　　必将如此！必将如此！

弗朗茨
1834 年周四早晨

* * *

　　如今所有钢琴家登台表演，都是跟钢琴一起侧对观众席，让演奏者面部那些沉醉、欢畅、激动、肃穆的表情，作为乐曲的"评论音轨"一起播放,这样既有助于台下观众对音乐的理解,也能增加情绪上的互动。当代著名钢琴家几乎都有跟演奏风格相辅相成的独特"颜艺"和肢体语言。想想,如果钢琴家背对观众,我们将损失多少乐趣!……比如郎朗的那些精彩表演。然而,"侧对观众"并不是钢琴演奏的"初心",在弗朗茨·李斯特之前,钢琴家们全体面壁弹琴——把钢琴侧过来,是李斯特为钢琴艺术做出的重大改革与贡献中的一项。

艺术家分为两类。一类生前默默无闻,世界在他们活着时没给过好脸,等他们去世,作品的价值才渐渐攀升,得到迟来的认可,这一类人有凡·高、维米尔、狄金森、卡夫卡等等;另一类比较幸运,生前就获得极大成功,享受了名利双收的一生。"钢琴之王"李斯特是后者中的代表。

在画家亨利·莱曼所画的一幅肖像画中,28岁的李斯特犹如王尔德笔下的道林·格雷,黑衣金发,容貌俊俏,风姿优雅。位于画面中心的是一只捧着手肘的白手,每根手指的第二关节都异常修长。据说小时候他父亲指导他做过拉长手指的训练,这双手可以同时按下十度音程。李斯特的父亲在他15岁时逝世,遗言是:"千万当心女人。"这跟张无忌之母殷素素所见略同,殷素素用最后一口气嘱咐无忌:"孩儿,你长大之后,要提防女人骗你,越是好看的女人越会骗人。"两个英俊儿子日后的经历,也证实了两位爹娘确实高瞻远瞩。

李斯特是他那个年代的"摇滚巨星",他在乐迷——尤其是女粉丝——中引起的疯狂,跟两百多年后的猫王是一样的。恩格斯曾在给妹妹的信里这样描述:"李斯特先生到过这里,他的钢琴演奏把所有的女士都迷住了。柏林的女士们被李斯特弄得神魂颠倒,以致在音乐会上为他掉的一只手套而真的扭打起来,有一对姊妹永远闹翻了，因为其中一个从另一个手里抢去了那只手套。施利彭巴赫伯爵夫人把科隆香水倒掉，再把伟大的李斯特喝剩的茶倒进香水瓶，然后她把瓶盖封好摆在自己的写字柜上留作永久的纪念，每天早晨都要像一幅漫画中表现的那样，痴迷地欣赏一番……我这就给你也画一幅他的肖像。瞧，这就是梳着堪察加人发型的那个人。"

能让李斯特疯狂的女人，又是谁？1833年，弗朗茨·李斯特在巴黎参加一个沙龙，结识了沙龙女主人玛丽·德·阿古伯爵夫人。她美丽端庄，热爱文艺，但很年轻的时候就嫁给了德·阿古伯爵，婚姻并不幸福。李斯特跟她情谊之肇始便是探讨文学，他们从《圣经》、莎士比亚、歌德谈到夏多布里昂、巴尔扎克、乔治·桑。作为一名乌托邦主义者，李斯特又把自己读过的社会主义思想著作介绍给玛丽。她从前过着与世隔绝的贵族女性生活，缺乏对现实生活的体认，李斯特的平等主义观点滋养了她的浪漫主义情怀。他们相爱了。

1833年春天，玛丽一家搬到塞纳河畔的克鲁瓦西，两人无法见面，只能靠通信保持联络。她生怕再也见不到他，在信中勇敢地剖白心意："我独自怀着一个伟大的想法，这个想法就是你。我全心全意地爱你。"1834年秋她随家人回到巴黎，他们确定了恋人关系。

这封情书写于定情之初，李斯特那双神奇的手像疯狂击打琴键一样，写下这些亢奋、火热的字句，满纸都是惊叹号，每个叹号既像一枚小小的火苗，也像指尖重重敲出的一个音符。他几乎是狂乱地呼喊着"妹妹，天使，女人，玛丽"。"……神圣的爱的战栗从何而来？……一切源自……你早就留在我胸中的一滴悲伤的泪珠。"从这诗意的一句能感觉到，虽然主业是音乐不是文学，但他跟玛丽聊文学不是瞎聊。后一段就纯然像是高热病人的谵妄了，一种被幸福冲昏头脑、患得患失、不知如何是好的呢喃。

玛丽竭力想把这段婚外情保密，担心会给家庭带来丑闻。李斯特倒不在意做地下情人，他对她说，她是否要将激情和想法保密，是否与他私奔，是否与丈夫同住，都是她和上帝之间的事，由她自行决定。他们的爱情更加炽烈。1835年8月，玛丽的丈夫同意与她离婚。在那个时代，女性没有子女的监护权，她不得不忍受与孩子分离的痛苦。当玛丽开始与李斯特公开同居，她的家人对她避而远之，她从前来往的贵族圈子也对她抛出冷眼。同年，玛丽跟随李斯特私奔到瑞士，他一边作曲一边登台表演，两人游历欧洲，那段日子李斯特非常高产，写出了代表作《旅行岁月》。

《旅行岁月》是一部大型钢琴曲集，共三集。第一集《瑞士》有九首，记录他和玛丽一起游览的瑞士日内瓦的醉人风景，以及他们在阿尔卑斯山区度过的幸福时光。第二集《意大利》，作于1838年到1839年间，其间李斯特带全家人来到意大利的米兰，在科莫湖畔的贝拉焦过年。后来玛丽在她的自传体小说里回忆道："在瓦伦纳湖边，我们坐了许久。李斯特在这儿为我写下了带有忧郁色彩的和声、宛如湖水叹息似的音响和船桨的节奏韵律。每每听到这里，我总是热泪盈眶。"这对情人还与乔治·桑和肖邦共同生活了一段时间。当时不少思想家、作家、艺术家和革命者时常聚集在他们举办的沙龙中，"座中多是豪英"。玛丽曾对肖邦的音乐做过一个奇特又精准的描述，"有如精雕细磨的大理石骨灰匣中的无名骨灰一般"。肖邦把玛丽引为知己，把他的第二架钢琴"études"献给了玛丽，惹得桑十分嫉妒。

然而李斯特在情人之外还要再找情人，他唐璜似的行为让玛丽难以忍受，他那些野心勃勃、追逐虚荣的做法也终于让她感到厌倦。1839年他们的恋情宣告终结，两人于1844年正式分手。

就在1839年，34岁的玛丽开启了自己身为作家的职业生涯。她以记者和自由撰稿人的身份，为报纸写新闻报道、政论文章，著有《共和文学》(1848)、《道德与政治速写》(1849)、《1848年革命历史（三卷）》和《低地荷兰共和国成立史》(1872)。

基于大量艰苦调查写成的三卷本"历史"是她最著名的作品，其中有对当时影响政府政策的公众舆论和街头战斗的第一手记载，对政治领袖的深刻描绘，以及对影响革命结果的社会因素的分析。1857年，她创作了戏剧《圣女贞德》，大获成功。之后她写了一本自传性质的小说，名为《奈莉达》，书中塑造了一个令人厌恶的浑蛋，所有人都知道浑蛋是谁。不过这部小说在她的作品序列里是非常不重要的一册了。

玛丽跟李斯特生了两个女儿、一个儿子。大女儿布朗婷，其丈夫是拿破仑三世的司法部部长埃米尔·奥利维耶。二女儿科西玛，先嫁给李斯特的学生、著名指挥家汉斯·冯·彪罗，后和母亲一样有了婚外情，经历许多波折，她离开汉斯，与情人正式结婚。她的情人跟她父亲一样有个彪炳音乐史的名字：理查德·瓦格纳。

据说，在玛丽死后，李斯特表示：这是一个不值得提起的女人。

缪塞致乔治·桑

我亲爱的乔治:

　　我想告诉你一件荒谬可笑的事。我本该在那天咱们散步回家时亲口跟你讲,我也不知道为什么,非要蠢兮兮地写信。如果把这事说出口,今晚我会十分惶恐。你肯定会当面嘲笑我,会认为我是个拿我们的关系玩弄辞藻的人。你会指着门让我滚出去,会觉得我满口谎言。

　　我爱上你了,从我第一次拜访你时起。

阿尔弗雷德·德·缪塞
1833 年

* * *

　　1833 年 6 月,巴黎黎塞留街 104 号的一场晚宴中,穿长裤、抽雪茄的 29 岁的乔治·桑与 23 岁的英俊诗人缪塞相遇。一个月后,缪塞搬进乔治的住所。上面那封表白爱意的短简,如果拿来做侧写,很容易以之描画出写信人的性格:敏感,怯懦,脆弱,多疑,也有动人的热情。为了说出那句话,他紧张得拼命铺垫,几乎是颠三倒四地否定、贬低自己,又想象出一堆可能会遇到的、碰壁的窘状。但最后他像掷铁饼一样,把"我爱上你了"一咬牙抛了出去。

乔治喜欢写信，长于文字的人摆布词句表达感情，那是双重乐趣（后来她跟每一任男友都留下厚厚的通信记录），但好情书必须要有一个理想读者。在第一段婚姻中她曾写下洋洋洒洒十八页的长信，拿给丈夫，丈夫却很不理解，奇怪为什么共处一室还要写信。这种差异无疑加速了婚姻的破裂。

缪塞这样的诗人才是她情书的"理想读者"。据说他给乔治·桑寄去一首情诗，最后两句写道："请您细读每行诗的字头，就会明白什么药能解除我的痛苦。"原来那是一首藏头诗，字头连缀成一句问话：您想什么时候跟我同床？乔治的回答也是诗，字头连起来作为答话：今晚。这个故事颇似中国广为人知的"苏小妹洞房三难秦少游，秦少游巧对抱得美人归"。旗鼓相当的诗人、作家谈起恋爱来，不写个藏头诗、搞点儿逸闻趣事，怎么对得起他们的才华？

如果爱只停留在纸面上，那它一定能长命百岁、百病不生，可惜雪花总要落地，化成污泥，爱也终究要靠肉体凡胎的活人来执行。确定关系的4个月后，他们结伴去威尼斯旅行。乔治一到威尼斯就生了病，缪塞说："请原谅，我不擅长照顾病人。"他投身于自己擅长的"事业"：流连赌场和妓院。转年1月，轮到缪塞病倒，乔治悉心照料他，却爱上了给他治病的意大利医生。缪塞发现两人私通，与乔治分手。同年10月，两人复合。12月，又分手了。转年1月，再复合，再分手，这次分手持续到了生命的尽头。乔治转而去照料另一个多病、脆弱的天才——肖邦，开始那段更著名的恋情。

她和缪塞的恋爱遗产，是一人一部小说，也算"诗家不幸读者幸"了。

缪塞写了《一个世纪儿的忏悔》。乔治写了《她和他》——在缪塞去世三年后。

粉丝玛乔丽·福萨
致"猫王"埃尔维斯·普雷斯利

亲爱的埃尔维斯：

上帝啊，6月10日星期六，我终于在麦迪逊广场公园的演唱会上见到了你。

现在我神魂颠倒，就像置身于9 000英尺[1]的云层上。

我吃不下，睡不着，什么事都没法干。自从20世纪50年代你走红，我就成了你的忠实粉丝。我再也不听别人的歌了。在高中时期，我交往的几任男友（他们嫉妒我对你的感情）都离我而去。我所有零花钱都拿去买你的专辑，在学校里打三份工，只为尽可能买到你所有的唱片和周边。50年代我读完高中，在1960年结了婚，我丈夫是个军官，信不信由你，他长得真的很像你，不过远称不上英俊。我四处漫游，期望有朝一日能见到你（我从没放弃过希望），我去过华盛顿特区、弗吉尼亚、俄克拉何马，现在暂住在新泽西。听说你要来麦迪逊公园开唱，我立刻推掉一整天的工作，去到那个城市，能买多少票就买多少。你知道，我的朋友们也都是你的粉丝（当然了，不粉你的人，我根本不想跟他们交朋友）。不用说了，我们的座位都远得像在天上，不过我买了一副高

---

[1] 1英尺约为0.3米。——编者注（如无特殊说明，本书脚注皆为编者注）

倍望远镜,能把你看得一清二楚。有些姑娘疯狂过头,被带到纽约警局去了。那是我一生中最激动的一天(比结婚那天还兴奋)。

顺便说一下,我丈夫陪我去了你的演唱会。本来他对你不怎么关注,**但听完演唱会之后**,他也被你圈粉了,还夸我品位好。以前他不让我在家放你的歌,我只能等他走了才能听你的唱片,这让我很不爽。我威胁他,如果他不改,不让我有自己的生活,我就跟他离婚。

今天我回去工作了……一回去就有个好大惊喜等着我。我已经给这个破建筑承包商干了一年,他对我请假一天倒没什么意见,却不喜欢我请假的原因是去买票看你。我气坏了,希望他不要炒了我,另请个新秘书。但是,**能见你一面,丢 50 份工作都值得**。我爱你胜过爱生命,简直等不及再去演唱会见你了。你一定要再来纽约啊。当我丈夫坐在观众席,看到整个会场满满当当都是你的追随者,对你赞不绝口,为你尖叫欢呼,他相信你一定很伟大。

我爱你,不因为你是谁,而因为你是什么人,因为你为世界成千上万的人带来快乐。就像所有青春期女孩一样,我年轻时也曾梦想成为普雷斯利夫人。**你给人类、给音乐(不仅是摇滚乐)带来无比深远的影响**。我爱你唱的每首歌。你的独特魅力,无与伦比。我该就此搁笔了,希望你永远唱下去,你真的让世界变得更加美好,应该出现更多像你这样的人,但永远没人能取代你,我会用一生的时间去**爱你**。

你的头号粉丝
玛乔丽 · 福萨
1972 年 6 月 12 日于新泽西蒙特克莱

注:黑体字在原文中为大写。

* * *

埃尔维斯·普雷斯利，当时美国南方歌迷对他有个昵称叫"The Hillbilly Cat"。埃尔维斯出道前是个开卡车的穷青年，Hillbilly 就是"乡下人"的意思，Cat 相当于"小鲜肉"。引进埃尔维斯的国人觉得"猫"缺声势，不能概括其巨星地位，遂简称为"猫王"。华语地区一向喜欢把西方人名简化到两字，三字是极限了。比如"足球界三罗"，简称"大罗""小罗""C 罗"；莱昂纳多·迪卡普里奥简称"小李子"；汤姆·希德勒斯顿简称"抖森"；贝克汉姆在粤语地区被称为"碧咸"。大多数人知"猫王"，不知埃尔维斯·普雷斯利。

约翰·列侬说："猫王之前，世界一无所有。"埃尔维斯的影响力无须多言，他的头衔、他创下的纪录实在太多了：有史以来第一个流行偶像，摇滚乐的象征，流行音乐史上唱片销量最高的歌手……借着 20 世纪 50 年代电视普及的春风，他把狂野迷人的嗓音和性感的摇摆舞姿传遍全美，扩散至全球，他的名气达到了此前演艺明星无法企及的高度，也为他赢得了无数狂热的青年粉丝。粉丝里当然女性居多。有一次来求签名的女粉丝没带纸，猫王把名字签在了她胸脯上：一边是 Elvis，一边是 Presley。

上面就是一个叫玛乔丽的女粉丝写给猫王的信。如果你读过现在社交网络上粉丝们写给爱豆的表白小作文，就会觉得 60 年时间没改变过什么，每个时代的姑娘都用同样的狂热和深情爱着偶像：攒钱买专辑和周边，在房间里贴满海报和照片，跟同样崇拜这个偶像的人交朋友，结伴去看演唱会，在演唱会上嘶吼、痛哭……当代新闻里报道过一些追星女孩，给偶像打榜，成百上千张地买专辑，几万几万地花父母的钱，毫不心疼，在这一点上，

20世纪五六十年代的玛乔丽奶奶堪称榜样,"我……在学校里打三份工,只为尽可能买到你所有的唱片和周边"。

玛乔丽带着对猫王的爱走过青春期,走进婚姻,她的人生是——铁打的猫王,流水的男人,为了猫王可以放弃几任男友,找丈夫也要找一个长得像猫王的,"他长得真的很像你,不过远称不上英俊"。连夫妻之情都不能让她对偶像的爱意稍减,在她心中丈夫明显是排第二位的。丈夫算什么?如果丈夫不让她在家听偶像的歌,那就威胁他"离婚"。连谋生的饭碗也比不上看演唱会的机会重要。老板算什么?"能见你一面,丢50份工作都值得。"

终于,她在演唱会上见到了自己痴恋多年的人,"那是我一生中最激动的一天",这天的意义超过了婚礼。

"她来听我的演唱会……我唱得她心醉,我唱得她心碎,她努力不让自己看来很累。岁月在听我们唱无怨无悔,在掌声里唱到自己流泪,嘿,唱到自己流泪。"[1]

粉丝对明星的"爱",不是我们常说的男女之间的"爱情",虽然它与爱共享样貌,且有着同样的生发机制:一方有意地、不断地释放出性感信号;另一方心领神会,照单全收,深深陷入,念兹在兹,无日或忘……当然,这种感情是流沙上的城堡,是海中蜃楼,几乎完全建筑在幻想之上,但若说这不是爱,又有哪个词能概括这种程度的感情?

玛乔丽的信最后一段写得很好,"我爱你,不因为你是谁,而因为你是什么人,因为你为世界成千上万的人带来快乐……应该出现更多像你这样的人,但永远没人能取代你,我会用一生的

---

1. 张学友《她来听我的演唱会》的歌词。

时间去爱你"。"永远"这个词,在这本情书集里多到"通货膨胀",可不知道为什么,我觉得玛乔丽所说的"永远",可能比一半情书里的"永远"都更长久、更远——单方面的爱不容易失败,那座建筑在幻想云端的蜃楼,不会因为住进会吃喝拉撒的真人而污秽、折旧。

玛乔丽是粉丝中的幸运儿,猫王回复了她的信,还给她寄了签名照片。得到这样一次回应,对粉丝来说这段爱也算是大团圆结局了。不知她与长得像猫王的丈夫后来感情如何。也许她生了一个儿子,取名"埃尔维斯"?也许她会放起埃尔维斯的唱片,抱着孩子跟随音乐哼唱起舞?那便是张学友那首歌最后一段的情景了:"她来听我的演唱会,在40岁后听歌的女人很美。小孩在问她为什么流泪,身边的男人早已渐渐入睡,她静静听着我们的演唱会。"

伏尔泰致奥琳普

13 亲爱的奥琳普：

他们以国王之名把我关了起来。我的命他们尽可拿去，却夺不去我对你的爱。是的，可爱的小姐，今晚我就能见到你了，为此我甘愿冒着把脑袋搁在断头台上的危险。

看在老天的分上，不要说你信里那样悲伤的话，你一定要活下去，要小心谨慎，小心令堂大人，把她当成最大的敌人。我说了些什么啊？你要小心所有人，谁也别信。月亮一出来，就时刻做好准备，我会乘四轮马车或轻型马车，悄悄离开这个地方。我们会风一般驶到席凡宁根。我随身带着纸墨，咱们可以写信。

如果你爱我，那就打消疑虑，唤起所有力量，等我去救你。不要让你母亲察觉到任何蛛丝马迹，尽可能带上你的画作，你要坚信，哪怕最可怕的危险与折磨，也无法阻止我。不，世间任何力量也无法将你我分开。我们的爱始于美好的德行，将与生命等长。再见，为了你，我无所畏惧，你值得我更多的奉献。再见，我的爱人！

阿鲁埃
1713 年于海牙

* * *

一提到伏尔泰，大家多半会想起历史书上跟在他名字后面的

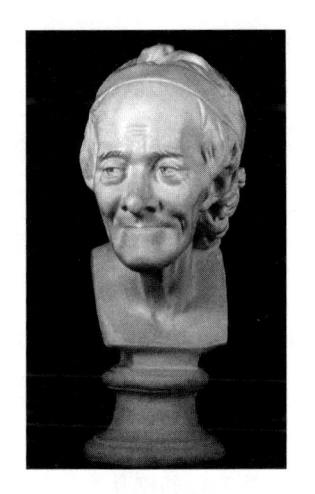

伏尔泰石膏像

身份论定：18世纪法国启蒙运动泰斗，思想家、哲学家和文学家。可能还会想起那个戴着发箍、秃头撇嘴，不说是老头谁都以为是个老太太的写生用石膏像。

不过谁都有年轻的时候，伏尔泰也不是一辈子都当老头。他的许多书信选集中，顶头第一篇是这封他写于19岁的情书。当时他还叫弗朗索瓦·马里·阿鲁埃，他父亲对这个声称要以写作为毕生事业的儿子感到很头疼，于是把他塞进法国驻荷兰大使的随员名单，让他出国历练。伏尔泰就这么到了海牙城，很快谈起恋爱来。他爱上了比他大两岁、侨居海牙的法国女孩奥琳普，还给她新取了一个昵称叫"潘佩特"。

能令爱情更火热的，永远是那些棒打鸳鸯的人。苏轼词道："好事若无间阻，幽欢却是寻常。一般滋味，就中香美，除是偷尝。"奥琳普的母亲就像崔莺莺家的老夫人一样，把女儿揍了一顿，又找到伏尔泰的领导、大使沙托纳夫侯爵，把这小子给举报了。大使答应管教下属，先是不许他外出，但是"郎心自有一双脚",伏尔泰在夜里溜出去,跟情人私会。于是禁令加了码,他被看守得更严密,这就是伏尔泰所说的"他们以国王之名把我关起来"。他的新对策是给奥琳普送去一套宫廷侍卫制服,让她扮成男人到使馆来。

上面那封情书,便是他跟奥琳普相约私奔的信。其措辞不像他日后的著作那么严谨,而是有点儿颠三倒四,充满火一般的热情以及"所有""任何"这种情书常见的宏大叙事。他们的麻烦都是奥琳普的母亲闹出来的,所以他反复强调,要警惕她母亲,将之当成最大的敌人。

私奔成功了没有?那晚他的确从窗户爬了出去,跟奥琳普成功会合,风一样到达了席凡宁根……不过后来,伏尔泰还是被遣送回了法国。他拼命争取过一阵,想把情人弄到法国相聚,却以失败告终。两人不得不宣告分手。随着时间流逝,悲哀渐渐淡去,他和奥琳普都找到了新恋情,谁的爱也没有"与生命等长"。

情书里的"永远"能不能当真?如果去掉"永远",全世界的情书都会塌下来,这本书的篇幅也要少掉三分之一。我曾暗笑情书里的那些指天誓日,因为很多发过誓的人日后都变了心。一辈子太长,只爱一个人的人太少,那些大话是种气氛词,仅在说出口的感动自我和感动对方的那一瞬间有效。奥琳普和伏尔泰的浪漫私奔,只是后者84岁生命里的一段小小前奏。后来他还恋爱过很多次,写过很多火热的情书。比如39岁时,遇到聪慧多情的夏特莱侯爵夫人,他在情书里写道:"我生命里那些美妙的时日都白白丢掉,在你之前我没有爱过。直到你灵魂那神圣的火将我穿透,我的生命空无一物……"听听!"在你之前我没有爱过",那当初你跟奥琳普私奔是要干什么,拜把子吗?

贝多芬致"永远的爱人"

第一封信

　　我的天使,我的一切,我的自我。今天我只能写寥寥几行,用你留下的铅笔。我的具体住址要明天才能确定,真是蹉跎时光。为什么悲哀笼罩心头?除了牺牲,除了委曲求全,可还有其他办法成就爱情?我们还不能完全属于彼此,这现状可有办法改变?

　　啊,上帝!欣赏外面的美景,舒缓一下心情吧。爱情索取一切,那是理所应当的,不管是你向我要求的,还是我向你要求的,都是如此。一旦我们结合在一起,你就不会像我这样痛苦了。

　　我们肯定很快就能见面,这些天我因所见所闻受到的触动,一时没法和你分享,如果我们的心始终紧紧贴着,我也就不会有这些感慨。我满心都是想要对你说的话,啊,很多时候我感到语言一无是处,难以表达心情于万一。振作起来吧,永远做忠诚的、那个唯一让我珍重的人,我的一切也属于你,其余那些向诸神祈求的东西,定能获赐。

你忠诚的
路德维希
7月6日周一早上

15 第二封信

你受苦了，我最亲爱的人。我刚刚才知道，想寄信必须一大早就去投邮，而邮车只在周一和周四去往K城。你受苦了，啊！无论我在何处，你也在那里，为了跟你一起生活，我应该把一切事情安排好。这是什么日子啊!!! 这种日子!!! 这种没有你的日子，走到哪里都被善意的人追随着，我觉得自己配不上此种待遇，也不愿这样。

看一个人对着别人卑躬屈膝，令我心头刺痛。当我把自己放到广阔宇宙中，去思考自我价值以及人们眼中的那些最伟大人物，我也感到痛苦。一想到你可能要等到周六才能收到第一封信，我忍不住涌出泪来。你爱我至深，而我爱你更多。在我面前，你千万不要隐藏任何想法。我必须洗澡上床了。哦，上帝啊，我们离得这么近，却又那么远！我们的爱情难道不像一座天堂的宫阙吗，也像天空的穹顶一样坚固？

7月6日周一晚上

16 第三封信

早上好！

我人还在床上，心已经飞出去，我永恒的至爱，我时而狂喜，时而哀伤，等待命运的答复。没有你，我在爱的世界寸步难行。是的，我意已决，我要漂泊游荡，直到飞也似的投入你的怀抱，如归家一般，我的灵魂被你包裹着，方能步入精神的净土。是的，只能如此，真是不幸。等你明白我对你的忠贞，你会更加坚定，我的心永不会再被别人占据——没有人——永不——哦，上帝！为何要让深爱的人分离？我在维也纳过得如此悲惨，你的爱让我成了最幸福的，同时也是最不幸的人。到了这个年纪，我需要平

50

稳安宁的生活——以我们现在的情况，不知能否做到？我的天使，我刚知道邮车每天都来，所以我必须尽快封缄，这样你就能尽快收到信。冷静，只有冷静下来思考现状，才能越来越接近那个共同生活的目标——冷静——爱我——今天——昨天——想你想得撕心裂肺——你——你——我的人生，我的一切——再见吧——继续爱我吧——永远不要错判你的爱人那颗最忠诚的心。

永是你的
永是我的
永是我们的
7月7日周二

＊ ＊ ＊

1827年3月26日，伟大的作曲家路德维希·凡·贝多芬去世，他的前秘书兼学生安东尼·申德勒和两位密友仔细搜索贝多芬的公寓，想找到他留给侄子的银行债券。在一个小抽屉里，他们发现了《海利根施塔特遗嘱》，贝多芬在其中描述了他在1802年与耳聋进行的灾难性斗争，还有三封情书。收信人的身份成谜，贝多芬称呼她为"永远的爱人"。

他很好地保护了她，把秘密和芳名带去了另一个世界。这位神秘女士的身份成了音乐史上最大的悬案。音乐史学家们花了两百多年的时间，试图找出她是谁，至今争议不休。

这三封信炽热动人，像一连串激昂的旋律。他满怀美好的梦想，"一旦结合在一起，就不再痛苦""越来越接近那个共同生活的目标"，可以看出他跟她已有了对未来的筹划、期望，盼着将来一起过安稳日子，只是受一些不可知的外力制约，搞得像地下情似的。不知是因为感情生变，还是顾忌会影响对方生活，这三封情书并没有寄出去。期许最终成为泡影，贝多芬终身未婚，直到死去。

其实除了名字，信中还少了一个重要的东西：年份。贝多芬只写了"七月六日"，没有写年份。人们尝试匹配一周中的天数和日期，把可能的年份缩减到一份短名单里，再经过对信纸的"水印识别"，最终把年份确定为1812年，拿去与贝多芬生前活动年表对照：在那一年，哪几位女士与他有交集？

几位"永远的爱人"候选人中，有贝多芬教过的女学生尤莉叶·圭恰迪伯爵夫人，她比他小14岁，他把升C小调第十四钢琴奏鸣曲 Op.27 No.2（《月光奏鸣曲》）献了给她；有曾与贝多芬调情的女作家贝蒂娜·布伦塔诺，他对她有过一个专属的甜蜜昵称；还有钢琴家特蕾莎伯爵夫人，他献给她一首升F大调第二十四钢琴奏鸣曲 Op.78；而在传记片《不朽真情》中，唯恐伦理不乱的好莱坞创作者们把这个头衔塞给贝多芬的弟媳乔安娜……而目前最受认可的，似乎是约瑟芬·冯·布朗斯维克伯爵夫人。

1804年贝多芬曾向守寡的约瑟芬求婚，给她写了13封情书（这一束情书有明确款识，已经公开出版），其中充满激情澎湃的词句，他也把约瑟芬呼为"我的天使"，跟上面这三封给"永远的爱人"的信口吻非常相似。两人情投意合，阻碍他们的是阶级，约瑟芬如果嫁给一个平民，就会失去对贵族子女的监护权，她只能拒绝贝多芬的求婚。后来她再婚了，跟丈夫感情不和。1812年，他们的轨迹在波希米亚的温泉小镇泰普利兹有了一次交会，犹如陆游与唐婉在沈园重逢，贝多芬的"一怀愁绪"与迸发的激情，转化为那三封信，但最终也是"锦书难托"。

有人认为引得贝多芬狂热如斯的应该是个美丽少女，不大可能是个带着孩子的中年女人，所以收信人不该是处于第二段婚姻中的约瑟芬，我却觉得这种推测的论据是一种"离婚带娃女性就是豆腐渣，必然毫无魅力"的刻板印象——巧了，另一位著名的约瑟芬，让拿破仑神魂颠倒的那位，也是个带娃的寡妇。

1812年，贝多芬完成了《雅典的废墟》《斯蒂芬王》《第七交响曲》《第八交响曲》和《第十小提琴奏鸣曲》等优秀作品。

1813年，约瑟芬在与贝多芬相遇9个月之后生下一个女儿，取名米诺娜（Minona），孩子名字的字母倒过来写就是anonim——德语"匿名"之意。米诺娜一直活到80多岁，许多史学家认为，照片上她的相貌与贝多芬有明显相似之处。

二 悲剧与怨偶

> 吵吵闹闹地相爱,亲亲热热地怨恨!啊,无中生有的一切!啊,沉重的轻浮,严肃的狂妄,整齐的混乱,铅铸的羽毛,明亮的烟雾,寒冷的火焰,憔悴的健康,永远觉醒的睡眠,否定的存在!我感觉到的爱情正是这么一种东西。
>
> ——威廉·莎士比亚,《罗密欧与朱丽叶》

弗里达·卡洛致迭戈·里维拉

迭戈：

我不想说话，不想睡，不想听，也不想去爱。

我感到自己如同困兽，不再害怕鲜血，在你带来的恐惧中，在时间与魔法之外。你心脏跳动的节奏，泄露了你的痛苦和恐惧。

所有我提出的无理要求，都在你的沉默里找到了回答，因为你的沉默叫困惑。我以暴力相邀，胡搅蛮缠，而你回馈以你的恩典、光明和温暖。

我想为你画像，我竟不知道该用什么色彩。

弗

迭戈：

什么都比不上你的双手，什么都比不上你眼中金绿色的光芒。日复一日，你充斥我的身体。你是夜间的镜，是猛烈的闪电光，是潮湿的泥土气。你空空的腋间是我的避难所，我用手指轻触你的血液，在你涌出的鲜花中，我感受到了生命的春天，它盈溢我的神经。

弗

19 迭戈我的爱：

记住，等你完成那幅壁画，我们就将永远厮守，不再分离。没有争执，只有彼此的爱……我比从前更爱你。

你的姑娘
弗里达
（给我回信）

20 我的迭戈：

夜中明镜。你的碧绿双眼是刺入我血肉的剑，在我们手中波涛起伏。你是生命中所有数字之组合，我只想弄懂光影移动时的那些线条。你完成，我接受。你的话语穿越宇宙，抵达我的星辰、我的细胞，我的光芒亦射向你。

这是我们体内囚禁多年的渴求，那些被锁住的话，只有梦中的嘴唇敢于道出。一切被你身体的绿色奇迹一般的风景环绕着。在你的形体之上，花朵的睫毛回应我如溪流呢喃般的抚触。石榴的血，曼密苹果和纯净的菠萝，无数种果实酿就你唇间的果汁。我把你按在胸口，你神奇的形体透过指尖，渗入我的每一滴血液。橡木的香气，胡桃的记忆，白蜡树的翠绿气息，地平线与风景。我用亲吻追随着它们。

你在这里，塑造了我房间里的整个宇宙。你不在时，空虚从时钟的嘀嗒声里，从光的脉搏中喷涌而出。我抚摸你的整个身体，一分钟与你共度，一分钟自己独处。两颗心中间的空气形成血管，我的血在其中奔流，宛如奇迹。

我身上绿色奇迹一般的风景，融入你的整个自然。我飞过去，用指尖摸索那圆润的山丘，怀着占有的冲动，将双手浸在那山谷的阴影中。青翠凉爽的柔枝拥抱我、环绕我，你的灼热烧焦了我，整个身体与鲜美的嫩叶厮磨,叶上露珠是爱人的汗水。

这不是爱,不是柔情或欢喜,而是生命本身,我在你手中、口中和胸中所见的生命。我嘴里有你唇上的杏仁味。我们的世界从未走失。只有一座山才懂得另一座山。

在清晨焦切的期待中,你的存在把我包裹起来,漂浮片刻。我意识到我与你在一起。我的手陷在柑橘之中,身体被你的双臂包围。

1953 年于墨西哥

我亲爱的迭戈先生:

进手术室之前,我在病房里写这封信,他们让我快点儿,但我想写完它,不留任何未完成的东西。尤其是我已经知道他们要干什么——截去我的一条腿,毁掉我的自尊。当我被告知必须截肢,我并没表现出他们预期的那种反应。不,当我再次、无数次失去你,我就已经成了残废。可我活了下来。

你知道我几乎天生不怕痛,但我承认,你对我不忠的时候,我痛苦极了,每次都是。不光是跟我的妹妹,还有其他那些女人。她们怎么会容忍你的愚弄?你坚信我的愤怒针对克里斯蒂娜,但今天我告诉你,原因不在她那儿,而在你和我之间。我从来不理解你在找什么,什么是她们能给你,而我不能的。别自欺欺人了,迭戈,我给了你人类所能付出的一切,咱们都心知肚明。但是,话说回来,你这个婊子养的丑八怪是怎么勾搭上那么多女人的?

我写这封信,不是为了把我们彼此指责过的该死的生活再骂一遍,是因为我有条腿要被砍掉了(该死的,它终于得其所哉)。我曾告诉你,我一直认为自己是残缺的,可为什么现在这码事要变得尽人皆知?

如今我的破碎，任何人都一目了然，包括你……所以我要在你听到小道消息之前亲口跟你说。原谅我，由于身体的状况，我不能去你家当面讲，我没法离开房间，甚至不能去厕所。

我不想要你或他人的怜悯，也不想让你有负罪感。我要写信告诉你，我对你放手了，我截掉你了。祝你快乐，别来找我。我不想听到你的消息，也不想让你听到我的消息。如果说死前还有什么能取悦我，那就是再也不要看见你那张臭杂种脸游荡在我的花园里。

说完了。现在我可以平静地被刹开了。

一个疯狂地、咬牙切齿地爱着你的人，跟你告别。

你的
弗里达

* * *

如果苦难真能换算成财富，墨西哥画家弗里达·卡洛肯定是个亿万富翁。1907 年 7 月 6 日，她生于墨西哥，父亲是德裔犹太摄影师，母亲是墨西哥原住民。6 岁，弗里达患上小儿麻痹症，导致下肢畸形，一条腿粗，一条腿细。为了掩饰那条不正常的腿，她总要穿好几双袜子，并常年穿长裙。这只是她肉体之苦的开端。18 岁那年，弗里达外出乘坐的巴士撞上一辆有轨电车，她的脊椎断成三节，颈椎碎裂，锁骨、肋骨折断，肩膀脱臼，右腿 11 处骨折，一只脚被压碎，一根金属扶手刺入身体，贯穿子宫。如此惨烈的事故之后，她的身体只剩废墟。在石膏衣和棺材似的盒式装置中躺了一个多月，她活了下来。此后又经历了 3 次流产和 35 次手术，包括一次截肢手术。

躺在病床上的时候，为排遣痛苦和孤独，她开始画画，大多是自画像。康复后她求教于当时已卓有声名的画家迭戈·里维拉。就像一堆火遇到另一堆火，他们的关系很快从师生发展成恋人，并于1929年8月21日结为夫妻，那年她22岁，他42岁且已有两次婚史。

弗里达给迭戈写过很多感情饱满的书信。她的情书就像她画作的文字版，同样热烈、浓郁，浓墨重彩，同样有着闪电、花朵、石榴、溪流、春天等色调斑斓的意象。有些语句的风格，很像另一位南美创作者——诗人聂鲁达。

她非常喜欢写身体——鲜血、血管、神经、嘴唇、抚摸，不厌其烦地用文字虚拟两具身体的缠绕。那些图景指向交欢，句句都有隐喻，却并不肉欲，是经过艺术加工、提纯过的欲望。在那些梦呓般的描述中，她既是画中人，又是画面的创作者、旁观者和讲述者。不妨大胆猜测一下，由于伤病和残疾，弗里达在使用肢体与情人交流欢好方面有诸多不便，因此长篇累牍地用语言构造肉体自由，跟绘画一起，成为对现实的补足。而现实中，被她用文字狂热爱抚的情人身体也没那么美好。"空空的腋间"云云，只可当成一种修辞。因为迭戈是个大胖子，重达130多公斤，还不爱洗澡，那"避难所"的气味一定不太妙。看来热恋不仅让人盲目，还让人鼻子闻不见味儿。

人类的体温彼此相同，而灵魂的温度相去悬殊，弗里达和迭戈就是那种拥有高温灵魂的同类，他们共享对革命和艺术的志向，但婚姻是另一回事。她情书中"没有争执，只有彼此的爱"的愿望，婚后很快破灭。她所憧憬的、能挽救她于痛苦生活的"光明和温暖"也落空了，迭戈热衷于拈花惹草，甚至跟弗里达的妹妹上床。受到伤害、心灰意冷的弗里达也开始出轨，她长长的情人名单里有男有女，包括苏联领导人托洛茨基、女画家欧姬芙等等。

这对"大象与鸽子"般的夫妻于1939年离婚。次年，被迭戈的忏悔打动，弗里达答应复婚，复婚条件是各自经济独立、无性关系。他们之间正如情书中所说："只有一座山才懂得另一座山。"

　　上面选的最后一封情书写于1953年，当时弗里达在医院，马上要进手术室截去一条腿，这时热恋的滤镜早就被岁月和背叛打碎，在即将失去部分肢体的挫败感和痛苦中，她痛骂迭戈是个"婊子养的丑八怪"。

　　1954年弗里达去世，得年47岁。她那些写给生命的情书——她的绘画作品，成为艺术史上不朽的篇章。

狄兰·托马斯致凯特琳·麦克纳马拉

猫咪,我的小猫:

要是你能给我写信就好了,我的爱人,我的小猫。信笺上有地址,这里不是小酒馆,或什么下流场所,沙龙什么的,是荣耀庄严的芝加哥大学教师总部。我爱你,那就是我所知道的一切。但我也知道,我写信的对象是太空,一个我正要走进的、一片死寂的、充满未知的太空。我要去艾奥瓦州,去伊利诺伊州、爱达荷州、印第安纳州,这些地名虽然总被拼错,都还能在地图上找到。可地图上找不到你。你是否已忘了我,忘了那个你总说你爱的人?我曾睡在你臂弯之中——你记得吗?你从不来信。也许你一点儿都不在乎我吧,可我在乎你。我爱你。在这些可怕的日子里,我无时无刻不在宽慰自己:"会好的。我要回家了。凯特琳爱我,我爱凯特琳。"然而,也许你已经忘记我了。如果你已忘记,或者对我已没有爱意,我的猫咪,请告诉我。我爱你。

狄兰·托马斯
1950 年 3 月 16 日

* * *

1950 年,英国诗人狄兰在美国写下这封信时,距离他酗酒而死还剩下三年零八个月。

文学界的怨偶不少，托马斯夫妻是其中翘楚，"疯狂的狄兰"娶了一个性格暴烈、以好战而闻名的女子凯特琳，其婚姻之状可想而知。虽然狄兰试图把自己塑造成波希米亚人，但真正的叛逆者是凯特琳。狄兰儿时的朋友回忆说，他其实很在意别人的眼光，总是担心"邻居们会怎么想"，凯特琳才是根本不在乎别人眼光的那一个。

他俩的婚姻糟糕是出了名的，狄兰的酗酒和出轨更让夫妻关系风雨飘摇。凯特琳曾把他们的关系描述为一块"流着血的生肉"，狄兰有时满嘴脏话地辱骂她。虽如此，她仍尽力小心翼翼地保护狄兰，让他不受他人和自己的伤害。

他们的经济状况一直很窘迫，房间破败不堪，家徒四壁，没有电，没有自来水。从1950年到1953年，狄兰一共进行了三次美国之旅，就像马克·吐温出去巡回演讲赚钱一样，他也是为了钱出国朗诵诗歌。在美国，被崇拜者包围着，又没有妻子管，狄兰喝酒喝得更凶了。

这就是为什么上面这封信中，他强调自己不是在小酒馆或下流地方写的信。他16岁就进报社当校对，没上过大学，对芝加哥大学这样的名校有一种矛盾的崇拜心理。"这些地名虽然总被拼错，都还能在地图上找到。可地图上找不到你。"1939年"二战"前夜，狄兰出版的第三本诗集，就叫作《爱的地图》。

对自己作为丈夫和父亲的失职，以及妻子的失望，他该是心里有数的。热衷于流浪的人，有些不在乎能不能回去，有些对归处胸有成竹。托马斯对此没有把握，他写这封信时像是微醺着，表现出温柔和幽怨，在已经走得太远、望不见起点的死寂的未知夜晚的长路上，他似乎在向夜空喊话：你是否已忘了我，忘了那个你总说你爱的人？

然而靠那一点儿悔疚，无法再造出一个好丈夫。从美国拿回的钱还掉欠债之后，所剩无几。凯特琳越来越沮丧，因为她要照顾孩子、支付账单、服侍年老多病的公婆；丈夫却在另一个国家纵酒狂欢，勾搭粉丝，对她不忠。他们为此争吵，她竭力阻止他去美国。第三次，也是最后一次美国之旅期间，狄兰搭上了一个叫丽兹的情人。（狄兰死后，凯特琳指责丽兹"偷走了世界上最伟大的诗人"。）

11月5日，他喝了十八杯纯威士忌加两杯啤酒，昏倒，被送进医院。凯特琳从威尔士赶往美国。到达他的临终病床前时，她的反应非常激烈，据在场的其他人回忆，她厉声大喊："这个该死的男人死了吗？"在后来的自传中，她说她不记得说过那句话，不过也承认自己当时"醉得一塌糊涂"。其他报道称，当凯特琳发现另一个女人（丽兹）在照顾她昏迷不醒的丈夫时，她勃然大怒，咬了一名服务员，还跟旁边的人打了起来，直到被制服。人们给她穿上束缚病人用的紧身衣，送进了一个私人精神疾病诊所。一个醉醺醺的妻子送别一个醉酒而死的丈夫，这真像一首诗。

其实托马斯陷入致命的昏迷之前，凯特琳从威尔士给他写了一封信。假如没死于那十八杯纯威士忌加两杯啤酒，那他会读到：

> 我以前就知道你软弱、酗酒、不忠诚，像个无底洞似的，是一个天赋异禀的骗子，但是我原该早点儿想明白，比这些无法原谅的恶习更严重的是，你是个平凡吝啬的刻薄鬼……自神创世以来，没一个妻子有过我这样的遭遇。不管好坏，总算结束了。别再讲肉麻的话了，省省吧——也许你擅长此道，但是你的话臭气熏天，去找个新的谄媚者，跟她说吧，总会有人买你的账。不管

你做什么说什么，无论多么卑劣，都有人接受。去你妈的。

晚年的凯特琳选择住在意大利的卡塔尼亚。1994年7月，她因病去世，享年80岁。临终她要求葬到狄兰墓的旁边，这让家人十分意外。她女儿以为，在意大利度过12年之后，她会愿意葬在那里。

约翰·济慈致范妮·布劳恩

我最亲爱的姑娘：

今早我拿着书散步，可就像平日一样，我满心满意都是你。真希望我能表达得再好些。日日夜夜，我都在受折磨，他们谈着我去意大利疗养的事，如果要跟你分开那么久，那我的身体肯定是好不起来的。尽管对你如此钟情，我还是没法说服自己信任你。

以前你我曾经历长时间的分离，那分离给我带来的痛苦难以言喻。等令堂来了，我会出其不意地问她你是不是去了迪尔克夫人家。为了让我安心，她估计会否认的。我真是疲乏欲死，看来也只有死才能让我解脱。之前发生的事，我老是忘不掉。什么事？那种事搁在世上任何一个人身上，都不算什么，对我却是致命打击。

我会尽力摆脱这些情绪。从前你习惯性地跟布朗调笑时，你的心是否能感受到我一半的痛楚？布朗那人不坏——可他并不知道，他是在拿刀子一寸一寸地剐我。直到现在，那些琐事对我的影响仍萦绕不去。因此，虽然布朗对我照拂良多，我很清楚他心怀友爱，而且要是没了他的周济，我就不名一文，但由于那些事，我到老也不想再见到他，不想跟他说话——前提是我们能活到老。你肯定会说这是疯话。我曾听你说，再等几年也没什么不好，你有的是乐子，心思也还没定下来，你不像我这样心事重重。你怎么会有心事？

你是我由衷爱慕的人，房间里如果缺了你，那空气就像有毒似的。我跟你不一样，你能等下去，你有一千种娱乐方式，我不在，你也能过得顶快活，只要来场派对，随便干点儿什么就能打发一整天。

这个月你要怎么消磨呢？你会对谁微笑？问这些问题，让我显得很野蛮。你还没法跟我感同身受，你不懂得爱情，早晚有一天你会懂，却还不是现在。

问问你自己，济慈在孤单中给你带来多少不悦。对我来说，我一直在捱忍痛苦。被迫坦陈出来，是因为实在受不住了。

我以你所笃信的基督的血请求你，如果这个月你还要做那些让我心痛的事，就别写信来了。也许你已经转性——如果你没有——如果你在舞厅和其他场合依然故我——那我真不想活了——如果那样，我希望自己今夜就死掉。

离了你，我活不下去，可我爱的是忠贞的、品行端正的你。日升日落，日复一日，你放纵任性，不加检点。我每天如此煎熬，你却毫无知觉。请你认真一点儿！爱不是什么玩物！——我再说一遍，除非你能做到心地纯净无瑕，否则不要给我写信。我宁可带着对你的思念，含恨而终，也不愿——

你永远的

J. 济慈

1820 年 5 月周三早晨于肯蒂什镇

* * *

这是一封没有写完的情书，正如作者过早终止的人生。约翰·济慈，生于1795年，逝于1821年，死时25岁又4个月。现在，人类的平均寿命延长了，允许二十五六岁的人还拿自己当孩子宠着。25岁，大概是读完大学本科、研究生毕业的年纪，人生才刚刚开始。

济慈9岁丧父，14岁时他母亲也去世了。加西亚·马尔克斯说，父母是挡在我们和死亡之间的帘子，父母一死，那寒风就吹到身上来了。1818年，济慈的弟弟得了肺结核，他立即赶回来照料。那年年底，弟弟不幸病死，把肺结核的病症留给了济慈。在经济的拮据与疾病的痛苦中，他度过了最后三年时光。

也许因为身边亲人的一次次死亡，死的阴影始终笼罩着他。看看这封信落款的时间：1820年。它就像电影播放器的进度条，告诉读者结局已经不远。济慈仿佛也已意识到去日无多，短短不到一千字的信，数次提及死亡。

在海明威的《乞力马扎罗的雪》中，死亡"是一股气，像一阵使烛光摇曳、使火焰腾起的微风"，是一种重压，会无声无息地爬到人的胸口，把重量全压上去。在济慈的情书中，我们能感受到那种压在他精神上的重负，感到那股森森然的风，吹在字句之间，吹得生命和爱的火焰摇摇摆摆、时明时灭……那摇曳，也带着一丝残忍的美。

对济慈来说，恋爱非但不甜蜜，反而是"日日夜夜的折磨""煎熬"，活像受刑。他理想的爱人娴静、端庄，跟他能产生灵魂的共振。而19岁的范妮，就像所有那个年龄、那个年代的少女一样，难免有点儿轻浮放浪（这是济慈的看法），爱笑，也爱跟人调笑。济慈深恨这一点，他反复批评范妮的举止，疾言厉色，又恼她沉迷娱乐。这让人想起毛姆的《面纱》里，主人公瓦尔特讲给妻子的那段镇静、绝望的话："我知道你愚蠢、轻浮、没有头脑，但是我爱你。我知道你的目标和理想既庸俗又普通，但是我爱你。我知道你是二流货色，但是我爱你。"

不过范妮真那么糟吗？或许，济慈制定了一个不切实际的理想标准,他没有照范妮本来的样子去爱她。也可能是,青春与健康体魄所带来的活力、欢乐,济慈没体验过,对一个习惯寂静的人来说,即使是正常的笑声,也太吵、太粗鲁了。

他梦想的佳景,是跟爱人沉默无声地躺在一起(她不说话,也不笑,只负责呼吸),享受半昏半醒、宛如徜徉于生死之界的体验:

> 我只愿坚定不移地
> 以头枕在爱人酥软的胸脯上,
> 永远感到它舒缓地降落、升起;
> 而醒来,心里充满甜蜜的激荡,
> 不断、不断听着她轻柔的呼吸,
> 就这样活着——或昏迷地死去。[1]

疾病本来就是一种壁垒、一道鸿沟。它先于死亡一步,把相爱的人分开。然后才是死亡,才是肉身之间隔了黄土陇、红绡帐。

其实济慈自己也知道,"那种事搁在世上任何一个人身上,都不算什么,对我却是致命打击"。身为诗人、艺术家,他脆弱善感,那是一种天分,是创作者身上的裂缝,是长出花朵、放出光芒的地方;同时痛苦也更容易从裂缝里攻进去,击垮他们。

那年济慈说范妮不懂爱情,觉得她对待爱情不够认真。他死在他所不愿去的意大利罗马。范妮为他服丧,足足七年,直到她去世都一直戴着济慈送的订婚戒指。这算不算"懂得"和"认真"呢?

---

1. 节选自济慈的诗歌《灿烂的星》,查良铮译本。

海明威致玛丽·韦尔什

最亲爱的淘气鬼：

我只是给你写个便条，这样今晚不管怎样你都能收到点儿东西。本来我觉得今早肯定会有信来，结果没有。可能晚上会收到。船邮没那么快送来，得耐心点儿。不管怎么说，我已经熬过了12号、13号、14号、15号，只需要再等12天。今天我要熬过16号……周六晚上，我出去吃饭，在水岸边一个咖啡馆待到凌晨两点，几乎什么也没喝，还聊到了你……早晨醒来，感觉好极了，决定出去打猎，看看自己的反应能力怎样。我的枪打得又快又果断。赢了38块钱。击败20个猎手，不过最后比赛打鸟时我输了，第一枪我把它打翻到篱笆之外，接着迅速补了一枪，打死了它。打猎并不重要，我也没放在心上，更不想让它惹你厌烦。不过这是个好兆头，意味着财运要来了。大风猛吹，鸟飞得很快……我去镇上吃午饭，（带着得体的谦逊）昂首走过那些猎手。回想一下真有趣，我坚信写作也能起到同样作用。昨天过得快极了。淘气鬼，你一定要对写作有信心。我知道你会的。我发现我把这座城的百分之九十都存了起来，一切欢愉，为你留存，等待开启。我觉得你会为之疯狂的。

（第二天海明威继续写了以下内容：）昨晚没出门吃晚饭，一直待在室内，以为会有信来。结果没有。今早一定会有了。必须得有。今天是 17 号，你是 12 号抵达的。结果你猜怎么着？一封信也没到。

所以现在我要跟帕克斯特、唐·安德烈斯和格雷戈里奥一起坐船出去，在外面消磨一整天，等回来了，肯定能收到一封或者几封信。我估计能。如果还收不到信，我会难受得要死，不过你当然知道该怎么办吧？那就是：挺到第二天早晨。我想我要做好到明晚也什么都收不到的心理准备，这样今晚就没那么糟了。给我写信，淘气鬼。如果这是你必须做的工作，你肯定就做了。你不在，我难过极了，思念让人生不如死。如果你有个三长两短，我肯定活不下去，就像动物园里失去伴侣的动物一样。

（以下内容为手写：）胡安会把这封信送到。致以无尽爱意，我最亲爱的玛丽，我失去耐心了，我快绝望了。

1945 年 4 月 16—17 日

＊＊＊

四位"海明威学校的女人"：与他共享"巴黎盛宴"的哈德莉·理查森、时尚杂志编辑保利娜、记者玛莎·盖尔霍恩和记者玛丽·韦尔什。

玛丽是海明威第四任也是最后一任妻子，两人相差 9 岁。虽然知名度比不上玛莎·盖尔霍恩——美国人以她的姓氏命名了"盖尔霍恩新闻奖"，她的头像还曾被印在邮票上——但玛丽也是顶着枪林弹雨搞事业的女人，她写道："当我在街上被爆炸声包围的时候，我会脸朝下，双手抱着头。"她报道过《慕尼黑协定》的签订，拍摄过纳粹德国进军捷克斯洛伐克的场景。1940 年，她是英国皇家空军驻法国的第一位女记者。1944 年，36 岁的玛丽遇到了海明威。

上面这封情书写于1945年,当时海明威尚未与玛莎离婚。即使不看落款,只读文字,大家也能猜出是谁写的:打猎、枪、输赢、户外活动,还有短而有力的句子,以及坚信笃定的态度。把想法和感觉仿佛随手抛出似的写下来,海明威那鲜明的风格从他的小说一直贯穿到私人信件。

信中至为动人的东西,是这硬汉袒露出了思念给他造成的脆弱,他等情人的信等得坐立不安,数着日子。他说他要坐船出去消磨一整天,这是那种熬时间熬得无可奈何的人的办法,故意不想、不看钟表,故意做别的毫不相干的事打发时间,把"看一眼"当作驴眼前的胡萝卜,把验证那个悬念的时刻当作一整天忍耐的奖赏。

1946年夏天,玛丽在怀俄明州的卡斯珀做了一次输卵管破裂的紧急手术,医生一度放弃了希望,但海明威冷静地要求继续给她输血,最终她活了下来。1948年,玛丽40岁,海明威47岁,两人在古巴成婚,开始了15年的婚姻生活。她是在任时间最长的一位海明威夫人。

后来在回忆录中,玛丽坦率讲述了海明威暴虐的一面,比如当着朋友的面把酒泼在她脸上;也讲了他的柔情,比如分别期间他一天会写好几封信给她,满纸温存情话。

在1950年给朋友的一封信中,海明威说,玛丽·韦尔什带给他的床笫之欢是所有女人中最好的,"这样的女人并不多,何况我是个害羞的人"。1951年,他用8周时间写出了《老人与海》。

1961年6月,医生诊断出海明威患有"精神抑郁症",安排他住进圣玛丽医院的"自杀看护部"。不久,他的精神状态有所好转。不仅如此,电休克治疗还唤醒了他的性欲,他向医生抱怨说欲火难耐,于是医生打电话通知玛丽·韦尔什前来。玛丽赶到医院,与丈夫共度一夜。这一夜却不是"小别胜新婚",事后据玛丽说,那晚"双方都没有完全满足",其后几个晚上她都没有再与海明威同房。出院后他的自杀倾向更加严重,玛丽把他的猎枪收集起来,锁在地下室,但没有藏好钥匙。1961年7月2日清晨,海明威在爱达荷州凯彻姆的家中,将一把猎枪对准头颅,扣下扳机。了结人生的这一枪,也如他对自己枪法的自夸:"又快又果断。"

雪莱致玛丽·沃斯通克拉夫特·葛德文

我最亲爱的玛丽：

昨晚12点我们抵达此处，现在正是次日早饭之前的时间。以后会怎么样，不得而知。我不会等到邮寄时间结束才封缄，可我也不知道那个具体时间是何时。如果你仍有充足耐心，把这信往下读，你会看到另一个日期，那可能是我想再说点儿什么……时间紧迫。眼下我要去银行给你邮些旅费，寄到佛罗伦萨邮局。尽快到埃斯特来，我等你等得心急如焚。你可以一收到信就开始打包行李，第二天继续收拾……你不在，我只能自己决定所有的事情。

我已经尽力了——我心爱的玛丽，你一定要赶快来。如果我做得不好，就责骂我；如果我做得好，就赏我个吻。因为我确实判断不出对错，只有事情本身才能证明。至少我们能省掉介绍朋友的麻烦：我新结识一位女士，为人极好，样貌出众，性情温柔如天使，如果她还聪慧伶俐，那她就真是一位——她的眼睛跟你的相像，她的举止就跟你会喜欢的那种人的一样。

我最亲爱的，你知道我是怎么写出这封信的吗？是见缝插针，一点儿一点儿写成的，几乎每分钟都被打断。现在贡多拉来接我去银行了。埃斯特地方不大，要找房子非常容易。我估计这封信四天后送到你那里，加一天整理行装，加四天路程——九天或十天之后，我们就能见面了。

时间晚了,我赶不上邮寄了,不过寄特快件就可以把时间赶上。信中附有一张五十镑的汇款单。但愿你能明白我做的一切!最亲爱的爱人,保重,开心点儿,来我身边吧。

> 你永恒忠贞与深情的
> P. B. S

替我亲亲蓝眼睛的小乖乖,让威廉别忘了我。克拉拉肯定想不起我了。

> 1818 年 8 月 23 日周日早上
> 于巴尼-迪卢卡

26　致玛丽

哦,亲爱的玛丽,你若在这儿该多好,
你那棕色明亮的双眸闪耀,
甜蜜的嗓音,宛如鸟儿
立在常春藤荫里,
向忧伤的伴侣吟唱爱的歌曲。
那声音是独一无二的美妙!
还有你的额头……
胜过这意大利的蔚蓝天空。

玛丽亲爱的,快来我身旁。
当你远离,我也无法安稳。
像日落之于浑圆的月亮
像暮光之于西天的星辰,

那就是我所爱的你，对我的意义。

哦，玛丽亲爱的，多希望你就在这里，

古堡回声轻诉："这里！"

玛丽和雪莱

* * *

1814年，哲学家威廉·葛德文家中常有一个蓝眼睛的英俊年轻人来访，跟葛德文探讨政治问题。不久，这个叫珀西·雪莱的诗人跟葛德文家的女儿玛丽谈起恋爱来。两人一个22岁，一个16岁，换算到现在，相当于大学四年级学生爱上高二女生——不过玛丽从没当过女学生，她继母不许她上学，她是在家中接受教育的。很快，雪莱带着玛丽私奔了。

这是他第二次私奔。上一次跟他出逃的也是个16岁少女，名叫哈丽雅特·韦斯特布鲁克，此时她仍是他法律上的妻子。不过雪莱和玛丽显然都不在意。两年后哈丽雅特在伦敦海德公园投水自尽。玛丽的姐姐范妮也爱上雪莱，并因无望的痛苦而自杀。雪莱夫妇的爱情和婚姻，笼罩着两个自戕身死的女性的阴影。

1818年，26岁的雪莱因遭政治迫害，离开英国前往意大利。

他先行到达埃斯特,再让玛丽跟随而来,这封信就写在埃斯特的小村里。信的内容十分家常,也比较琐碎,看得出确实是抓空闲时间,零敲碎打写出来的,句子跟句子之间气息都不太连贯,有一半篇幅在估算去信与来信的时间。

要是有人做个统计就好了:在过去人写下的信里,有多少篇幅是在说"信"?谈"信"是信的一项重要内容:上一封是何时收到的,回信何时写好,收不到回信的日子如何煎熬,这信大概会花几天送达你处……硬汉如海明威,也忍不住在给情人的信里反复描述等不到来信的失望、沮丧、焦躁,简直能隔着信纸和70多年的时间听到幽怨的嘤嘤。

诗人舒婷有一首《投邮》,写了类似的生活细节:

避开好奇的眼睛
再看一遍地址姓名
如此珍重托付邮筒
我诧异它竟毫无反应

回家不进门
夜来香花儿落了一身
久望灰雨蒙蒙的天空
计算遥遥来回的路程

这种寄出信后痴立着"计算来回路程"的体验,即将跟手写信一起绝迹。现在大家要忍耐、等待的,顶多是对方回复微信或短信的一小时、半天……如果对方超过半天没回复,就基本可以断定出问题了,下一步便要打电话过去质问。但我不会说雪莱他们那种估算、等待和焦躁是"浪漫"的——西子捧心很美，但生病终究不如健康好。

就在埃斯特这地方，雪莱开始写作《解放了的普罗米修斯》第一幕，也是在这一年，玛丽出版了文学史上第一部科幻小说《弗兰肯斯坦》。两个才华横溢、旨趣相投的年轻人，看似创作生命刚刚展开，未来不可限量。其实雪莱的生命以及两人甜蜜相伴的生涯，只剩三年余额。他们将从埃斯特前往罗马、庞贝，定居那不勒斯，快乐地奔赴那个命定的悲剧之地——斯贝齐亚海湾。1822年7月8日，雪莱就像神话里溺死海中的少年利安得一样，于暴风雨之夜，在斯贝齐亚海中舟覆人亡。

上面第一封信是1818年8月写下的，信末提到的"克拉拉"是两人 岁的小女儿，她病死在那年9月，雪莱于悲痛中完成了《解放了的普罗米修斯》。1819年，他们经过罗马前往那不勒斯时，雪莱最爱的孩子威廉被赤痢夺去年仅3岁的性命。玛丽为雪莱生育的四个儿女，最终只活下来一个。儿女年幼时，颠沛流离的父母担心的都是自己的面影会从孩子那不牢靠的小脑瓜里漏出去，而死亡会抹去一切记忆。闻一多在哀悼亡女的诗中写道："她已经忘记了你！她什么都想不起。"

雪莱逝世17年后，玛丽克服重重障碍，编纂、出版了四卷本的《雪莱诗集》，收录了他的主要诗作，成为后来各版本的主要依据。又过了多年，雪莱的名声才日渐卓著。

玛丽·沃斯通克拉夫特
致吉尔伯特·伊姆利

～～

27　　真高兴，我能遇到一个跟我一样不讲道理的人——你要知道，我收到你第一封信的那天（周日）晚上就写了回信。因为次日才发出，周三之前你可能还收不到……我并不生你的气，我的爱人。因为如果情绪被支配，那就证明它是愚蠢，证明情感本身软弱无力，在这种直来直去的平等中毫无优美可言，激情总能宽恕这些行为。

　　回忆让我们的心紧紧相连，但不是贴着你那能生财的脸庞。我不会真的对你的努力不满，或者说，这本就是我对你性格的期待。不，你诚挚的面庞浮现在我面前——波普——因温柔而松弛，也因我的情绪变化不定而略受伤害，双眼闪烁同情的目光。你的双唇柔软，无与伦比——当我与你的脸庞相贴，整个世界都不复存在。我不会让爱的玫瑰色光辉在这幅图景中暗淡下去，它已经晕染了我的双颊，我感到脸在燃烧，甜蜜的泪水在眼中颤动，一切都因为你。我感恩我们的天父，他让我活着感受这甜蜜，没有把更多温暖分给它的情感——我必须暂停一下了。

　　要不要告诉你，我写下这些东西后心情十分平静？不知为什么，比起你在我身边时，你不在，我对你的爱反而更有信心。真心实意地说，我觉得你一定是爱我的。我坚信我值得你珍爱，因为我的真诚和敏感,你看得到,也能欣赏。

忠贞的玛丽

1793 年 12 月周五清晨于巴黎

* * *

上一封信的收信人与这一封信的写信人有相同的名字,但她们不是同一个人,而是女儿与母亲。玛丽·沃斯通克拉夫特,西方女权主义思想的先驱、英国现代女权主义奠基人,也是上一封情书的收信人玛丽·葛德文的母亲,诗人雪莱的岳母。不过这封信不是写给葛德文的,收信的是一个名叫吉尔伯特·伊姆利的美国人。

玛丽这一生,操劳得令人怜惜,她祖父是个工厂主,留下一笔不菲的遗产,但她那个酗酒、家暴的父亲四处搞投资,将之挥霍一空。在四处奔波的贫苦生活中,玛丽做过有钱寡妇的陪护人,在伊顿公学教过书,当过贵族家的家庭教师,最后决定靠写作谋生。她写童书,做翻译,为刊物撰稿,得来的钱不但要资助父亲,还一力承担下面四个弟弟妹妹的教育费用。此外她还担负起一位已故女友的遗孤的生活费用,用的都是她一笔笔写出的稿费。她的人生遭际和性格,都有些像《约翰·克利斯朵夫》中奥利维那个任劳任怨的姐姐安多纳德。

1792 年,玛丽写下了《女权辩护》。它是第一部伟大的女权主义著作——在 2005 年英国著名作家梅尔文·布拉格评选出的 12 部影响世界的作品中,《女权辩护》与《圣经》和《物种起源》等一同入选,它在人类进程当中所产生的重要影响可见一斑。然而在作者生前,这本著作并没能给她带来足够的财富、名声和成就感。1793 年 4 月,她在巴黎一个商人家中结识了来自美国新泽西的吉尔伯特·伊姆利,很快爱得神魂颠倒。这个浑身都是奉献精神的女人,甚至为了不让自己家人成为他的法定负担而拒绝了伊姆利的求婚。

伊姆利此人,也有点儿文学才能,他出过一本书叫《北美西部领土的地形描述》,后来在玛丽的鼓励和帮助下还写了本小说,名叫《移民》。但他本质上是个精明的投机客,一个名声不佳的商人,他参与过肯塔基州的土地投机买卖,不太成功,欠了一堆债务,为此悄悄离开美国,到欧洲来找机会——这种人当时被称为"冒险家"。

在上面这封写于1793年的情书里,出现了"钱财"这样的字眼,玛丽全心全意地赞颂他,毫无保留地表达爱意和折服之心。她说不知道为什么,"比起你在我身边时,你不在,我对你的爱反而更有信心"。这个,我知道为什么——因为她预感到这个男人并非佳偶,有时这种预感准得要命。但她选择不去理会心头响起的警铃。当他缺席时,她看不到他,只看得到自己的激情和幻觉中"诚挚的面庞",自然更有信心。

1793年,法国大革命期间,伊姆利成为美国驻法国的外交代表,通过操纵英国对法国港口的封锁谋求商业利益。1794年5月玛丽诞下女儿范妮,他很快回到伦敦,把母女俩丢在巴黎。在她因他的背叛而绝望、自杀未遂后,伊姆利又给她一点儿希望,声称自己需要有人代他去挪威处理一些商务。她接下这个苦差,带着保姆和女儿,踏上前往北欧的旅程。

旅程中她给伊姆利写了25封信,讲述旅途见闻,对异国风物发表议论,偶尔泄露一些哀怨之情,不复有上面那封信中的甜蜜。"一有心思,泪水就来了。我必须躲避思考,用强大的想象力驱散悲伤,这是多情心灵的唯一慰藉了。""去年春天我回家后曾遭遇莫大的失望和痛苦……你知道,有些人的心是用什么材料做的吗?回忆起往事,我像孩子似的哭着离开。那种痛苦一如昨日,让我震惊,让我受伤……"后来这些信件整理出版,国内译本名为《漫长的旅行:瑞典、挪威和丹麦短居书简》。等她结束远行回到伦敦,发现伊姆利已搭上新女友:一个女演员。她第二次自杀,再次被救。

作为一点儿哀怨的纪念和报复,玛丽在她此后的小说《玛丽亚,或女人之罪》中塑造了类似伊姆利的角色:迷人但不值得信任的达恩福德,他引诱和抛弃女人的模式与伊姆利如出一辙。

人生最后两年,玛丽与哲学家威廉·葛德文相爱。她再次怀孕,为了让孩子有个合法名分,两人正式结婚。这让葛德文承受了许多批评和嘲讽,因为他曾在自己的哲学文集《政治正义》中鼓吹废除婚姻制度。1797年8月30日,玛丽生下第二个女儿,产后残留的胎盘组织导致感染,经受数日痛苦后,她于当年9月10日因败血症逝世,时年38岁。在弥留的日子里,她经常提起母亲的遗言:"再忍一下,一切就都了结了。"

那个叫范妮的可怜女孩,她父亲伊姆利对她漠不关心,母亲玛丽去世三年后她就被父亲交给别人照顾,后来被葛德文收养。她在1816年10月9日自杀身亡。而令玛丽送命的那个女婴,没享受到一天母爱的温馨,只继承了母亲的名字,也许还有她的"真诚和敏感",追求独立和自由生活的勇气,以及出众的文学天赋。十几年后,这些不曾被薄幸汉伊姆利珍爱的品质,将获得另一颗诗意心灵的欣赏。

拿破仑与约瑟芬互致

❧

28　　我不爱你，一点儿也不爱，相反，我讨厌你——你是个淘气的、笨手笨脚的、蠢兮兮的灰姑娘。你不给我写信，不爱你的丈夫；你明知你的信会让我多开心，可你就是不肯给他写上六行，哪怕是潦潦草草的六行！

　　你每天都在忙什么呢，夫人？什么事这么重要，让你忙得没空给你忠心耿耿的丈夫写封信？你曾承诺给我的那种温存持久的爱，是什么情感把它扼杀了、挤占了？当心，约瑟芬！某个良夜，我也许会破门而入，突然现身。

　　连你的只言片语都收不到，实在让我焦虑不安。快给我写四页信，每页写满甜蜜的情话，那样我的心将洋溢幸福。

　　希望过不多久我就能紧紧搂住你，让一百万个赤道般炽热的吻把你包围。

波拿巴

1797年春天

29　　一千次地致以温柔谢意，谢谢你没忘记我。我儿子刚刚把信带给我。我怀着满腔热情读信，花了很长时间，每个字都令我泪下，但这泪水是甜蜜的。现在我的心已恢复平静，今后也一直会是这样，那些感受就如生命本身，只会随着生命结束而终结。

19日的信让你不快,我感到很失望。我想不起具体字句了,但我记得写那封信时是怀着怎样痛苦的心情,痛苦来自你没给我写只言片语。

离开吕埃-马尔迈松时我给你写过信,那之后我又不知有多少次想再写给你!然而我感到你的沉默有其原因,我也怕频繁写信显得纠缠不休。你的来信是对我的莫大安慰。望你开心,望你享受你应得的快乐,这是我全心全意祝祷的。你也曾带给我很多欢乐,没有什么比它们更有纪念价值。

别了,我的朋友,致以温柔谢意,如我一直给予你的温柔爱意。

约瑟芬

1810年4月于纳瓦拉

* * *

第一次在一本《名人尺牍大全》上读到拿破仑·波拿巴的情书时,感到十分震惊,因为那时我对皇帝皇后的印象,是汉武帝和卫子夫、李世民和长孙皇后,以及电视剧里那些地位相埒、有敬无爱的天家夫妻。在我国皇帝皇后以及夫妻叙事中,"爱"是缺席的,最受宠的往往是娇美妃子,皇后能得到敬重已经很不容易。皇帝的女人们一生唯思"固宠",挖空心思讨好皇帝。但"宠"也不是爱。诗词里有一类被称作宫词,专写被冷落的妃嫔宫人如何精心装扮,却等不来皇帝,寂寞哀怨,满腹牢骚。辽国皇后萧观音失宠于耶律洪基,写下《回心院》,"拂象床,待君王……铺翠被,待君睡",但遭人诬告与琴师有染,被皇帝赐死。

而这位法国皇帝,居然反过来给皇后写情书,写得寂寞哀怨,满腹牢骚,他的皇后居然敢给皇帝脸色看?还敢不给皇帝回信?

后来长大了知道,波拿巴写情书之际,只是个将军,还没加冕称帝。约瑟芬一生中与法国政界人士有很多风流史。1795年，她的贵族前夫在法国革命中被处死，她想方设法结识了军界新星拿破仑·波拿巴，当时他26岁，比她小6岁。相识三个月后，两人于3月9日结婚。约瑟芬以前被称为"露丝"（她的中间名是Rose），但因为他更喜欢"约瑟芬"，从那时起她就一直用这个名字。新婚两天，他率领法国军队出征意大利，戎马倥偬之余给约瑟芬写了很多火热情书，上面第一封就是其中之一。

他也真是精力旺盛，普通人上一天班坐地铁回家就累垮了，他骑马打仗一整天，晚上回到营帐处理完军务公文，还有余力跟妻子诉衷情，"我一点儿也不爱你"这种说反话、欲扬先抑、道是无晴却有晴的话都写出来了。他了解妻子的放荡，也预感到她也许会不忠，警告她"某个良夜，我也许会破门而入"，连哄带吓，最终还是要恳求妻子给他写信，赏一些甜言蜜语。

可惜这些情书并未激起相应的感动和爱意。"你每天都在忙什么呢，夫人？"答案是，约瑟芬在后方忙着办舞会、与人调情。据说拿破仑的情书寄来时，她笑嘻嘻地拿给身边男人们看："那个波拿巴又写信来了！"她跟英俊的轻骑兵中尉伊波利特·夏尔偷情的消息传到前方，拿破仑大为光火，从那时起他不像以前那样爱她了。1798年他带领法国军队前往埃及，也与一位下级军官的妻子保利娜私通，仿佛是效恺撒之前贤，因此那女人被称为"拿破仑的克利奥帕特拉"。那期间他写给约瑟芬的信不再火热。

因为约瑟芬婚后一直没有生育，而拿破仑还真有个皇位需要继承，她46岁那年，他提出离婚。两人于1810年1月10日举行了隆重的离婚仪式。拿破仑坚持让她保留头衔，因为"她从不怀疑我的感情，她一直把我当作她最好最亲密的朋友"。

离婚后，约瑟芬住在巴黎附近的吕埃-马尔迈松。上面第二封信就是婚约解除后约瑟芬给皇帝的信，态度跟之前天差地别，她仿佛终于明白，当年那个青年将军波拿巴给她的是多么珍贵的感情。行文的语气谨慎、柔和、谦卑，"谢谢你没忘记我"，"痛苦来自你没给我写只言片语"，这时苦苦盼望来信的人成了她。他们之间的季节错位了，像笨手拧着魔方的颜色块，夏天和夏天总是不能对到一起。

离婚后，两人的关系反倒比婚姻中好得多。拿破仑说他们唯一的矛盾是她的债务，那是她奢侈的购物习惯造成的。1814年5月29日，约瑟芬在吕埃－马尔迈松去世，享年50岁。其时拿破仑已被流放到圣赫勒拿岛。得知前妻的死讯，他走进房间，从里面上锁，两天没出来，不见任何人。他曾对一位朋友说："我真心爱我的约瑟芬，但我并不尊重她。"尽管两人都有多次婚外情，最终离婚，但皇帝在圣赫勒拿岛上的最后遗言是："法兰西，军队，军队首领，约瑟芬。"

据记载，约瑟芬个子很高，栗色头发长而柔滑，鼻子小巧、挺直，嘴巴形状很美，不过由于牙齿不好，她习惯紧闭嘴唇。许多人称赞她姿态优雅可人，特别提到她的声音低沉、优美，"像银子一样"。

一点儿题外话。某天我坐地铁，身边小女孩拿她妈妈的手机看动画片，主题曲唱道："我是个自由自在的平凡女孩，怎么会变成公主我不明白……"这歌词我听懂了，又没听懂：获得公主身份难道不是因为爸是国王、妈是王后？怎么还能基因突变，"变成"公主？搜了一下，发现动画片叫《小公主苏菲亚》，在一个虚拟王国里，国王爱上带着女儿的单亲妈妈，把母女俩带回王宫，女孩苏菲亚有了新爸爸，也多了公主的头衔。这让人想起爱上寡妇约瑟芬的拿破仑。

约翰·罗斯金致艾菲·格蕾

30　　我不知道还有什么事物致命如你——你就像一座甜蜜的森林，有着可爱的林中空地和窸窣作响的枝条。树影婆娑，人们在其中徜徉，浑忘远近。等他们走到森林中心，发现那里一片凄清清、冷飕飕，神秘莫测。想要返回，却已被荆棘、石楠层层包围，无处可逃。

你像明亮、柔和、蓬松的冰川，覆盖着清晨落下的新雪；映射在眼中的，是天堂般的美景；踏足上去，绵软可爱。可在冰川之下，遍布蜿蜒的罅隙；冰层之内，尽是幽暗的所在。人一旦跌落下去，便再也爬不上来。

1847 年 12 月

约翰·罗斯金

* * *

约翰·罗斯金，英国著名的美术评论家、作家，被称为"维多利亚时期的天才"，对后世影响颇深，拥趸众多。王尔德是他的学生，普鲁斯特认为他是"所有时代、所有国度最伟大的作家之一"，后者甚至为了翻译他的作品而下决心学习英语。然而罗斯金的私人生活堪称悲惨，尤其是与艾菲·格蕾的婚姻。

童年的罗斯金由母亲精心培养长大。他的母亲是一位虔诚的清教徒，把所有享乐都看成罪恶。年幼的罗斯金没有玩具可玩，母亲每天早上花几个小时和儿子一起读《圣经》。上学他只上了几个月，大部分教育在家中，也就是在母亲的眼皮子底下完成。他18岁考入牛津大学，其母把丈夫留在伦敦，自己在大学附近的牛津街租了间房，继续密切监督儿子的生活。罗斯金家和格蕾家关系很好，两家早就计划让约翰和格蕾家的女儿艾菲联姻。约翰对可爱的艾菲一直颇有好感，12岁的她让他写一本童话书，他便创作了一部《金河王》送她。书于1851年出版，十分畅销。

从上面这封短简，可略窥罗斯金的写作风格：细腻、优美，擅长品评画作的他，文字也格外充满画面感。这封给艾菲的情书仿佛是两幅"字画"——用字画出的画。第一幅是半明半晦的密林，林中人立在树荫下、灌木丛旁，扬起一张惶惑迷醉的面孔，茫然不知所措；第二幅画色调正相反，一片映射着阳光、白得发亮的冰雪，上面遍布灰紫色阴影和危险的裂缝。

一般来说，男人想到心爱的女子，心头浮现的画面该是温馨的、暖洋洋的。然而罗斯金心中的画面，阴恻恻、冷清清，什么森林、冰川，就差比成阎罗殿了，好像爱一个女人是桩要送命的苦差事。

两幅画投射的是罗斯金面对爱情和亲密生活的心境，简直像一种预兆。这里也有阳光，但阳光照不透密林，也照不进冰川的裂缝。

1848年罗斯金依从母命，与艾菲·格蕾结为夫妻，此时他29岁，她未满20岁。这段婚姻从床下到床上，没一点儿和谐之处。格蕾和罗斯金的性格截然不同：一个喜欢社交，一个习惯沉浸在宁静孤独的世界里，跟毛姆小说《面纱》里的凯蒂与瓦尔特夫妇很像。更致命的是罗斯金拒绝履行丈夫的义务，说这样方能专心搞研究。原来不在密林中迷路的法子，是根本不进去——妙啊，老罗！

据后来披露的艾菲给父亲的信，罗斯金用各种理由拒绝同房，到最后他跟妻子坦白：他觉得她的身体让他觉得恶心。这个理由匪夷所思，因为艾菲一生留下不少肖像和照片，虽不能说是惊世骇俗的美人，但也绝对秀丽标致，怎么会惹人生厌呢？

后世研究者的主流观点认为，罗斯金厌恶的是她的阴毛或经血。又或者，那也只是表象，内里的原因是早年他母亲过度严格的清教徒式教育，早已阉割了他追求欢娱的能力，一旦接近快乐，犹如雪人近火，下意识感到危险，并产生罪恶感，就像人面对冒着寒气、深不见底的冰川裂缝。

1853年，罗斯金家中来了一个年轻客人：拉斐尔前派的画家约翰·米莱斯。米莱斯幼负神童之称，11岁考进皇家艺术学院，18岁获得金质奖章，才华横溢，人也生得颀长清秀。米莱斯以艾菲为模特，画出了他画家生涯的代表作之一：《释放令》。他与罗斯金夫妇日渐亲近，还一起去苏格兰度假。据说三人行的原因，是罗斯金想让米莱斯给自己画一幅肖像，不过怎么看怎么有点儿"开门揖盗"的企图。米莱斯不但画了罗斯金，也画了许多艾菲的小像，笔触细腻，充满情感。危险的萌芽在湖光山色之间慢慢生发：一个英俊青年，一个久旷怨妇，亲密共游，不出点儿事都难。他们回到伦敦后，艾菲开始跟丈夫打官司，希望解除婚姻关系，她勇敢讲述了婚姻中遭遇的冷暴力，坦白自己至今仍是处女。一时舆论哗然。1854年，主审法官以"无法治愈的阳痿"为前提宣布这桩婚姻无效。

1855年艾菲与米莱斯如愿成婚，两人育有四子四女，共度幸福的一生。而罗斯金终身再没有跟任何人建立性方面的亲密关系。

弗兰克·劳埃德·赖特致米里亚姆·诺埃尔

我已经到了这里,两点半我给你打过电话。听说你去看日场演出,四点半回来。四点半钟,我过来,等了一个小时——我按时赴约了。我想,那些已经发生的事,你跟我再说什么也无法改变。我无话可说。我对你有过的那种感情已经彻底死掉——连愤怒都不再有。如果你想把此事搞得难看,我也无能为力。我必须处理一些之前忽略的工作,你到这儿来吧,我不想再等了。如果你有什么话想说,能让我们和平分手,可以写信寄到"塔利辛"去。如果你没什么要说,那我就主动提出离婚。我会在下周早些时候回来。

* * *

弗兰克·劳埃德·赖特,美国最伟大的建筑设计大师,名列世界现代建筑四位大师之一。检验某人历史地位的标准之一是他能不能跨越行业围墙,把名气或代表作送到外行人的耳朵里,比如不听摇滚乐的人也知道披头士,不练字、不临帖的人也听说过《兰亭集序》。赖特设计的"流水别墅"即属于外行人也知道的杰作,其代表作还有纽约的古根海姆博物馆、"罗比住宅"等等。

这封信的收信人诺埃尔是赖特的第二任妻子。第一任妻子凯瑟琳·李·托宾19岁跟他结婚,生了六个孩子之后,赖特遇到了新缪斯：美丽热情的翻译家、女权主义者玛莎·波斯维克·切尼，昵称"梅玛"。她是赖特委托人的太太。两人为了在一起，都离开了各自的配偶和孩子，并私奔到欧洲以躲避公众的谴责。1911年他与梅玛回到美国，为保护她免遭气势汹汹的记者的打扰，他在威斯康星州买地造屋，取名"塔利辛"——6世纪一位威尔士吟游诗人的名字，意为"闪亮的额头"。1914年8月15日，这栋温馨爱巢里发生一起骇人的血案，凶手是他们的家政工人。这个工人锁上所有窗户，给房子四周淋上汽油，等梅玛带着孩子们从前门逃出，凶手守在那里，用斧头把他们逐个砍死。最终她和她的两个孩子以及赖特的四个学生全部遇害。当时赖特正在芝加哥督造一幢建筑。

这样惨痛的经历之后，赖特陷入哀伤与沮丧。女雕塑家米里亚姆·诺埃尔写信来表示安慰，几周后两人便开始约会——这抚慰的效力真是神速。情热之际，米里亚姆得意又甜蜜地宣称："弗兰克和我根本不在意别人怎么想，我们可以制定自己的法律。"1915年11月7日，《芝加哥论坛报》在报道里引用了她的话，这时距离梅玛的死刚过了15个月。读这段资料时，有种"déjà-vu"（似曾相识）之感，杭州"林爸爸"林生斌的故事，庶几相似，爱人惨死在火灾中，没过多久，男人就"move on"（释怀）了。

也许是因为眼看梅玛去世，赖特仍无意回归家庭，1922年，他六个孩子的母亲凯瑟琳终于同意离婚。赖特如释重负，在1923年与米里亚姆结婚。但婚后他们频繁争吵，他还发现她对吗啡上瘾，新婚六个月，两人分居。

上面那封信，就是赖特跟米里亚姆感情破裂后他给她的信，显然他们约了见面，但米里亚姆爽约，赖特等足一个小时，自觉仁至义尽，遂留书离开。让人感慨的是这一句："我对你有过的那种感情已经彻底死掉——连愤怒都不再有。"

真的，爱的反面不是恨，而是冷漠。恨说明在意，是花朵枝干都被寒风摧拔之后，还埋在土里的一段根。郭芙直到16年后还是一提杨过就愤愤不平。杨过说："只要你此后不再讨厌我、恨我，我就心满意足。"这时郭芙才惊觉自己的心意。如果连气愤和恨意都死掉，那场面就像赖特这封短简一样，一个字一块冰。

1924年，跟米里亚姆的婚姻还在存续期，赖特又爱上一位已婚舞蹈家奥尔杰瓦纳。他们双双回到"塔利辛"，不久别墅因短路再次发生火灾。不过这次女主人没像梅玛那样葬身火海，她健康地活了下来，与赖特恩爱偕老。赖特90岁那年，工作室拿到了59个工程，其中包括35个公共建筑。他人生最后十年完成的设计项目，约占一生总和的三分之一。

亚历山德拉致尼古拉二世

你又走了,丢下我孤零零一人。与你分别,让我心情沉重无比。那些甜蜜的吻、温存的爱抚再也不会有了——我多想深埋在你身体里,双臂紧搂你在我怀中,让你感受到我的爱意有多浓烈。甜心,你就是我生命的意义,每次分别带来的心痛是那么绵绵不绝……别了,我的天使,我的心肝丈夫。我嫉妒我送去给你的鲜花。好想把你牢牢压在胸口,带着温柔的爱,吻遍你身上每个美妙之处……

上帝祝福你,保佑你,保护你从一切险恶中平安归来,不受伤害,步履坚定地跨入新的一年。愿荣耀与和平归于你,愿战争所损耗的都获得偿还。我要把双唇轻柔地覆在你的唇上,浑忘一切,凝望你可爱的双眸,让我疲倦的头颅枕上你心爱的胸口,享受安宁。今天早晨,我努力稳定情绪,凝聚力量,去面对分离。再见,我的唯一,我的爱鸟,我的阳光。

1915 年 12 月 30 日

* * *

亚历山德罗维奇,即尼古拉二世,俄国罗曼诺夫王朝的末代君主。他的皇后亚历山德拉,婚前原名阿利克斯,是维多利亚女王的次女爱丽丝公主所生。尼古拉 16 岁时,就在叔叔谢尔盖的婚礼上认识了未来的皇后，当时她年仅12岁。两人互相写信，一写就写了8年。女王本想让阿利克斯嫁给自己的长孙阿尔伯特王子，未来成为英国皇后。尼古拉的父母觉得阿利克斯性格孤僻，也不喜欢她。但她和尼古拉情意已深，心意坚定。1894年10月20日尼古拉二世继位，11月14日他与亚历山德拉完婚。

1896年5月26日，尼古拉二世夫妇举行加冕典礼，当时清朝特使李鸿章亦前来观礼。登基当天，发生严重的踩踏事故，死伤达两千余人，史称"霍登惨案"，淋漓血色，仿佛预兆这位沙皇享祚不永。

婚后两人感情和谐，亚历山德拉生下四个女儿和一个儿子，可惜唯一的男性继承人阿列克谢患有先天血友病，这种基因是从他的太姥姥维多利亚女王那儿传来的。皇太子病情凶险。1912年，声称能用神力为储君治病的"妖僧"拉斯普京被迎入宫廷，由于屡次"妙手回春"，他在宫中十分受宠，甚至传出了他与皇后有染的谣言。

1915年秋，尼古拉二世御驾亲征，前往俄军指挥部东线指挥作战，不过他基本不干预军官们的战略战术，让懂行的人去做决策。其间他跟皇后像婚前一样频繁通信，上面的情书就是这一时期亚历山德拉写的。"何日平胡虏，良人罢远征"，思念丈夫的皇后所写的情书，也跟普通妇人写的差不多，"嫉妒我送去给你的鲜花"这个细节，足证真情不假。然而当他远离皇宫时，在他的授意和鼓励下，最高权力实际上传给了皇后，导致有能力的部长和官员被解雇，取而代之的是拉斯普京的党羽。对朝廷的不满情绪迅速升温，保守派密谋罢黜尼古拉二世，希望以此挽救君主制。研究者又从尼古拉与亚历山德拉的情书中找出一些语句，试图证明皇后性格强硬，某种程度上操控了软弱的沙皇。

1917年春，由于一系列不得人心的政令和举措，"二月革命"爆发，尼古拉二世宣布退位，临时政府将他们全家软禁起来。这一家人先被转移到西伯利亚的托博尔斯克，又被运送到叶卡捷琳堡。1918年7月17日凌晨，尼古拉二世一家被唤醒，布尔什维克秘密警察把他们带到地下室，宣读死刑判决书，然后在毫无预警的情况下开枪扫射。

　　亚历山德拉"疲倦的头颅枕上了丈夫胸口"，只是没有享到安宁，据说她中弹将死之际仍低声祷告。被残忍枪决时，尼古拉二世50岁，亚历山德拉46岁，大女儿奥尔加23岁，二女儿塔季扬娜21岁，三女儿玛丽亚19岁，小女儿阿纳斯塔西娅17岁，儿子阿列克谢14岁，他们的脑浆和鲜血像颜料一样涂满了地板。为了不让人辨认出死者的身份，秘密警察们给尸体浇上硫酸，又泼了汽油，放火焚烧，再把烧焦的残骸分开掩埋在附近的不同地点。后来苏维埃中央机构确认了这次行动，全俄中央执行委员会"认为这一决定是无条件正确的"。

　　1998年，当时的俄罗斯总统叶利钦命人将沙皇全家的遗骸运到圣彼得堡，安葬在教堂中，并说："尼古拉二世及其家族被枪决，是我们历史中最可耻的篇章。"

泽尔达·塞尔致司各特·菲茨杰拉德

甜心：

求你了，请不要如此消沉——我们很快就能成婚，像现在这样孤单的夜晚，就再也不会有了，日日夜夜，每分每秒，我都会爱你，爱你——

可能你不会理解，但我对你的思念，是天底下最难描述的东西，你总是知道我何时会镇定下来，只是那些痛苦——我无法向你表达。

如果我们在一起，你就会感到那种情感有多强烈。当你郁郁寡欢时，是那么可爱。我爱你那带着忧伤的温存——当我伤害你的时候。我们吵架时我从不觉得遗憾，这就是原因之一，但争吵对你是种困扰。

司各特，整个世界除了你和你宝贵的爱情，我什么都不要。所有物质的东西都是虚无的，毫无价值。

我痛恨那种污秽的、苍白乏味的人生，因为那样你对我的爱会越来越少，到那时我做什么也无法留住你的心，那我也不想活下去了。对我来说，爱是第一位的，生活只是顺便过一过……

不要，不要去纠结那些你给不了我的东西。你曾用那颗最亲爱的心全然地信任我，那种爱比世间任何一个人拥有的都要多。

你怎么可以存心去想象没有我的生活——如果你要死去——

哦，我亲爱的——亲爱的司各特，那就像世界失去光明——我的生活就失掉了意义，我只是一个好看的装饰品。

我爱你！

泽尔达
1919 年春天

* * *

20 世纪美国的"爵士时代"又被称为"咆哮的二十年代"（Roaring Twenties）。奢华的派对、炫耀性的消费、热辣的爵士乐、非法的鸡尾酒会，结合成一个狂热的梦，至今引人遐思。

这些意象在集体想象中无处不在，大多数人没意识到那些画面大部分是基于司各特·菲茨杰拉德对妻子泽尔达的描述。

泽尔达·塞尔，1900 年 7 月 24 日生于蒙哥马利市，父亲是市最高法院法官，家境富有。六个孩子里的老幺泽尔达自幼被宠坏了，她很聪明，但不爱上学，抽烟，喝酒，花大量时间跟男孩

泽尔达和菲茨杰拉德

子泡在一起,"在曼哈顿所有俱乐部的每张桌子上都跳过舞,裙子掀到腰部",可谓浪子领袖、玩咖班头。1918年一个乡村俱乐部舞会上,正在军队服役的司各特·菲茨杰拉德见到这位众人追捧的舞会皇后,立即爱上了她,或者说,他找到了一直渴望的幻梦的化身,就像盖茨比看到了码头对岸神秘的绿光。后来他在多部小说中塑造了类似的富家女形象,"这个耀眼的女人之所以珍贵迷人,是因为她能完全地、成功地做她自己"(《美丽与毁灭》)。

他们互相写信,泽尔达很快答应了他的求婚。她母亲以一种含蓄的方式表示反对:不断给女儿送来她从报纸上剪下的报道失败作家的文章。她的法官父亲提出,结婚可以,条件是司各特必须功成名就。于是压力全压在他的处女作上。

他们度过了一段煎熬时光,新生的爱情暂停在岔道上,前途未卜。上面那封信就是这个时期写下的。19岁的泽尔达给予他蓝色火焰一样高纯度的热情,对一个锦衣玉食的千金来说,说出这种话实在难能可贵:"整个世界除了你和你宝贵的爱情,我什么都不要。所有物质的东西都是虚无的,毫无价值……"虽然她以此后的人生证明——这话不真。也许有一瞬间,在她苦苦思念穷小子司各特,觉得即使没钱也愿意委身下嫁的时候,她真切地觉得一切物质都轻飘飘的,"爱是第一位的,生活只是顺便过一过","不要去纠结那些你给不了我的东西"。然而……要一个人改变她自幼习惯的生活方式,几乎是不可能的。

1919年9月,司各特完成第一部小说《人间天堂》,他的编辑马克斯韦尔·珀金斯告知他出版社愿意将其出版,司各特急不可耐,催他加速:"这部小说是否能成功,对我有很大影响——当然,其中包括一个女孩。"3月26日,《人间天堂》面世,大获成功,首版3 000册几周就销售一空。1920年4月3日,他们在教堂举行了婚礼。

菲茨杰拉德"二人组"成了纽约社交圈红人。泽尔达利用自己的名气帮丈夫做宣传,在采访中赞颂他,并写一些幽默的评论,表达"她需要他成功,这样她就可以买更多梦寐以求的漂亮衣服"。花钱方面,泽尔达是行家,司各特也学得很快,名声和财富像刚拆封的新礼物,令人沉迷。豪宅派对,四季时装,四时鲜花,在柔靡的爵士乐中彻夜喝香槟跳舞——大家按电影《了不起的盖茨比》中的情景想象即可。

他们开始入不敷出,好在司各特第二部小说《美丽与毁灭》仍然畅销。他们的生活就在"赚钱——挥霍——欠债——借钱还债——写作赚钱——继续挥霍"的旋涡中打转。司各特通过写短篇小说和剧本来赚快钱,令那些对他寄予厚望的朋友痛心疾首,密友海明威就公开批评泽尔达,认为她是戕害司各特的罪魁祸首。1925年,29岁的司各特写出了《了不起的盖茨比》,如今这部小说已被誉为英语文学中最优秀的作品之一,但在他生前,该书从口碑到销量都一败涂地。

与此同时,泽尔达也尝试写作,然而她出版的唯一一部小说《拯救我的华尔兹》获得的更多是差评。也许只有司各特看得到妻子的才华,他把她写下的一些日记直接搬进自己的小说。更有不少研究者认为,许多署名司各特的短篇小说其实是泽尔达所写。出版商知道印有司各特名字的出版物会卖得更好,因此当她设法用自己的名字发表作品时,他们也经常在署名处加上司各特,以增加销量。泽尔达发现自己在文学方面的追求时常受到抵制,27岁的她不得不选择把注意力和精力转移到芭蕾舞上,那是她逃避的方式,在舞蹈领域她可以不与丈夫竞争。

到1937年,菲茨杰拉德夫妇一度陷入身无分文的困境。

1940年，畅销书带来的辉煌和声誉所剩无几，司各特已是过气文人，由于酗酒，他甚至很难得到好莱坞电影公司的聘用。他计划通过第五部小说《末代大亨的情缘》卷土重来，但他已没有24岁写《人间天堂》时的健康和精力，多年的放纵生活彻底毁了他的身体。他没时间了。1940年12月20日，他去看电影，胸痛昏厥。他被送回家，上床休息，次日因突发心脏病去世，年仅44岁。

泽尔达比丈夫多活了8年。生命最后10年里，她不是在医院，就是在去医院的路上。1948年3月，医生通知她可以再次出院了，然而她为稳妥起见，选择再待一段时间。3月10日夜间，医院发生火灾，窗户和门都是锁着的，病人们无处可逃，9人被烧死。由于泽尔达服用了强镇静剂，她很可能是在梦中死去的。人们凭借她标志性的红拖鞋辨认出尸体的身份。

时间流逝，他们的爱情故事仍然令人着迷。他钟情的女孩和生活方式成就了他——《人间天堂》中的罗莎琳德、《夜色温柔》中的妮可以及几个早期角色都以泽尔达为原型，他反复写着"穷小子爱上富家女"的故事，把他们的婚姻写进小说；菲茨杰拉德也成了"爵士时代"独一无二的代言人，如果他没那样活过，他怎能写得如此深刻生动——即便这也毁掉了他。才华、美貌、爱情、成功与失败融合在一起，成为一出令人无法抗拒的、司各特与泽尔达独有的真实悲剧。

三

伉俪情深

一想起你的爱使我那么富有,
和帝王换位我也不屑于屈就。

——威廉·莎士比亚,《十四行诗》

泰戈尔致穆里纳莉妮

爱妻：

　　今天收到了你的两封来信，我十分高兴。可惜我没时间写一封足够令你满意的回信——今天我必须启程去博尔布尔。我给父亲读了我的诗，他指出一些段落可再充实一下。留给我的时间只有很短的几小时，必须马上着手干起来，所以除了在心中默默吻你，我没法写更多东西。

　　你不用太花心思讨好我，我有你纯真的爱已足够。当然，如果咱们在所思所为等一切方面都能达到和谐一致，那就再完美不过了——但人不能妄求这些。如果我的事业和求索之路上，有你与我并肩，我会很快乐；如果我能把我思考的一切分享给你，感受你跟我并肩前行，那可真是天大的幸福。若我们保持共同进退，取得进步会很容易。任何事我都不想让你落在后面，可我又怕这样是强迫了你。每个人都有自己独立的品质、意愿和才能。你不可能让自己的天性完全符合我的愿望和爱好，因此不要为此折磨自己。你用爱意和关怀让我的人生变得甜美，还尽力保护我免受不必要的痛苦，你的努力对我来说就是无价之宝。

拉比
1900 年 12 月 21 日
于印度加尔各答

．＊＊＊

写这封信时，泰戈尔39岁，他妻子穆里纳莉妮27岁，不过两人婚龄已有17年，超越了"水晶婚"。他们结婚时他22岁，她10岁。是的，我读到的资料记载：她比他小12岁。22-12=10，这个两位数的算术我算了好几遍。小学四年级的小女孩结婚，这在现在不可想象，是要坐牢的，当时有些反对他的人也指责泰戈尔的婚姻选择。不过我们跳过这个带有时代局限的部分，只看感情吧。据说穆里纳莉妮这个名字是泰戈尔替她取的。10岁的小姑娘，文化水平跟13岁写诗、19岁从英国留学归来的泰戈尔相比，那是将天比地。不过她十分上进，婚后不懈学习，掌握了孟加拉语、英语和梵语，还在泰戈尔的要求下用孟加拉语改写了梵语的简易读本《罗摩衍那》。

上面所引情书写于1900年，落款"拉比"，是泰戈尔的名字拉宾德拉纳特的昵称。从这封信可知，在那段时期穆里纳莉妮做了一些与从前不同的改变，想迎合丈夫的喜好——也许出于难以消却的自卑，也许出于亚洲女性那种温顺的牺牲和服务意识。婚姻17年里，这很可能是她一贯的态度。泰戈尔看到了妻子的努力，也知道那样她并不快乐，他对此的回应是很温馨动人的："你不用太花心思讨好我，我有你纯真的爱已足够。"

须知多少男人，才能和学识比不上泰戈尔的一根胡子，就已经开始自负才高，混得不好是世界的错，"怀才不遇"也是一种祖传优雅姿态，四分幽怨、三分自恋、两分失望、一分鄙视，鄙视是给伴侣的：妻子水平太低，是物质的奴隶，只知道围着孩子和锅台转，没法进行精神交流。意大利小说家莫拉维亚的《鄙视》中的主人公就是这种人。他说："我一直把自己看作一个知识分子、一个文化人、一个搞艺术的人，并觉得我生来就有搞艺术的天赋。为了不让妻子痛苦，我一直掩饰内心的焦虑。我没能跟一个与我志同道合、兴趣爱好相同又能理解我的女人结婚，却娶了一个没什么文化素养的普通打字员，她身上有着她所属阶层的一切偏见和奢望，只是因为她貌美我才娶了她……"

真正伟大的学者、诗人如泰戈尔，只会对妻子说：你用爱意和关怀让我的人生变得甜美，你的努力对我来说就是无价之宝。他掂得出妻子付出的情感的价值。因此学历低一些的女性在婚姻里，完全没必要自卑，任凭丈夫把他的"光环"（很有可能那光环只是他自己吹嘘出来的）做成枷锁。"Wake up（醒醒），你是大艺术家，你真心创作的爱无价啊……"

真心爱一个人，就要看到她的价值，珍惜、褒扬、维护她的价值。

这封信写下时，距离他们夫妇的天人永隔，只余两年时间。1902年穆里纳莉妮患了重病，在她卧床期间，泰戈尔亲自看护她，长达两个月。那时候还没有电风扇，据说泰戈尔一直坐在床边，为她缓缓摇扇。穆里纳莉妮于1902年11月23日离世。她死后，泰戈尔再没有结婚。

莫扎特致康斯坦兹

35 亲爱的康斯坦兹：

一想到又能跟你在一起，我就像个孩子一样兴奋。如果别人能看到我的内心，我会感到羞窘不安。一切对我来说都是冷冰冰的。如果我身边有你在，也许他们那些礼节会让我觉得更愉快，但事实是，没有你一切都那么空虚。再见了，亲爱的，你的莫扎特永远爱你，用他的整个灵魂。

P.S. 写到此信最后一页，眼泪扑簌而下，打湿了信纸。但我一定会振作起来。接住！无数香吻飞来了！啊！好多的吻！哈！哈！我捉住了三个，真香，真好吃！你依然可以写回信，不过地址一定要写成林茨。去不去雷根斯堡还没定下来，所以没法告诉你确切消息。记得在信封上注明，此信留到有人来取信时寄出。

再见，最亲爱的，我最宝贝的小太太，保重身体，不要想着步行进城。写信给我，告诉我你有多喜欢咱们的新公寓。再见，吻你千万次。

沃尔夫冈

1790 年 10 月 17 日于美因茨

* * *

沃尔夫冈·莫扎特，伟大的奥地利作曲家，5 岁就写出第一部作品《小步舞曲》，8岁写出交响曲，11岁写出第一部歌剧，在短短的35年生命中，他创作了626部作品，几乎涵盖当时所有音乐形式，留存下的作品手稿有25 000页之多。上面的信是他写给妻子康斯坦兹的。康斯坦兹·韦伯生于一个音乐家庭，父亲在宫廷歌剧团任职，二姐阿洛伊西亚是歌剧院的高音女歌手。其实莫扎特最先爱上的是姐姐，在阿洛伊西亚移情别恋后，他才转而注意到单纯可爱的妹妹。他在给他父亲的信中写道："我一定要让你更好地了解我亲爱的康斯坦兹，她最美的地方是一双黑眼睛和标致的身材，衣着整洁，又不过分讲究……我爱她，她也全身心地爱我，我再也找不到比她更好的妻子了。"

他们结婚了，像两个孩子一样真挚热烈地相爱。康斯坦兹在音乐上也有颇高素养，许多人认为她在她丈夫的职业生涯中扮演了重要角色。例如莫扎特作品《C小调大弥撒》中的女高音独唱，就是他专为她写的。1783年，在萨尔茨堡的首演会上，她演唱了那首充满爱的作品。她对巴洛克风格的热爱也影响了莫扎特，他为此创作了多首运用巴洛克元素的作品。

然而他们生活始终窘迫，结婚三个月前，莫扎特从宫廷乐师的位子上辞职，成了欧洲历史上第一个公开脱离宫廷的自由艺术家。自由的空气清新，但也凛冽。当时音乐版税市场不健全，加上他有赌博恶习，康斯坦兹花钱大手大脚，为了赚钱他只能接下大量订单，教人弹钢琴，举行长时间的音乐演奏会。他们的情况有点儿像徐志摩和陆小曼：陆小曼身体病弱，要吸鸦片止痛，两人常为了钱吵架，徐志摩有时要做七份工，才供得上太太的花销。

婚后9年间，莫扎特夫妇孕育了六个孩子，只有两个活下来。生活的困顿、创作的压力，从没有在他的音乐里留下痕迹，他谱出的旋律永远明朗、欢快，宛如天籁，好像特意要创造一个无忧无虑、纯净完美的国度,肉身受苦之际,灵魂可徜徉在那块迦南地。他的情书也跟他的音乐风格一样,乐观开朗。"无数香吻飞来了!……我捉住了三个!"谁看到这样可爱的情话不会笑出声来?这是他留给后世的谜,没人知道他是怎么流着泪振作起来的,就像在被生活的枪弹打得破败不堪、摇摇欲倒的房屋里,奇迹般保住一块明亮完整的镜子。

长期超负荷的艰苦工作,令他的健康状况越来越糟。1791年8月,他接受一个不愿透露姓名的神秘人的委托,创作著名的《安魂曲》时,身体已极度虚弱。但即使病痛缠身,预感命不长久,10月他给妻子的信仍是那种轻松快乐的语气。他写信时有个仆人送来晚餐,他顺手把餐食写进信里:"我闻到了什么?猪肉排的香气!真美味!我要饱餐一顿,祝你健康。"有医学专家根据这封信,以及他临终时四肢肿胀的症状,推断他当时吃的猪肉没加工熟,因旋毛虫感染而死。

11月,他病势加剧,逐渐病重至无法下床。12月5日,他生命的乐章戛然而止。康斯坦兹当时也病得很重,没能参加那个雪中的悲惨葬礼。

莫扎特逝后留下大量债务,这令康斯坦兹一度处境艰难。不过她先是从皇帝那里获得一笔抚恤金,又组织了一场纪念音乐会和一场出版她丈夫作品的运动,终于解决了财务问题。1797年,康斯坦兹遇到丹麦外交官格奥尔格·尼森,两人于1809年结婚。法国小说家埃里克-埃马纽埃尔·施米特写过一篇小说《三人行》,虽然没点明名字,但文中三人显然就是康斯坦兹和她的两任丈夫。小说中的格奥尔格是莫扎特的超级粉丝,把遗孀和遗作一并接纳,只为了追寻那位已逝天才的气息。

德怀特·艾森豪威尔致玛米·艾森豪威尔

亲爱的：

现在三个秘书正忙着起草一封长电文，让我有了一点儿喘息时间，赶快给你写封短信。杰瑞·马蒂科斯明天回国，我急着想让他把信带回去给你。

后天是我们的结婚纪念日，我已经给华盛顿那边拍了电报，确保你在那天能收到一束玫瑰花。虽然这里几乎有世界上所有种类的棕榈树，可我没办法送你一棵"庇护棕榈"。从日历上看，27年是漫长的，但婚礼那天早晨的许多细节历历在目，比如，我就是没法让我的白裤子不起褶！！

昨天我一整天都在外面！一路忙乱，晚上回来时我已精疲力竭。本来明天我还要出去，但行程推迟了。有时旅程只有一天，有时长过一星期。很快一次更长的旅程就要开始了。

米尔顿寄给我一篇刊载在《华盛顿邮报》上的长文，内容关于我在此处的工作。它在描述我的职业特性时，比大多数此类故事都准确得多。作者唯一不知道的似乎只是我的行动范围。真心希望圣诞节之前，我能找机会回家待上一天。

好了，我亲爱的，你要相信7月1日那天我会想着你，我永远爱你,全心全意。

你的艾克

1943 年 6 月 29 日于阿尔及尔

* * *

德怀特·艾森豪威尔,1915 年毕业于西点军校,1944 年任欧洲盟军最高司令,指挥了奠定"二战"胜利的"诺曼底登陆"。后晋升为五星上将,1952 年当选第 34 任美国总统,1956 年再次赢得竞选,获得连任。

这位西点军校的学生,就在毕业那年,遇到了富家女玛米·杜德。两个样貌俊俏的年轻人在一见钟情之后,约会不到半年就订婚了。因欧洲战事激烈,19 岁的玛米和 26 岁的艾克(艾森豪威尔的昵称)于 1916 年举行了婚礼。

与一个职业军人结婚意味着生活动荡,在婚姻的前 35 年中,德怀特和玛米搬了 30 多次家。"二战"期间,他们连续分居了 3 年多,对夫妻来说这是真正的苦难。上面的信是艾森豪威尔在北非战场写的,字里行间透露出战地工作的紧迫感,令人精疲力竭的行军之余,他还是抽出时间,安排他不能在场的第 27 个结婚纪念日,让人帮他送妻子玫瑰花,帮他捎送情书。但那个圣诞节他仍没能回家。分开 18 个月后,1944 年 1 月他们终于得到两个星期的相聚时间,当时艾森豪威尔从伦敦回到华盛顿,讨论"诺曼底登陆"行动的准备工作。一年多后,纳粹德国投降,艾森豪威尔问战时参谋长乔治·马歇尔将军,是否能让玛米跟他一起去欧洲。马歇尔拒绝了,理由是这对其他因军职而分居的军人夫妇来说不公平。

很多记述艾森豪威尔生平的文章,会提到他在"二战"中一段疑似的"婚外情"。1942年，英国方面指派爱尔兰姑娘凯·萨默斯比接待来英考察的艾森豪威尔。战前萨默斯比曾在服装公司做模特，身段窈窕，笑容迷人，战争爆发后投身志愿军。开始她只是他的司机，由于她聪明细心，艾森豪威尔要求她兼任秘书。身在国内的玛米读报时，看到新闻照片上，她丈夫左右总有萨默斯比的身影，难免不心生怀疑。但艾森豪威尔在信中告诉玛米：我只想和你在一起。

1948年，萨默斯比写了一本书叫《艾森豪威尔是我的老板》，称她与战时上司有一种柏拉图式的亲密关系，不是恋爱。1969年艾森豪威尔去世。1975年她写了第二本自传《忘记过去：我和德怀特·艾森豪威尔的爱情》，在这本书中，她改口说他们确曾有染。很多人对此提出质疑，认为第二本书有人代笔，因为她当时已身患癌症。《忘记过去》中描述了两次失败的性爱，"我们无拘无束地相拥，脱掉夹克，解开纽扣，就像疯了一样"，但将军无法完成性行为。艾森豪威尔战时的幕僚众多，他们都否认萨默斯比的说法，斥之为胡言乱语。

还有一条证据是一位作家声称，杜鲁门总统告诉他1945年艾森豪威尔请求乔治·马歇尔将军允许他跟玛米离婚，他要娶萨默斯比。但这段话没有确切的录音作为证据，大多数历史学者不予采信。

翻完很多报道和文章，这段真假难辨的"婚外情"给我带来的困扰是，不知道该把德怀特的情书如何分类。如果1943年艾克的心里已有了女秘书，他还会心心念念地惦记着结婚纪念日吗？是否要解释为，因为愧疚，他更热情更起劲地张罗这件事？至少我们从书信中看到的，是一个对婚姻忠贞不贰、对妻子热爱不减的丈夫。

"二战"期间艾克一共给玛米写了319封信,"我把你的照片放在办公桌上,近在眼前""你的爱和我们的孩子是我一生最珍贵的礼物"……他们熬过了漫长的战争。艾森豪威尔当选总统后,玛米搬进白宫,八年总统任期,是他们在同一地点居住最久的时间。结婚40周年纪念日那天,他给她写信,在信里说:"我现在比认识你的那一天要更加爱你。"

法拉第致萨拉·巴纳德

我亲爱的萨拉：

真难以置信，身体的状况会对精神的力量产生如此大的影响。整个早晨，我都在想今晚要给你寄一封让你感到愉悦又风趣的信，可我现在疲惫不堪，手头还有一大堆事要做，这让我头都昏了，满脑子思绪疯转，都围绕着你的倩影，无力自拔，也没法去欣赏它。相信我，我想对你道出一千种真诚的话，但我实在不是操纵辞藻的行家，找不到合适的句子表意。还有，在我陷入深思，想念着你的时候，氯化物、实验、燃油、戴维灯、铁、文集、水银和五十种其他仪器的影子在我眼前游弋，把我推向越来越深的愚蠢窘境。

你亲爱的

迈克尔

1820年12月于皇家研究院

* * *

迈克尔·法拉第的大名，只要接受过九年义务教育的人都知道。初中物理课本中有对电磁感应的介绍：闭合电路的一部分导体在磁场中做切割磁感线运动时，导体中就产生电流；1831年英国物理学家法拉第把这种现象定名为"电磁感应现象"，他因此被称为"电学之父"。

法拉第是个铁匠的儿子,家境贫困,只读了两年小学,13岁时他为了读书到一个书商家中做了图书装订学徒。听了化学家戴维的四次讲座之后,法拉第写了386页详细的笔记,并运用自己的装帧技术,将笔记装订成一本精致的书,附上一封真挚的信寄给戴维。戴维大受感动,于是法拉第在22岁如愿进入戴维的实验室当上助手。1819年,28岁的他在教会里认识了好友的妹妹萨拉,两人相爱。

文科生想到爱人的时候,眼前浮现玫瑰、朝霞、月光下的湖水、莎士比亚。上面的信,本色当行,晃动着戴维灯和水银的影子,一看就是物理学家写的。法拉第虽然自谦他没能力说出那一千种情话,但这散发淡淡氯化物和油味的语言,实则是第一千零一种。既是作家又是电机工程学家的陈之藩先生,在他的书《一星如月》里提到了法拉第的情书(跟本书作者根据英文信件译出的内容略有不同):

> 今天任何其他的事都不能做,给你写了一天的信。由白天写到深夜,现在又由深夜写到快天明了。地板上遍是写不成文的信稿所揉成的纸团。现在我累极了。当我在默想你的同时,好像机油、氯气、钢球、水银,好几十种东西在我头脑里乱转。这种不可收拾的局面,我再也支持不下去了。这样办罢:你如肯嫁给我呢,我们就结婚;不然,就算了。

陈先生的读后感曰:"法拉第的这篇诚恳得至于可怜,坦白得至于好笑的散文与他开天辟地、不继往而开来的科学成就,究竟是哪一方面所产生的力量比较大呢？我好像把法拉第的千古伟业认为平常；而对他这一纸情书，视如拱璧了。"

萨拉没有"算了"，1821年6月12日两人结婚。婚后夫妇相得，法拉第在科学界所受的质疑、嘲讽，一切心灵创痛，都能在萨拉那里获得安慰，他说妻子是他"心灵的枕头"。

他们一生没有孩子。法拉第非常喜欢儿童，也重视对青少年的科学启蒙教育。在英国皇家研究院工作期间，他发起了"圣诞科学讲座"，从1825年开始，每年圣诞假期，都举办面向孩子们的科普讲座。法拉第亲自主讲了19次，其中从1851年到1860年连续讲了10年。这些讲座既生动又新颖有益，吸引了无数儿童和家长，连维多利亚女王的丈夫阿尔伯特亲王都带着两个王子来听。每次阶梯讲堂都挤得满满的，座中不知有多少未来的科学家，就像当年的法拉第一样，因一场讲座点燃了胸中那团探索未知的火。

在年迈的法拉第所做的最后一场演讲中，他感谢的人仍然是他的妻子萨拉。

法拉第身故之后，他发起的"圣诞科学讲座"仍一年年办下去，只在"二战"期间中断了4年，到今天已成为英国著名的国家传统。百多年来，许多来自不同领域的杰出科学家参与到这项伟大事业中，走上法拉第创立的讲台，让科技知识薪火相传。

沙利文·巴鲁少校致妻子

38　我最亲爱的萨拉：

军令紧迫，几天之内部队就要开拔——可能就在明天。也许没法再给你写信，我心情急迫，匆匆落笔，给你写这几行字，若我不在人世，它们会送抵你面前。

行军可能长达数日，但不乏欢乐，最后也许会演变为一场严峻的遭遇战，我亦可能战死。那不由我做主，它将是上帝的意愿。如果我的国家需要我为它奋战至死，我已做好准备。对于我所献身的事业，我毫无疑虑，信心从未动摇，勇气也始终坚定不移。我知道美国的文明现在是何等迫切地需要政府取得胜利，也知道那些为革命而倒在腥风血雨之中的先烈，我们亏欠他们良多。我愿意——衷心愿意——为了维护政府的稳定，交付我此生所有欢娱，清偿这笔债。

可是，我的爱妻，我知道我为了追求个人旨趣，几乎牺牲掉了你的所有快乐，让你的生活里满是牵挂和哀伤，这么多年我自己尝尽了身为孤儿的苦涩，却不得不让它成为我留给宝贝孩子们唯一的精神遗产。当我个人意志之帜在风中坚决自豪地飘扬，我对妻儿的无尽爱意却在天人交战中屈服于爱国之情，这算不算软弱？是不是可耻？

在这安宁的夏夜中，我心乱如麻，不可名状。两千战友在我身边沉沉睡着,很多人正在享受——也许是死前的最后一次——酣眠。而我,当死神带着它那致命的长镖,蹑行到我背后,我正在跟上帝,跟我的祖国和你,倾心而谈。

萨拉,我对你的爱,是死神也夺不去的。这份爱犹如强有力的绳索把你我缚在一处,除了全能的上帝,谁也不能摧毁。然而我对祖国的爱又像一阵强风吹来,令我难以抗拒地奔赴战场。

那些记忆中与你共度的幸福时光,缓缓浮现在眼前,我享受了那么久的快乐,已非常满足,为此我感激上帝,感激你。要忘却一切,亲手断绝希望,好难啊——如果上帝准许,或许我们还能长相厮守,相亲相爱,看着孩子们成长为正直高尚的人。我对上帝的眷顾几乎从无奢求,但仿佛有一些喁喁细语响在耳边——那可能是我的小埃德加的祈祷——祈祷我毫发无伤地回到挚爱的人身边。如我一去不回,亲爱的萨拉,永远别忘了我有多爱你,当我在战场上咽下最后一口气,我会喃喃呼唤你的名字。

我犯过很多错,让你屡次心痛,求你原谅我。好多时候,我是个多么没脑子又愚蠢的家伙!如果你幸福中的污点能以我的眼泪洗去,如果我能把你和孩子们护在身后,向世间一切不幸开战,那该有多好,可是我不能。我的灵魂会自那幽冥之地凝望你,徘徊在你身边,看着你以娇弱之躯抵挡风雨,悲痛又耐心地等待着那个永不分离的团圆之日。

然而,哦,萨拉!如果亡灵能返回人间,在爱人身边盘桓,我会永远陪在你左右。不管响晴薄日,还是夜深人静;无论你欢畅之时,或忧郁之际。永远,永远。一缕柔风吹过你脸颊,那是我的气息萦绕;一阵凉风轻抚你额角,那是我的魂灵掠过。

萨拉,不要哀悼我的死,我只是先走一步,到那边等你,我们终将重逢。

至于我的小宝贝们，他们将像我当年那样长大，蓝眼睛的埃德加应该能模糊记住他童年时跟父亲的嬉闹。萨拉，你定会用充盈的母爱，把他们培养成品质优良的人，我对此信心十足。告诉我的两位母亲，我会求上帝保佑她们。哦，萨拉，我在那边等你！带着孩子们，到我身边来吧。

沙利文
1861 年 7 月 14 日于华盛顿

* * *

先说重点：读完信的人肯定着急知道沙利文的生死，很遗憾，这封情书亦是遗书，巴鲁少校在写信的两周后死在战场上。

1829 年，沙利文·巴鲁出生于罗得岛，从布朗大学毕业后，他进入纽约国家法学院学习法律，于 1853 年开始做律师。他一直热心参与公共事业，获得律师资格后不久他即被选为众议院议员，后来担任议长。他是一名坚定的共和党人，也是亚伯拉罕·林肯的支持者。1855 年 10 月，巴鲁与萨拉结婚，生下两个儿子埃德加与威廉。1861 年 4 月，南北战争爆发，他毫不犹豫地放弃政治生涯，志愿加入罗得岛第二步兵团，除了战斗职责之外，他还担任起了民兵辩护法官一职。

入伍三个月后，一个夏夜，他给妻子写下了这封信。信中先抒发拳拳爱国之情，表达沛然斗志，但也写出了大义与私情交煎的撕裂感。他好像笃定此去唯一的结局是牺牲，因此行文间有挥之不去的深切哀伤。来自另一个世界的光芒，提前从这些情意绵绵的词句间透射出来，"当我在战场上咽下最后一口气，我会喃喃呼唤你的名字"，"我只是先走一步，到那边等你，我们终将重逢"。对妻子的深爱和即将弃世的沉痛，让这位律师出身的战士也写出了充满诗意的语句。

在南北战争期间士兵留下的几万封家书中，沙利文·巴鲁这一封信传颂得最广。它以慷慨激昂又不失冷静理智的语言，道出了那个年代让青年前仆后继的、最普遍的爱国正义感，也让人明白：战争的伤亡不局限于战场。在连绵的战争中，成千上万的士兵没能回到家人身边，留下了无数永远不知父爱滋味的埃德加和威廉，只是无人有这样的见识与表达能力，像沙利文这样给家人留下感人至深的精神遗产。

寄出这封信后，战斗就来了。在随后的布尔朗战役中，为了能更好地指挥部队，巴鲁少校骑马冲在队伍最前方，不幸被一发6磅[1]重的炮弹击中，他右腿受重伤，战马当场死亡。战友们把他抬离战场，给他的右腿做了截肢手术。在北方军战败一周后，巴鲁因伤势过重，于7月29日去世，被埋葬在附近苏德利教堂的院子里。

战斗结束后的几个月里，占领战场的南军士兵进行了一场惨无人道的狂欢，作为报复，他们亵渎了许多阵亡的北军官兵遗体。沙利文·巴鲁的尸骸被他们错当成军团指挥官挖了出来，惨遭斩首、侮辱，最后被丢弃在一个山谷中。1862年3月，来收殓遗骨的人们依靠制服徽章认出了沙利文，将其遗体运回故乡安葬。他的妻子萨拉没有再结婚，她死于1917年，葬在丈夫身边的墓穴中。

---

1. 1磅约为0.45千克。

鲁伯特·布鲁克致诺埃尔·奥利维尔

亲爱的诺埃尔：

一个小时，我脑中涌现一千种你的图影，起初各不相同，兜兜转转就变得一样了……我们相爱。我们分享最不可思议的秘密和了解。诺埃尔，我的爱人，你是那么美丽，妙不可言。我想着你躺在地上吃煎蛋卷的样子，我想着你有一次面向天际线而立的样子——那个周日清晨，在山上。

那一夜无与伦比。光线，阴影，寂静，雨滴，树林。还有你。你太美太神奇了，我不敢描述……而且你比上帝还仁慈。你的手臂、嘴唇、头发、肩膀、声音——你。

鲁伯特·布鲁克
1911年10月2日

* * *

鲁伯特·布鲁克，英国诗人。在所有关于鲁伯特的文章中，人们都会提到叶芝对他的称赞——"英格兰最英俊的男人"。大家可以去看看他的照片，整张面孔如雕刻，无一处不完美，科林·费尔斯和休·格兰特如果有孩子，大致就长成那样。

鲁伯特的早年生活是英国富家子弟的模板，他就读于拉格比

鲁伯特

公学，成绩优异，毕业后理所应当地进入最好的大学：剑桥。大学期间他开始发表诗歌，这一时期他的诗作并未获得太多好评，后世评论家称之为"肤浅的文学练习"，不过由于外表俊美，极富个人魅力，这位剑桥才子很快声名鹊起。

1909年他从国王学院搬出来，在剑桥南面的格兰切斯特租下一座房屋，本意是找个清静的地方读书写诗，躲开学校里没完没了的社交。未料"天生丽质难自弃"，许多朋友追随而来，聚拢在布鲁克身边，在鲜花盛开的果树下喝茶消遣、谈论文艺，这就是著名的"格兰切斯特帮"。其中有后来的大哲学家罗素、维特根斯坦，经济学家约翰·凯恩斯（开创了经济学的"凯恩斯革命"，被称为"宏观经济学之父"），还有小说家E. M. 福斯特和弗吉尼亚·伍尔夫，以及诗人威廉·巴特勒·叶芝。

他的诗歌多以爱和自然为主题，反映一种对理想主义的专注。"格兰切斯特帮"的人们热衷于在湖中裸泳，在树林草地上睡觉，伍尔夫戏称他们为"新异教徒"。布鲁克为这座房子写下一首长诗《格兰切斯特的老屋》，最后两句尤其著名："教堂的钟停在 2 点 50 分／喝茶时还有蜂蜜吗？"

上面情书中描述的情景，应当就是布鲁克和女友诺埃尔在山上"亲近自然"时的回忆，清晨在山上看日出，可能前一夜是露宿。不是所有诗人的情书都像诗，但这一封是。我们仿佛能窥见他记住一件事的方式，彼时彼刻的思绪不重要，行为目的不重要，重要的是光影、声音和触感。1911 年他与诺埃尔订婚，但翌年陷入性取向的困扰——其实他是一名双性恋者。

为了躲避指责，他选择出国，旅行足迹遍布德国、北美与南太平洋岛屿。1914 年"一战"爆发后，他回国参战，加入英国皇家海军，在此期间他写下五首诗，其中的《战争十四行诗》流传最广。1915 年 3 月他登上前往土耳其加利波利的一艘部队运输船，最高司令部提出让他离开部队、回国休整，他拒绝了。然而上船后他患了重病，1915 年 4 月 23 日死于败血病，年仅 28 岁。他去世后，英国政府将其树立为爱国青年与战争诗人的典范。

鲁伯特一生的诗作中，最受称颂、最著名的是《士兵》中的这一句：

If I should die, think only this of me:
That there's some corner of a foreign field
That is forever England.
如果我死去，只要想着这一点：

国外土地上的某一角落

永远属于英格兰。

他确用生命实践了自己的诗句,好友将他葬在了希腊的斯基罗斯岛。他埋骨的"角落",成为一小块"永远的英格兰"。

卡尔·马克思致燕妮

40　我心爱的人：

我又给你写信了，因为我如此孤独，总是在脑子里跟你对话，而你一无所知，既听不到，也不能答，这真让人难受。你的照片虽然照得不够理想，可对我用处很大。我现在才明白为什么最欠典雅的"黑圣母"画像，也有着最狂热的崇拜者，甚至比那些美丽的画像更受欢迎。无论如何，那些"黑圣母"画像所获得的热吻、凝视的目光以及爱慕之心，都不会比你这张小照得到的多，虽然它不黑，而是满面忧郁，完全不能反映出你那面庞的可爱和诱人亲吻的甜美。我把阳光晒坏的地方修补好了，而且，我发现虽然我的双眼已被灯光和烟熏损坏了，却依然能描绘出你的样子，不管梦着还是醒着。你鲜活地站在我面前，我把你搂进怀中，由顶至踵地吻你，跪在你面前，呻吟着说："我爱你，夫人。"我真的爱你，胜过那个威尼斯的摩尔人奥赛罗爱他的妻子。这个虚伪、无价值的世界对人的看法也是虚伪、肤浅的。我那些毁谤者和毒舌的政敌，有谁曾想到骂我适合在一个二流剧院演一个情人角色？可事实我就是这样。要是那些恶棍稍微有点儿脑子，他们会画一幅我匍匐在你脚边的漫画，把"生产关系和交换关系"标在一边。"看看这幅画，再看看那幅"，他们会在下面这么写。但那些坏蛋太蠢了，且会永远蠢下去。

短暂离别于人有益，因为接触频繁会让人觉得乏味，事物间的差别也消失了。过度靠近甚至会让高塔也显得矮小。一旦你不在，我对你的爱便立即显现出来，它犹如一个巨人，凝聚了我所有精神力量和我心中全部情感。这种爱所引发的强烈热情，让我再次感到自己是个真正的人。当代教育和教养的束缚，以及让我们对所有主观和客观印象都不相信的怀疑主义，这些东西使我们渺小、虚弱。但是爱，不是费尔巴哈式的对人的爱，也不是对"物质交换"或无产阶级的爱，而是对亲爱的人，特别是对你的爱，使得人再次为人。

我的甜心，你一定会笑，问我何时变得这么花言巧语。如果我能把你甜蜜纯洁的心紧贴在我心上，我一定保持沉默，一句话也不想说了。只因我无法用嘴唇吻你，我就只能让语言和文字替代热吻了……

世上有无数女性，其中不乏美人，可是我到哪儿再去找这样一张脸，其上每个细微特征，甚至每条皱纹，都能唤起我生命中最美妙、最甜美的回忆？我甚至能在你那迷人的面容上，读出我那无尽的哀伤、无法弥补的损失，当我吻着你娇美的脸，一切痛苦烟消云散。"埋葬在她怀里，再因她的亲吻而复活"，有了你的怀抱和吻，我既不需要婆罗门和毕达哥拉斯的转世学说，也不需要基督教的复活信条。

再见，我的甜心。吻你和孩子们，千千万万遍。

你的卡尔
1856 年 6 月 21 日
于曼彻斯特

＊＊＊

非常巧，就在译这封情书的时候，社交网络上有一个帖子火爆起来。某个讲述卡尔·马克思生平的视频下面，有人评论说："这个时代的中国潜伏着无数朝气蓬勃的青年马克思，却很难找到一个散发着高尚之美的燕妮。"一时嘲讽者众。留言者想必以新时代的马克思自居，之所以尚未写出《新资本论》，只因世界欠他一个燕妮。

那么，燕妮女士是怎么成了踌躇满志者心中的理想呢？

燕妮的全名是燕妮·冯·威斯特法伦（Jenny von Westphalen），中间的"冯"标志了贵族出身——von，相当于英语 from，是连接名字和家族的介词，意为来自某某封地，后来代指贵族世家。这种名字里的介词，在意大利语中是 da，在法语中是 de，在荷兰语中是 van。1814 年她出生于普鲁士，父亲路德维希·冯·威斯特法伦男爵是特里尔的政府顾问，对自由主义和社会主义有着浓

马克思和燕妮

厚兴趣,燕妮受父亲影响,很早就成长为女权主义者。路德维希的同事海因里希·马克思有个儿子叫卡尔,燕妮在他身上看到了"歌德的威廉·迈斯特[1]和席勒的卡尔·穆尔[2],未来他会是雪莱的普罗米修斯,因为胆敢挑战权威而被钉在悬崖上"。相识6年后,卡尔与燕妮订婚,虽然一个贵族少女与一个犹太激进分子的结合不符合当时的文化规范,难得的是双方家长都予以支持、鼓励。1836年,卡尔远赴柏林大学进修,其间他与燕妮互相写了许多深挚的情书。直到1841年卡尔提前获得哲学博士学位,这对未婚夫妇才得以团聚。

1843年25岁的卡尔与29岁的燕妮终于成婚,可惜两位父亲都没能活着看到婚礼,没有来自家庭的经济援助,他们的生活一直不宽裕。婚后马克思夫妇搬到巴黎,但很快由于对德国专制主义的尖锐批评,被当局驱逐出境。2月,燕妮卖掉家具,冒着严寒天气追随丈夫到了布鲁塞尔。

巴黎是他们一生颠沛流离的起点。燕妮写过一篇《动荡生活简记》,叙述语调十分平实,但满篇都是流亡生活的艰难、困顿、窘迫:深夜两人被抓进监狱,在比利时接到驱逐令回到法国,再次被驱逐,迁到伦敦,住在出租房、旅馆里,孩子们受尽折磨,投奔亲人求助却被拒绝,卡尔被剥夺国籍,从此燕妮不断怀孕、生育,流亡中先是一个儿子夭折,然后一岁的女儿也死去,没钱买棺材,燕妮不得不跑到另一位流亡者家中请求接济,这才得到

---

1. 德国作家歌德长篇小说《威廉·迈斯特》的主人公,为人善良、正直,亲历事业和感情的种种坎坷与挫折后,结识一批怀着济世救人、改良社会之理想的年轻贵族,并在与他们的交往中逐渐认识到生活意义所在,走上了积极有为的正路。
2. 德国作家席勒的戏剧《强盗》的主人公,才华横溢,秉性高贵,率众劫富济贫,惩办恶人,伸张正义。

两英镑付了棺材钱……

卡尔写上面那封信时,是他们为数不多比较舒心的年份。燕妮回忆道:"1856年春,我们终于得到了一小笔能够救急的款子。所有债务都还清了,银器、衣物等也从当铺赎回来了。我穿上漂亮的新衣服,最后一次同剩下的三个孩子回到心爱的故乡。回家不久,我可怜的妈妈就病得很厉害。她还和心爱的外孙女们一起庆贺了她的81岁生日。当天她就病倒了,以后就再也没有起来……"

"剩下的三个孩子":他们共生育四女二子,只有三个女儿存活下来。卡尔信中所说"无法弥补的损失",说的就是失去的儿女。在燕妮回娘家探亲期间,卡尔思念妻子,信写得缠绵甜蜜,不减当年,尤其是"我到哪儿再去找这样一张脸,其上每个细微特征,甚至每条皱纹,都能唤起我生命中最美妙、最甜美的回忆?我甚至能在你那迷人的面容上,读出我那无尽的哀伤、无法弥补的损失"。

爱一个人美丽迷人的地方,还只是浅层次的爱;爱一个人的皱纹和衰老的痕迹,才证得真心……好了,这个理论已经被叶芝说透了,我闭嘴。我们一部分的自己,是保存在伴侣那里的,两个人互为灵魂与记忆的存储瓶,这才是最牢不可破的纽带,是能让对方"复活"的神奇力量。

不过语段里突然出现"生产关系和交换关系""物质交换"——不愧是你,哲学博士卡尔,为我们创造出马哲这一科目的伟人——这当年的政治考试的名词解释考题,让我忍不住一个寒噤……

现在回到开始时的那个问题:当代中国"潜伏的朝气蓬勃的青年马克思",为什么想要燕妮?想要的是什么样的燕妮?答:

他们要的是一个陪丈夫受穷吃苦、四处奔波，还无怨无悔、源源不断生育儿女的……工具妻。跟咱们传统聊斋叙事里穷书生都有美狐妖献身的思路，如出一辙。然而，其实连革命导师马克思自己都不希望燕妮过这样的人生。1866年8月13日，马克思给未来的女婿、社会主义者保尔·拉法格写过一封措辞严厉的信：

> 在最后肯定您同劳拉的关系以前，我必须完全弄清楚您的经济状况。我的女儿以为我了解您的情况。她错了。我之所以没有提这个问题，是因为我认为在这方面应该由您采取主动。您知道，我已经把我的全部财产献给了革命斗争。我对此一点儿不感到懊悔。相反地，要是我重新开始生命的历程，我仍然会这样做，只是我不再结婚了。既然我力所能及，我就要保护我的女儿不触上毁灭她母亲一生的暗礁。

从这段话能看出，马克思对燕妮其实怀着深深的歉疚，"毁灭她母亲一生的暗礁"，那应该就是贫穷了。如果再活一次，"我不再结婚了"，这句话多么沉痛，有志者大可为志向献祭自己，但不该一起献祭伴侣的人生。父母爱子，则为之计深远，一辈子视富贵如浮云的卡尔，替女儿筹划婚姻生活时也把经济状况提到最前面。让老父亲万万料不到的是，女儿女婿还是走上了他们的老路。1867年，劳拉与保尔·拉法格在巴黎结婚，几年后随着巴黎公社的失败，夫妻两人像马克思和燕妮一样被迫流亡，去了西班牙和英国，直到1882年才返回法国。在这期间，所生育的三个孩子全部夭折。1911年，夫妻两人在各种压力下，双双自杀。

阿尔弗雷德·德雷福斯致妻子

41　我亲爱的露西：

　　终于能给你写信了。我刚被告知，本月19号我就要动身去服刑，而且被剥夺了与你见面的权利。世上没有足够的词汇能描述我遭受的痛苦，我也不愿跟你细诉。记得吗？从前我常跟你感叹生活的幸福，事事都那么快意，然而灾难如晴天霹雳，一切天旋地转，我被指控犯下了一个军人最丑恶的罪行！直到今天我还觉得我一定是成了某种可怕的牺牲品……

　　但我相信上帝会还我公正，真相终将大白。我的良心坦荡，问心无愧。一直以来我都尽忠职守，从未做出渎职行为。在这间阴暗的囚室里，我也曾精神崩溃，好几次险些发狂，但即使是那时，我的良知仍始终坚守着、警醒着，告诉自己："坚持住！勇敢面对这个世界！尽管这判决令人痛苦，但一定要咬牙忍住。"

　　千万次拥抱你，因为我爱你，崇拜你，我亲爱的露西。

　　给孩子们一千个吻。不敢多提起他们，一想到孩子，热泪就涌入眼眶。

阿尔弗雷德
1894年12月5日周二

***

2020年2月28日,有着"法国奥斯卡"之称的凯撒奖举行颁奖礼,罗曼·波兰斯基凭借《我控诉》获得凯撒奖最佳导演大奖。颁奖典礼主持人故意把《我控诉》念成"我被控诉"。奖项颁出后,现场有多位女演员起立退场,以表抗议。

其实抗议早就开始了,在《我控诉》获得12项凯撒奖提名后,就有近400名法国影人联名向凯撒奖主办方请愿,要求整改,这些人包括蕾雅·赛杜(《阿黛尔的生活》女主演之一)、埃里克·托莱达诺(《无法触碰》导演之一)、米歇尔·阿扎纳维西于斯(凭借《艺术家》获得第84届奥斯卡最佳导演奖)。而此前这一届凯撒奖的终身成就奖宣布颁发给布拉德·皮特(终身成就奖一般会提前几十天颁出),也被他拒绝。

这些抗议,不是针对电影,而是针对其创作者。20世纪70年代波兰斯基被判性侵一名13岁少女,此后他逃离美国,至今仍被通缉。随着"Me Too"运动兴起,又有不少女性站出来指控曾遭到他的性骚扰,还有一位法国女演员实名指控他强暴了自己。但所有指控,波兰斯基都矢口否认,坚称都是冤假错案。

这样一名导演,选择拍摄《我控诉》这个法国历史上最著名、最轰动的冤案,就有些耐人寻味了。

好,现在看一下冤案主人公、上面情书作者德雷福斯的故事。阿尔弗雷德·德雷福斯生于1859年,是一个富有的犹太纺织商的儿子。1880年他毕业于巴黎综合理工军事学校,在接受了专门的炮兵训练后,1885年他被提拔成中尉,1889年晋升为上尉。1891年31岁的德雷福斯与20岁的露西·阿达马结婚。1893年他成为法国陆军总参谋部唯一的犹太军官,可谓前程似锦。然而祸事无端降临了，1894年秋法国情报部门在德国军方办公室的废纸篓中，发现了一份秘密军事文件，显然是一名法国军官提供给德方的。这无疑是严重的叛国罪行。反间谍处处长一向对犹太人有偏见，早就针对德雷福斯进入总参谋部一事公开抗议过。他认定泄密者就是那个"犹太佬"。1894年10月15日人们逮捕了德雷福斯，把他送上军事法庭。

上面就是他在狱中等待审判期间，写给妻子的信。猝然遭遇无妄之灾，百口莫辩，德雷福斯的心境可想而知。在开庭前，军方人士与反犹太媒体把各种对他的诬告和诋毁传得满天飞，被煽动起来的民众群情激愤，几乎已经为他定了罪，这时要写下"我的良心坦荡，问心无愧……我的良知始终坚守着、警醒着"有多艰难。当一个国家的军政系统铁了心要把某人钉上耻辱柱，所谓"真相大白"的机会又有几何？

德雷福斯写完这封信的两周后，12月19日，审判举行，唯一的证据只有笔迹，几名字迹专家都认为泄密文件上的字与德雷福斯笔迹不符。但为了维护上级威信，军方竟捏造证据，提交给法庭。于是12月底，军事法庭宣布德雷福斯犯有叛国罪，终身流放魔鬼岛（南美洲法属圭亚那海岸附近群岛的一部分）。

在1895年1月5日的一个公开仪式上，德雷福斯被开除军籍。按照传统，他军裤上的红色条纹被撕下来，佩剑被折断，丢在地上。德雷福斯大喊道："士兵们，他们在侮辱一个无辜的人！法国万岁！"聚集在仪式上的暴民则高呼着反犹的口号。

自从德雷福斯入狱，他的妻子露西几乎每天都去监狱看望他。他被流放到魔鬼岛之后，她源源不断地为丈夫邮寄食物、书籍，频繁地给他写长长的信，安慰他，鼓励他，给他讲儿子和女儿的成长琐事。虽然她对"叛国贼"的深情遭到谴责，信也仅能以副本形式寄去，但正是这些信给了他熬过监禁与不公的力量，是他跟文明与爱之间仅有的联系。

1896年3月，冤情似乎迎来转机：新证据浮出水面，证实埃斯特哈齐少校正是书写泄密文件的特工。但军方拒绝重审此案，想要深入调查的军官也被调往突尼斯。1896年9月18日，露西向下议院递交请愿书，谴责检方在德雷福斯不知情的情况下提出指控，而且禁止他与他的律师讨论案情。

1898年1月13日，著名小说家左拉在《震旦报》上发表了一封写给总统的公开信，题为《我控诉》，点名指控军方人士构陷德雷福斯、放走真正的叛国者，到当天晚上，报纸卖出了20万份。然而左拉因诽谤军队，被判一年徒刑，为了避免入狱，他不得不逃亡英国，直到1899年获得赦免。这封公开信在当时引起巨大反响，公众舆论开始转向支持德雷福斯。

1898年夏天，案件终获重新审理。大约一年后，军事法庭仍认定德雷福斯犯有叛国罪，但由于"可减轻罪责的情况"而予以减刑；总统赦免了他。但直到1906年7月，最高法院才再次重审，彻底宣判德雷福斯无罪。

蒙冤12年，他终于得回清白。1908年左拉的遗骨迁入先贤祠的仪式，德雷福斯也参加了，一名"爱国"记者试图暗杀他，德雷福斯被枪弹打伤，幸而后来痊愈。他和露西与孩子们度过29年平静的生活，在巴黎去世，享年75岁。

马克·夏加尔致贝拉

42　　给贝拉

我的太阳在夜间闪耀。
当我睡在画幅的床上,
全身被颜料覆盖,
当我因说错话而窘迫,
我胸口窒息,备受折磨。

我在绝望中醒来,全新的日子,
我所渴求的依旧苍白。
朝着干枯的画刷,我飞奔而去,
就像耶稣基督,无比煎熬
钉牢在画架上。

我自问:我死了吗?
画作完成了吗?
万物闪耀,万物有所依恋,万物流淌。
停一停!再加一点儿黑色。
红色蓝色已无法更改,

我忧心忡忡。

听我一言，
殓床，
干枯的草叶，
濒死的爱。
为了崭新的开端，
听我一言。

* * *

马克·夏加尔，白俄罗斯籍犹太裔超现实主义画家。就像莫迪里阿尼的珍妮、莫奈的卡米尔一样，夏加尔最有代表性的画作中，也几乎都有他妻子贝拉的身影。电影《诺丁山》中，休·格兰特家的墙上挂了一幅夏加尔《新娘》的复制品，画中夏加尔抱着新娘贝拉飞在空中。朱莉娅·罗伯茨说："我感觉爱情就该像那样，飘浮在湛蓝的天空中……"休补充说："还有山羊拉小提琴。"她点头："对，没有山羊拉琴就不算幸福了。"

说实话，夏加尔这首情诗写得很一般，也……不太像情诗，不过人家是画家，画好就行，诗写得差点儿意思，贝拉不会怪他。"太阳在夜间闪耀"是他画作中较常见的景观，他的同一幅作品中，幽蓝夜空与高照艳阳同时出现。夏加尔画于1945年的作品《城市的灵魂》，也有些像他这首诗中所描述的画面：画中的画家站在画架前，手拿调色盘和画笔，面前画布上是一个钉在十字架上的人。那时贝拉刚去世一年，画中的他有两张脸，正面的脸面对画架，背面的绿色面孔，幽幽望着浑身雪白，宛如一道火焰、一缕幽魂的贝拉。

贝拉是他绘画世界里永远的主角，无论生死。1949年到1951年间，夏加尔创作了很多带有红公鸡的画作，画作里有他自己，有贝拉，他们永远幸福地依偎在一起。据说他反复画红公鸡是因为他和贝拉结婚时，乡村早晨总有鸡啼，把他们从好梦中叫醒，他总想要回到与贝拉相拥的鸡叫的黎明。

乔治·华盛顿致玛莎·丹德里奇

我最亲爱的：

　　现在我坐下来给你写信，告诉你我所忧虑的事，一想到这消息会让你何等不安，我心头就更沉重了。大陆会议已经做出决议，全国军队将在我的指挥之下，奋起卫国，我必须马上赶赴波士顿履职。相信我，亲爱的帕西，我没有主动去寻求这个职位，相反，我尽了最大努力避免被任命为总司令，不仅因为我不愿与你和家人分离，也因为这份责任如此重大，我深恐不能胜任，而且，比起远赴境外，可能要待上七个七年之久，我更想跟你在家乡厮守一个月，享受那种真正的温馨幸福。但是，命运将我推到这一位置上，乃是对我的优待，我希望我担下这个任务，最终能达成良好的目的。我想你从我的行文中也感觉到了，我深知自己不能推拒这个任命。我不想告诉你一个虚假的归期——情况就是如此——既要拒绝这个职位，又要让我的人品不受谴责，人格不受玷污，还要不让爱我的人难过，这大大超出了我的能力，我实在做不到，也不能只为了让你开心，就罔顾自己的尊严。迄今为止，上帝一直眷顾我，因此我当信赖他，坚信自己秋天就能平安回到你身边。我并不怕公务艰辛，也不怕战场凶险，唯一让我难过的，是我知道你会感到孤单，觉得被独个儿抛下了。我恳求你唤起所有勇气，尽可能把日子过得愉快——如果你能照我说的做，并亲笔写信告诉我，那将是对我莫大的安慰。

　　人生祸福难测，出于谨慎考虑，每个人都应该在尚有能力时，解决财产处置的问题。等我平复情绪之后，就到这个地方来找彭德尔顿上校（因为离家前没什么时间了），请他起草一份遗嘱，嘱他将之附在这封信里。这份遗嘱是给你准备的，万一我阵亡——但愿能死得平静愉悦——我把卖掉自己土地（买主是默瑟医生）的钱也算在留给你的财产中，还包括其他所有债务。我个人要处理的钱很有限——卡里的债务除外，如果不是用银行股本转账时他搞出很多麻烦，那笔债也不至于太多。

　　就写到这里吧，我还有几封别的信要写，请你向米莉和所有朋友转达问候。亲爱的帕西，向你致以最诚挚的关怀。

爱你的
乔·华盛顿
1775 年 6 月 18 日于费城

　　P.S. 写这封信时，我收到了你 15 日的来信。买了两件衣服，据说是最漂亮的精纺棉布。希望你喜欢——50 块钱一件，也就是说每码[1] 布 20 块。

* * *

　　乔治·华盛顿，第一任美国总统。如果你想不起历史课本上他的画像，就想一想"总统山"的四人雕像，只有一个人有前胸衣领，另外三个都只有一个大头。有衣领的那位就是乔治·华盛顿。玛莎·丹德里奇则是首任第一夫人。在华盛顿故居博物馆的

---

1. 1 码约为 0.91 米。

官网上，写着一句话："他们的关系最初是一桩传统婚姻，后来发展出一种浓厚的浪漫情怀，成为一种令人羡慕的浪漫。"

玛莎比乔治小一岁，身材娇小，身高1米52，不过当时欧洲女性平均身高也只有1米58。那时女性大多不识字，但玛莎从小热爱阅读写作，从现存的手写信笺中能看到她的清秀字迹。1750年，18岁的玛莎嫁给了比她大20岁的丹尼尔·帕克·卡斯蒂斯，有趣的是，他们共同生活的庄园也被称为"白宫"。夫妇两人生育了四个孩子，共度七年婚姻之后，丹尼尔于1757年去世。玛莎成了一个富有的寡妇，坐拥近300名奴隶和超过17 500英亩[1]土地。转年春天，她在一个舞会上认识了身高1米88、英俊健谈的上校军官华盛顿。两人的感情进展很快，1759年乔治辞去军职，与玛莎在她家中成婚。

玛莎对乔治不仅爱而且信任，当时许多寡妇再嫁之前，签订了具有法律约束力的婚前合同，以保护她们在上一段婚姻中继承的资产，但玛莎没有。只要她在世，华盛顿就可以使用她三分之一的财产，包括土地、奴隶和她留给孩子的钱。

波士顿倾茶事件之后，1775年4月，殖民地与英军开战。1774年8月31日，乔治当选为弗吉尼亚州代表，他的同事彭德尔顿在一封信中记录了他对玛莎的观察："她已准备好做出任何牺牲，尽管难免焦虑，但情绪仍然高昂。她像斯巴达人的母亲面对即将参战的儿子那样。'我希望你能坚持得住，我知道乔治会的。'"

乔治知道，玛莎嫁给他是期望做个富裕的种植园主的妻子，过一种平静温馨的家庭生活。因此，1775年6月第二次大陆会议

---

1. 1英亩约为0.4公顷。

上,他被推选为陆军总司令之后,给玛莎写下这封信,语气不乏忐忑,解释说不是自己主动去追求,是那个职位主动选择了他,然而天既已降大任,那就应该勇敢承担起来,乔治也清醒地认识到"乃是对我的优待"。他非常真诚地告诉妻子,不能只为了让她开心,就罔顾自己的尊严。而作为一个负责、严谨的丈夫,确认要上战场了,他想到的第一件事是立即把遗嘱立好,在信中粗略交代了财产问题,把所有财产(当然也有债务)留给妻子,这是对玛莎没有签署婚前财产协议的回应。不过玛莎没有太多抱怨,她以极其积极的态度参与到这场独立斗争之中。从1775年开始,每年冬天当战争处于停顿状态,乔治总会邀请玛莎到军营里去。每年她都要走一趟艰苦的旅程,前去与丈夫会合——乔治认为妻子的到来对他干好总司令一职太重要了,因此向国会要求报销太太的旅费。在前线,玛莎不但是乔治的参谋、秘书和参与官方活动的代表,还经常前往士兵营地,冒着感染天花的危险,探望、照料伤病员。

约克镇大捷之后,1783年乔治·华盛顿领导的独立战争迎来最终胜利,英国承认了美国的独立。12月他辞去总司令一职,赶在圣诞节前夕回到家乡弗吉尼亚。就像大禹治水一样,乔治从1775年就再没回过家。玛莎带领家人在门前迎接他,"僮仆欢迎,稚子候门",这支欢庆的队伍比当初送别时多了四个已能走路的孙子孙女。

玛莎和乔治所钟爱的平静家庭生活只持续了6年,1789年乔治当选为首任总统。玛莎不太高兴,但还是像从前一样支持他。1799年乔治去世,她说:"一切都结束了,我很快就会追随他。"她烧掉了早年与乔治的来往信件,只留下两封作为纪念。在丈夫去世两年半后,玛莎病逝,安葬在乔治身边。

四 在悖德的阴影下

爱比杀人重罪更难隐藏，爱情的黑夜有中午的阳光。

——威廉·莎士比亚，《第十二夜》

朱丽叶·德鲁埃致维克多·雨果

当我真诚地请求你，我最甜蜜的爱人，把你所有空闲时间拿来与我共享，即使最短暂的时刻也包括在内，那是因为我知道，我向你求索的是生命。一天见不到你，就像过了一年那么难熬。我没法解释得很具体，可一旦离开你，我的心真的会枯萎。今晚我不指望能见到你，因为天气不佳，时辰已晚，你也该洗漱上床了。我答应你我会勇敢、顺从。而你要做的，是用你整颗心和全部力量来爱我，因为我前所未有地需要你，我的爱。至于我离开你时抱怨的那些轻微不适，你千万不要焦心，那些都不要紧。况且，我并不害怕死亡，我所怕的是我死后你会忘了我，那我在另一个世界也会悲痛欲绝，如坠地狱，如果能确定我死后你的爱意更浓，那我会恳求上帝让我马上死去。你的爱是我生命中最了不起、最独特的东西，是我灵魂唯一的欢乐与幸福所在。明天你可否早点儿来，待久一点儿？这两天见不到你，我无心打扮，你这么好心，一定会补偿我的。你根本想不到我有多迫切地盼望见你，你做什么都如此完美，你总是那么主动地提出慷慨的想法，积极行善。你是我的维克多，善良、宽容、强壮、迷人、完美、高尚、令人赞叹，我要吻你那可爱的小脚丫。

1851 年 1 月 18 日周一上午 10 点 30 分

* * *

1833年,小说家、剧作家维克多·雨果与妻子阿黛尔的感情产生无法弥合的裂痕(前情参看"维克多·雨果致妻子阿黛尔·富歇"一节),他在最绝望、最沮丧之际,遇到比他小4岁的女演员朱丽叶·德鲁埃,立即坠入爱河。

朱丽叶无疑是个美丽的女人,时人说她"拥有巴黎最美丽的肩膀"。她幼年父母双亡,19岁到巴黎来找机会,像一切有姿色的姑娘一样,靠美貌换得食宿。她给一个雕塑家雅姆·普拉迪耶当模特,继而当情妇,生了一个女儿叫克莱尔。26岁时她与维克多·雨果相爱,开始了她兢兢业业的50年情妇生涯。

雨果夫人阿黛尔在几年后得知了朱丽叶的存在,她没有大肆张扬,也没向维克多提出离婚,似乎很平静地接受了这个外室。不过她为分开这对恋人做过不少努力,比如阻挠朱丽叶的演艺生涯:维克多的新剧在文艺复兴剧院排演,朱丽叶准备出演女主角,阿黛尔便写信给剧院导演,声称"让朱丽叶小姐担当主演会损害这部剧成功的机会",并"坚持"让导演想办法找别人来演女主角。

维克多把朱丽叶安置在小村庄勒斯梅兹,距离他和阿黛尔的住所两英里[1]。他们几乎每天都在两个住处中间的某处会面,附近树林里有棵空心的老栗子树,那是他们的"邮箱",朱丽叶把她写的情书放在里面,维克多也把他的信和诗歌放入其中。朱丽叶称这段时期为"树林中的鸟类生活"。她坚持每天给维克多写一封信,直至去世,50年间,一共写了25 000封,那是几十部长篇小说的长度,何等惊人的耐性和韧性!简直有点儿可怕。她抓

---

1. 1英里约为1.6千米。

紧一切时间写信：在剧院包厢里，在小憩的咖啡馆里，在朋友家。她写在随手找到的废纸上、信封上、报纸的边页上，她用墨水笔写，用铅笔写，甚至用烧黑的针尖写：一方面以之填满做情妇的寂寞空虚，另一方面也像是要让这不间断的倾诉、起誓、呼求织成密密的蛛网，留住情人的心。她把这些情书叫作"温柔的涂鸦"。

不过这些涂鸦也未能彻底拴住维克多猎艳的腿。1845 年 7 月 2 日，他跟画家奥古斯特的妻子莱奥妮在一个小胡同的房间里幽会，被其丈夫和警察局局长捉奸在床。不过因为他是贵族院议员，享有豁免权，得以全身而退，莱奥妮就没那么幸运了，她被投进圣拉扎尔监狱，后来又被送到修女院。等她重获自由，阿黛尔挺身而出，成了莱奥妮的保护者。这仿佛是一种替丈夫赎罪的慈悲行为，又像是进一步孤立朱丽叶，"敌人的敌人就是朋友"。

上面的情书，是朱丽叶那"两万五千分之一"。这年两人已相恋 18 年，距离维克多跟莱奥妮的丑闻过去了 6 年。朱丽叶的口吻还像一个沉浸在热恋中的痴情女子，表现出狂热的占有欲，"把你所有空闲时间拿来与我共享"，但又不失温顺，是男人能想到的最模范的情妇的样子——如果"情妇"这职业有模范的话。给一个文学家写情书需要胆量，不是笔力相近的人，很容易造成班门弄斧的效果，但朱丽叶的信确实富有文采，"爱"和"忠诚"这两件事她能有无穷多的花样去表达。维克多曾夸她："我写的是句子，你写的是诗。"显然那 25 000 封情书，他读起来都十分享受。

1851 年，维克多因反对拿破仑三世的统治遭到迫害，被迫流亡，朱丽叶提着装满他手稿的箱子，跟随他逃到布鲁塞尔。后来维克多感慨地回忆那段时光，并给予"表彰"似的赞扬："她救了我的命……20 年来，她对我表现出绝对的、完全的忠诚，从未让我失望。"但他没有报答她以忠诚。据朱丽叶自己估计,从1848年到1850年,维克多至少有200名性伴侣。他可以在清晨和一个年轻的妓女做爱,午饭前和一个女演员做爱,晚上和一个名媛做爱。70岁时他引诱了作家泰奥菲勒·戈蒂埃22岁的女儿,还做了著名女演员萨拉·伯恩哈特的"入幕之宾",到75岁他仍有征服青年女子的记录。有一次维克多的小孙子走进房间,看到80岁的爷爷抱着一个年轻女仆,他对孩子说:"乔治,他们夸我是天才,不是没有原因的。"

即使如此,她仍待他忠贞不渝,崇拜他,为他誊写《悲惨世界》,以第一个读到他作品为荣,告诉他:"如果你不爱我,我活不过两个小时。"1883年1月1日,朱丽叶写道:"亲爱的,我不知道明年今日我会在哪里,但我可以幸福、自豪地向你保证,我生命中只有这几个字:我爱你。"这是她给他的最后一次新年祝福、最后一封情书,4个月后,5月11日她去世了。维克多几乎被悲伤压垮,两年后亦去世。她那些"涂鸦",日后结集成为《致维克多·雨果的1001封情书》。

夏洛蒂·勃朗特致老师康斯坦丁·埃热

你不让我给你写信,又拒绝回我的信,就等于剥夺了我在世间唯一的乐趣,夺去我最后的特权,一种我永远不甘心放弃的特权。相信我,主人,写信给我,于你是做善事。只要我相信你对我还满意,只要还有希望收到你的消息,我便能安心,不至于过分忧伤。

然而,这段沉闷、漫长的时间,杳无音讯,似乎在警告我:主人正在疏远我。日复一日,我苦等那一封信;日复一日,失望反复地把我抛入无法自拔的痛苦深渊。看着你的笔迹,读着你的忠告,那甜蜜的快乐像幻影一样从身边溜走,我陷入爱的高热,吃不下,睡不着,眠食俱废,憔悴不堪。

我要跟你明白地讲,其实我希望能给你写点儿更欢快的信,我写完了自己读一遍,觉得调子有些伤感悲观。但是,原谅我吧,亲爱的主人,不要为我的忧伤而烦恼,《圣经》中有一句话:"盈于心,则溢于言。"一想到我也许再也见不到你,我就怎么也高兴不起来了。

我满心想着的都是——我不能,我决不能失去主人的友情。我甘愿承受最可怕的肉体之痛,也不愿让心不断被懊悔所炙烤。如果主人跟我断绝友谊,那我就彻底绝望了。如果他愿赏赐我一点儿友情——哪怕极少一点儿——我就能满足且快乐,也就有了活着和工作的动力。

先生，穷人要活命不需要多少物资，他们只求富人从桌上扫下一些面包屑就够了。但如果连面包屑都不给，那他们只能饿死了。我渴望从爱人那里得到的感情，不会比那面包屑更多。一段完整的友情会让我不知所措，我不习惯拥有那么多。但若您能对我表现出一点儿关怀，就像从前我在布鲁塞尔做学生时那样，那我就会紧紧抓住这一点儿情感。我依附于此，就像我依附于生命。

* * *

夏洛蒂·勃朗特是我童年记住的第一位外国女作家。电视台播放了译制片《简·爱》，周末伯伯姑姑们嘴里多了个名字"罗切斯特"，热烈讨论简·爱最后"嫁个瞎子"到底是可怜他还是爱他，天上掉遗产变富小姐了还要回去伺候人是高尚还是犯傻。后来大姨送来几本书作为我升入小学二年级的礼物，《简·爱》位列其中，旁边有人（忘记是哪位亲戚了）说："这么小看爱情书，能看懂吗？"大姨对自己的选品相当自信："女孩子一定要早点儿读《简·爱》，早点儿学会自尊自爱。"因为带着"学自尊自爱"的任务，我对这书颇有敬畏之心，第一次读，只读到一半就放弃了。我对罗切斯特的年龄非常惊讶，他都40岁了，对小孩来说，40岁是老头子，老头怎么能当爱情的主角？而且我也不理解何以简会爱上比自己大20岁的粗暴的人，我父亲的性格就暴躁易怒，他那年也40来岁，我每天怀着对他的恐惧，在家中以一颗老鼠的心蹑手蹑脚生活，唯有他不在时才能畅快呼吸……简·爱图的是什么？

小说我到中学才第一次读完，又过了很多年后才知道夏洛蒂自己也爱过一个罗切斯特这样的"先生"。就像简·爱对罗切斯特的爱称是"我的主人",情切时是"我亲爱的瞎眼主人",夏洛蒂在给康斯坦丁·埃热老师的情书里,也那样称呼他。

1842年,夏洛蒂和妹妹艾米莉前往比利时的布鲁塞尔,进入一所由康斯坦丁·埃热夫妇开办的学校,姊妹两个一个教英语,一个教音乐。姨妈去世后,她们回乡处理家事,次年夏洛蒂又独自回到布鲁塞尔。在从布鲁塞尔寄给朋友的一封信中她写道:"他是一名修辞学教授,精神力量很强大,脾气暴躁易怒,个子矮小,肤黑貌寝,一张脸上表情多变,有时他狂怒起来像只公猫,有时像亢奋的鬣狗……"

后来她爱上了这只"拜伦式"的公猫。一年后她回到家乡,频繁给埃热先生寄信,她在情书中称他为"主人"。他们的关系发展到什么程度,或者在多大程度上是互怀情愫,无人知晓。埃热先生的态度在夏洛蒂的信里反映得明明白白,"你不让我给你写信,又拒绝回我的信"。后来他把情书交给妻子,一方面表示自己对婚姻的忠诚,另一方面也希望妻子出面扮黑脸。往好处想,他不愿说出伤害那个英国女学生的话;往坏处想,他是要把这个烫手山芋推开。埃热太太代夫回信,要求夏洛蒂一年只能寄两次信。

我大姨说女孩要在《简·爱》里学自尊自爱,然而在夏洛蒂自己的情书里,残忍点儿说,她抛弃了所有自尊:"先生,穷人要活命不需要多少物资,他们只求富人从桌上扫下一些面包屑就够了。但如果连面包屑都不给,那他们只能饿死了。我渴望从爱人那里得到的感情,不会比那面包屑更多。"这恳求的语气,比沿门托钵的乞丐还卑微,比失业一年马上要被房东赶走的人面对招聘者更低三下四——当然,爱情中的"自尊"和真正的自尊是两回事,我十八九岁那会儿一度相信如果在爱里还想着自尊,只证明爱得不够多。

作家往往会在小说里塑造跟自己性格相反的角色，让角色去完成自己做不到的事。台湾作家亦舒的女主角是一群行事潇洒的白衬衣卡其裤女郎，她们信奉"最紧要是姿态好看"，即使发现男友出轨，也要云淡风轻地分手，因为"能抢走的爱人，便不算爱人"。但现实中的亦舒恋爱起来姿态并不好看，她跟男友岳华闹别扭时，冲到他家里，把他衣服都剪烂，还将一把刀戳在他床的心口位置。岳华提出分手，她跪地求复合……她要是活在自己的小说里，绝对是反派。在《简·爱》里，面对罗切斯特的简对平等和尊严非常敏感，宁可舍弃幸福也要维护。也许夏洛蒂在内心深处希望自己在"主人"面前能硬起腰板直视他，而不是苦苦恳求几颗感情面包屑，但慕之不能践之，更有可能的是她要跳进简的身体，去享受罗切斯特的深爱。

夏洛蒂写给埃热的最后一封信，至少最后一封保存下来的信是这样的："别了，我亲爱的主人，愿上帝以特别的关心保护你，赐予你特别的祝福。"埃热先生去世前曾撕毁这些情书，但他妻子把信的碎片捡回来，粘在一起，保存下来。1913年，埃热家的后人把这一束珍贵的勃朗特情书捐给了大英图书馆。

萨拉·伯恩哈特致让·黎施潘

让我逢迎谄媚的爱人，让我心驰神荡的主人，求你宽恕我。哦，原谅我吧！我真的说了那么多无耻谰言，让你非要在信里写下那么激愤的话吗？你那怒火的洪流，把我冲得晕头转向，那些言语像刀子一般戳我的心，把它们刻在我身体里。信我读了八句，八句话抢着跳进我眼帘中，虽然你无休止的责骂让人疲倦，虽然这回的事错误在你，可我的心仍属于你，疏远你我做不到……

求求你，回来吧！明天我要给你写封更正式的信，让你快点儿回来，快！让，我实在忍受不下去了。我爱你。我是你的，必须如此，这就是我对你真实的感受。你现在太忙了，我的信只有这时候才能送到你手中。不是我的错——十天前我就写了一封跟今天这个一样的信，信里说我爱你。我发誓，我根本无力背叛你。是，我喜欢搞背叛，我简直满肚子坏水——只要你愿意，你怎么说我都行。这些毛病我都有，从前我老是自命不凡，任性妄为，但那些都过去了，我都改过了。只因你来到我身边，你那强有力的气息，让人们和我都为之折服，我的犹豫、所有疑虑都土崩瓦解了。在你双唇上，我啜饮了爱的真谛；在你怀中，我体会到真正的肉体的狂欢；同时，我在你眼中看到了十足的自信。我让自己焕然一新，如重新开放的花朵，就是为了给你一个独属于你的我。一切脱胎换骨，我已不再是过去的我。

让，你要原谅我的坏脾气。你走以后，我彻底垮了，完全没有反省的空暇。床、夜晚、醒来时的激情、吻、爱意，因你怀抱的热力而潮润，带着你的芳香气息……好了，好了！别再提我的脾气了，请你原谅我，为我向你索求的一切。我要双臂挂在你脖子上，轻声细语地求你原谅——大叫大嚷太恶心了。

我的让，好人儿，让我到你身边，给我念一念你那美妙的诗句，让我沉迷在温柔忧伤的稿笺中，或者，让我在乌云中翻滚，让我在你的狂风暴雨之下饱受蹂躏，让我在你的怒火中崩坏，但你要爱我。我的爱人，以爱的名义爱我。

如果你离弃我，我的手爪再硬也无法在你心上留下持久的痕迹。告诉我一切都已过去，告诉我你会撕毁那封愚蠢的信——但更重要的是，告诉我你知道我忠诚于你，不会背叛你。背叛者是懦夫，是无耻的傻瓜。

我那封信是一声报复性的哭号，你错信了它，你一定知道它只是极端痛苦愤怒时发出的尖叫。不过亲爱的主人，你知道吗？我被一种魔咒支配着，只觉得你始终在我身边，用那金光闪耀的清澈双眼凝视着我，你我四只手不断厮磨，我跟你絮絮私语，奉上我的双唇。你怎会有那样的一闪念，认为我是想偷你的包裹？……我敢保证，你会留意到那样一个小偷的，我一想到就觉得很羞愧。别生气，请平静下来。如果你愿显出更高的姿态，站到非常非常高的角度，你会怜悯我那些傻乎乎的胡言乱语。我受过伤害，因此警惕——你做的一切无疑都是对的。我要克服自己的傲慢，服从你的意愿：你若想惩罚我，可以拒绝我的吻一秒钟……

告诉我，尽管你所有希望都曾被我戏弄过，但你对我的信心还是恢复起来了。让我们再次飞行在空中，尽管你让我吃尽苦头，我也要把这趟疯狂之旅继续下去。我要自高空下坠，向你点头致意，然后幸福地落地死去。

吻你每一根发丝，好让你那可爱的身体平静下来，我的嘴唇需要一万次宽恕，并求你把你的嘴唇还给我。

* * *

1898年法国著名报纸《费加罗报》说，每个到巴黎的人有两样东西一定要看：一个是埃菲尔铁塔，另一个是萨拉·伯恩哈特。

萨拉·伯恩哈特，法国舞台剧和电影女演员，职业生涯长达60多年，她曾被认为是继圣女贞德之后最出名的法国女性，也是第一批获得全球声誉的伟大女演员。她生在19世纪盛宴一般的巴黎，那是那座城最好的时代。从印象派到后印象派，再到象征主义、野兽派，整座城在艺术的洪流中载沉载浮，塞纳河上莫奈与雷诺阿划船开筵，蒙马特街边坐着画画的毕沙罗。1844年城中一名荷兰籍交际花生了女儿，取名萨拉，跟我们的韦小宝一样，

萨拉·伯恩哈特

由于干爹较多，生父身份无法确定。萨拉第一次正式表演，乃由剧作家大仲马引介，在法国国家剧团登台，大仲马叫她"我的小星星"。经过在巴黎音乐学院的学习，1868年她在大仲马的戏剧《基恩》中饰演女主角，一炮而红；翌年在弗朗索瓦·科佩的独幕剧《过路人》中女扮男装饰演吟游诗人萨内托，获得极大成功。

1882年萨拉与希腊军官雅克·达马拉结婚，此人比她小11岁，浑身都是恶习，志大才疏，爱慕虚荣，喜嫖爱赌，嗜吸吗啡，唯一优点是一张英俊的脸。萨拉为他开办了一座剧院，照理说背靠剧院天后的名气和资源，要亏损也难，但雅克挪用公款赌博、买吗啡，竟很快把剧院整垮了。就在这一年，他短暂地奔赴北非战事，萨拉与剧作家让·黎施潘发生了一段短暂的恋情。

时间虽短，但这封信证明，在那段对婚姻和丈夫深深失望的时期，萨拉曾在让身上找到了热情和燃烧的理由。她身边永远围绕着送花的人，为何选择了并不出众的让？由一些语句可知，他们狠狠吵了架，萨拉大发脾气——她未成名前就以脾气火暴而出名。让带着怒气写了一封责骂的信，"言语像刀子一般戳心"。这位戏剧女王在回信里用有点儿抓马、夸张的语气，百般地哄他，跟她平时事迹、行为十分不符。我怀疑，这个被爱冲昏头脑、低声下气的小女人一定程度上是她演出来的。

不久，雅克回到巴黎，带着一大笔赌债和一个新情妇，愤怒的萨拉把雅克赶走，也没有留下让。

虽然跟"希腊唐璜"的婚姻不到一年就结束，但就在这短短时间里她的财富已几乎被挥霍一空，这试错费用，不可谓不高昂。陷入经济危机的萨拉不得不再次到欧洲巡演。1889年，34岁的达马拉因吗啡中毒逝世。此后她一直署名"达马拉未亡人"。

爱情不是萨拉人生的主旋律。1894年萨拉聘请当时并不知名

的捐　艺术家穆夏为自己的新剧设计海报，两人开始了长达 6 年的　　。借戏剧女王之东风，穆夏名声大噪，确定了他的标志性风　，萨拉也俨然成为新艺术运动的偶像。很多巴黎人看完萨拉　剧，都用小刀割下一块穆夏的海报带走。大家对穆夏那些以女　为主题的画一定不陌生，不过可能大部分人没注意到，许多女神身后写着一圈字母：Sarah Bernhardt。

女神还有很多密友、"入幕之宾"，包括画家古斯塔夫·多雷、作家维克多·雨果（他为她的表演落泪，称她为"金嗓子"）、画家路易丝·阿贝玛和威尔士亲王（后来的爱德华七世）。不过她只生育了一个男孩，叫莫里斯·伯恩哈特，其父是比利时王子亨利·德·利涅。由于没有正式结婚，莫里斯一直随母姓。他结婚前不久，亨利王子告诉他，自己准备正式承认他的身份，并赐予他姓氏和一大笔财产——应该是当作老父亲的结婚礼物吧。然而莫里斯答道，由于母亲一手抚养他长大，为此做出了巨大牺牲，他宁愿继续做一个"伯恩哈特"。不久后，莫里斯陪父亲去火车站赶火车，队伍排得特别长，他父亲自觉身份高贵，不想跟庶民一起等待，对管理员声称自己是德·利涅亲王，希望得到优待，管理员不为所动，很不耐烦地让亨利王子排到队伍后面去。这时莫里斯走上来，宣称自己是萨拉·伯恩哈特的儿子，管理员立即改容相敬，把他们领了进去。

关于她自己的逸事就更多，比如她在一家美国剧院出演小仲马的《茶花女》，台下有观众发出喧闹声，她停下来说："如果这些人不保持安静，我会在第二幕死去。"她家里像个动物园，养了狗、猫、鹦鹉、猴、豹、变色龙，还有一条蚺蛇、一头狮子。她喜欢睡在棺材里，15 岁就买了口棺材，此后多年她常在棺材里铺满爱慕者写来的情书，睡在其上，她还出售自己躺在棺材里的照片。

1915年她膝盖旧伤恶化，生了坏疽，医生不得不为她截肢，几乎切掉整条右腿，但她仍不放弃舞台。她找人特制了一把椅子，坐在上面表演，并通过巧妙的布景、繁复的长裙掩盖残腿。1923年她在排练新剧时昏倒，不久溘然长逝。据说有三万多人参加了葬礼。

法国园艺家维克托·勒穆瓦纳于1906年培育出一种新品芍药，并将其命名为"萨拉·伯恩哈特"——他肯定是萨拉的忠实粉丝。如今它已是全球最流行的芍药品种，是新娘手捧花的经典之选。今天我们搜索"萨拉·伯恩哈特"时，偶尔会搜出养花爱好者们念叨它的名字，讨论用哪种花材搭配它，以及"白萨拉"和"粉萨拉"哪种更美。

普希金致克恩

我记得那美妙的一瞬，
你出现在我面前，
犹如梦幻泡影

在喧嚣生活的困惑中，
你温柔的声音长久回荡耳边，
睡梦中我也能看到你那窈窕身姿。
许多年过去了，旧日绮梦，
已被雨打风吹去，
我早已忘记你的嗓音和容颜。
在这荒凉乡间，在被孤立的阴郁生活里，
岁月就这样平静流逝。
没有倾心的人，没有诗的灵感，
没有眼泪，没有生活，也没有爱。
如今这颗心灵开始复苏：
只因如今你又出现在我面前。
梦幻般的形象，惊鸿一瞥，
像纯洁的天使。

我心因喜悦而狂跳，

心中一切都重获生机，

有了倾心的人，有了诗的灵感，

有了眼泪，有了生活，也有了爱。

1825 年 7 月 19 日

* * *

《致克恩》是普希金献给安娜·彼得罗夫娜·克恩的诗。1819年，20 岁的普希金来到彼得堡，在彼得堡艺术学院院长奥列宁家中见到 19 岁的克恩，立即为她的美貌与风度倾倒，但当时她已经嫁给了一位 52 岁的将军。6 年后，普希金被撤销公职，发配到他父母的领地米哈伊洛夫斯克村，在当局的监视下过着软禁生活，苦不堪言。"在这荒凉乡间，在被孤立的阴郁生活里"，他意外与客居于此地庄园的安娜重逢，两人共度了美妙的一个月，普希金几乎每天都去拜访她，听她唱歌，为她读诗。安娜临行前，普希金把自己正创作的《叶甫盖尼·奥涅金》其中一章送米给她，后来她这样回忆当时的情景："他清早赶来，作为送别，他给我带来了《奥涅金》的第一章，我在没裁开的纸页间发现了一张折成四叠的信纸，上面写有'我记得那美妙的一瞬'等等。当我准备把这礼物放进盒子里时，他久久看着我，然后猛然把诗夺了过去，不想给我。我苦苦哀求，才又得到它。当时他的脑子里想的是什么，我不知道。"

普希金当时在想什么？我猜他想用这首诗致谢，感谢克恩激活了他的生命和灵感，但诗所表达的情感如此炽热，他怕惊扰到她。有很多分析这首诗的论文，从结构、修辞、音韵等方面赞颂它的卓越。对我来说，它的回环反复、明暗哀乐对比固然美妙，但最打动我的是那句"许多年过去了,旧日绮梦/已被雨打风吹去/我早已忘记你的嗓音和容颜"。如果要说好听的话,哄美人开心,绝大部分人会说"许多年来你的倩影常在我心头,我一刻也不曾忘记你"。一面之缘,铭记数年,肯定是更甜蜜的说法。可普希金非常诚实,忘了就是忘了,我确实没想过你,没惦记过你,是如今偶然重逢,我才记起你来……这让后面相见时的狂喜更真实,也让它更像命运无心的馈赠。

1840年作曲家格林卡为这首诗谱了曲,令它获得更广泛的传播。这首《我记得那美妙的一瞬》至今仍是俄罗斯最著名的情歌,街上随便拦个人都能唱上两句。我想了一下:咱们这边有没有能拿来做对比的,诗与曲俱佳、情深意切又街知巷闻的歌?也许要算邓丽君的《但愿人长久》一唱?

1837年,普希金36岁时与一名□□的年轻学员坠入爱河,诞下一个私生子,两年后丈夫□□将军去世,她得以与情人正式成婚。1879年5月,□安娜在莫斯科去世。据说,当她的棺材被抬着穿过特弗斯大道时,那儿的人们正修建一座普希金的纪念碑,那是诗人与他的缪斯女神最后一次"相遇"。她的墓碑上,铭刻着《致克恩》的前四行诗句。

拜伦致圭乔利伯爵夫人[1]

48 我亲爱的特蕾莎：

我在你的花园里读完了这本书。我的爱人，幸好你不在，否则我永远读不完。书是你最喜欢的那本，作者是我的一个朋友。你看不懂英文，别人也看不懂，所以我没有用意大利文写这封信。[2]但是你肯定能认出这笔迹属于那个狂热地爱着你的人，也能猜到，在这本属于你的书上，他所思的唯有爱。所有语言之中"爱"都是个美妙的词，但你的语言、意大利语中的"爱"是最美的。"我的爱人"（Amor Mio），这个词涵盖了我生前与死后的意义，我存在于此岸，也将存在于彼岸，而那意义就掌握在你的手中。我的命运取决于你——刚从修道院出来两年的十七岁的姑娘。我多希望与你现在还留在修道院，或者我们能在你没嫁人前相遇也好，现在一切都太晚了。我爱你，你也爱我——你是这样说的，似乎也已用行动证明了爱，这对我已经是极大的安慰。当阿尔卑斯山和大海把我们分隔开，望你能时常想起我——但山与海永远无法阻隔我们的心，除非你变了心。

拜伦
1819年8月25日于博洛尼亚

---

1. 特蕾莎·圭乔利伯爵夫人。
2. 拜伦可能本来就不希望特蕾莎读懂这封信。

* * *

1819年4月24日，拜伦给伦敦友人写信："自上月以来，我爱上了拉文纳的一位伯爵夫人——她丈夫是60岁的圭乔利伯爵。她今年20岁，像旭日一样艳丽，像中午一样温暖。"

这位女士叫特蕾莎，是拉文纳贵族家的女儿。日本作家鹤见祐辅所著《拜伦传》里引用这封信，在下面标注道："拜伦弄错了，她那时实际只有17岁。"而再往下，编者又加了个注释："鹤见祐辅也弄错了，特蕾莎生于1800年，这时是19岁。"而在上面的情书里，拜伦称呼特蕾莎为"十七岁的姑娘"，他似乎一直没搞清楚她的岁数。

16岁之前，特蕾莎在修道院中接受教育，"毕业"后立即嫁给了富有的老伯爵。她当然不爱他，不过当时意大利的风俗是，女人结婚满一年后可以找个情人作为"随身骑士"，丈夫和社会舆论都予以准许，可见大家都觉得为这种无爱婚姻守贞一年，意思意思，也就足够了。特蕾莎便是在她的"守贞年"将尽之际，与31岁的拜伦相遇。

她66岁时写了《回忆拜伦勋爵》，讲述那晚的初见："那天晚上我十分疲倦，只是为了对丈夫的义务出席那场宴会。但来到宴会的拜伦勋爵那高贵而优美的容貌，他的声音、举动，以及他周身发出的种种魅力，超过了我见过的所有人。"这次见面即将结束时，她跟拜伦握手，悄悄塞了张小纸条在他手中，上面写的是幽会的时间地点。从此他们每天见面，感情日深。特蕾莎要他发誓：第一，永不离开意大利；第二，她去哪里他就要追随。他答应了,得到了这个情人的"名分"。她随丈夫回拉文纳之后生了场病,写信要求拜伦来探望。于是由圭乔利伯爵出面邀请,拜伦从威尼斯赶到拉文纳,住进爵爷的豪华宅邸中,过起了丈夫、妻子、情人三人同居的日子。当伯爵夫妇到博洛尼亚去,拜伦也随行,仍跟他们住在一起。

这种生活很快使他厌倦,在写给朋友的信里,他把自己叫作"男妾":"我决定移居南美,像这样在意大利做男妾,拿着女人的扇子跟在后面,我已经很厌烦了。"

上面这封情书,应当是他住在圭乔利家中时写的。他一向喜欢异国化的东西,此时他对特蕾莎的爱意仍然浓烈,认为这段恋爱会是"最后一次",她会是终结他浪荡生涯的女子。他说:"这是我最后的爱情。我已经过够了放荡的生活,这是我过去的生活道路必然导致的结果。不过我总算从罪恶的放纵里至少获得一个好处,那就是有机会去爱——纯洁地去爱。"

但他明显已萌生去意,所以预设了"阿尔卑斯山和大海把我们分隔开"的结局。让一个生性狂野的诗人亦步亦趋地做个"随身骑士",好比给天马套上犁,教它耕田。特蕾莎后来有没有读懂这封信?很难说。她在修道院中学的外语是法语,也能阅读拉丁语的书籍,只是不通英文,这种私密的情书她愿意拿出去让旁人的眼睛翻译、窥看吗?也许拜伦本来并不希望她读懂,他跟她始终都在用自己的方式、自己的语言说着"爱",只能靠猜测,"猜到……所思的唯有爱"。与特蕾莎同居,对他的写作也很难说是好事,她反对他写《唐璜》,后来他总算获得许可继续写,但她不喜欢拜伦诗里的讽刺挪揄,提出条件是"要写得比较感伤"。

1821年希腊民族独立战争爆发。1823年7月，拜伦驾船驶往希腊，投身希腊独立运动，为了筹措革命经费卖掉了苏格兰一处庄园，自己招兵买马，于转年3月组建起一支"拜伦旅"，计划攻打勒班陀要塞，但尚未出师就病倒了。经历几轮有害无益的放血治疗，他于4月19日黄昏去世。希腊独立政府宣布拜伦之死为国葬，全国哀悼三天，遗体被送回他的祖国英国安葬。

薇塔与弗吉尼亚·伍尔夫互致

49　　我只想要弗吉尼亚，别无所求。昨夜在噩梦中我写了封优美的信给你，但醒来就全不记得：我只是想你，用最单纯绝望的人类的方式。你的信里尽是精妙辞藻，却永远写不出这样简单自然的句子，可能你都没感受过这样的感情。你一定已经感觉到我们之间产生了小小的裂痕，但是，如果你用一句矫饰的话来掩盖，它就失真了。对我来说事情其实非常明显：虽然我早有心理准备，但现在我对你的想念，还是到了难以置信的程度。因此这封信只是一声痛苦的尖叫。你对我已经如此重要，简直匪夷所思。我想你早就习惯了人们对你示爱，该死的，你这被宠坏的家伙。我不能用出卖自己的方式，去赢得你更多的爱——可是，我亲爱的，我太爱你了，爱得太真挚了，在你面前我没法故作冷淡。你没见过我是怎么疏远自己不喜欢的人，我已经把它搞成了一门艺术。是你彻底粉碎了我的防御，而我对此毫无怨言。

　　　　　　　　　　　　　　　　　　1927年1月21日
　　　　　　　　　　　　　　　　　　于米兰

50　　看这个，薇塔——抛开你丈夫，我们一起去逛汉普顿王宫，在泰晤士河上共进晚餐，接着到公园踏着月光散步，深夜回家，搞一瓶酒，喝个大醉，那时我会跟你倾诉所有想法，成千上万，无以计数。这些话昼伏夜出，只能在夜幕沉沉的河上显形。考虑一下。我是说，抛开你的丈夫，来找我。

1927 年

* * *

薇塔·萨克维尔－韦斯特，生于贵族之家，自幼住在英国最大的庄园住宅——诺尔庄园里。那是座城堡，有 365 个房间，52 级台阶，12 个入口，7 个庭院，对应着一整年的天、星期、月和一周。伍尔夫说："那片建筑可能有一半的牛津那么大。"到了今天，弗吉尼亚·伍尔夫名声显赫，远非薇塔·韦斯特能比。但在 1922 年 12 月她们相遇时，身兼贵族、名流、作家、诗人、评论家等多重身份的薇塔更著名一些。当时弗吉尼亚 40 岁，她的小说和散文刚获得认可；薇塔比她小 10 岁。薇塔给丈夫写信，对伍尔夫赞不绝口："我仰慕弗吉尼亚·伍尔夫，换成你也会如此。在她的魅力和人格面前你会完全折服。而她完全不为所动。她的

薇塔和伍尔夫

穿着打扮惊世骇俗。我从来没有这么喜欢过谁。"弗吉尼亚在日记里描述薇塔时就没那么多赞美了,"她不太符合我严肃的品位——衣着华丽,长着小胡髭,全身就像长尾鹦鹉一样颜色鲜艳,具有贵族式的自在悠闲气质,但没有艺术家的智慧"。

在最初的通信里,她们互称"尼科尔森夫人""伍尔夫夫人"。尼科尔森是薇塔夫家的姓氏,她和外交官丈夫哈罗德·尼科尔森的婚姻是开放的,两人都风车似的搞婚外情——异性、同性都有——但夫妻间又有一种奇异的和谐与情义。弗吉尼亚与丈夫伦纳德的婚姻里几乎没有性爱,她对薇塔描绘她跟伦纳德尝试做爱的情景,结果是"可怕的失败,而且很快就放弃了"。很妙的是,薇塔把这也转述给了自己的丈夫哈罗德。

1925年弗吉尼亚在给薇塔的信里说:"是的是的是的,我确实喜欢你。我不敢写出更强烈的字眼。"离别期间,薇塔计算出她们下次相见的时间是"48万秒"之后。1927年,伍尔夫出版了毕生杰作《到灯塔去》,这部小说确立了她意识流小说三巨头之一(另外两位是乔伊斯、普鲁斯特,他俩的信也都出现在本书中)的地位。上面的情书就写在那一年,那时她们已做了5年朋友:用2年时间发展成密友,"彼此挂念和挑逗",又用3年时间犹疑着继续走近对方,直到消弭肉体间最后的距离。

后来薇塔的儿子奈杰尔·尼科尔森如此评价自己母亲面对女友时的态度:"薇塔一会儿特别大胆,下一刻又特别害羞,她对年长10岁的弗吉尼亚又爱又怕。"丈夫和儿子都用宽容,甚至是远远欣赏的眼光对待薇塔的恋爱,不得不说这真是个奇特的家庭。她俩的年龄和性格,以及这段感情中的主动、被动关系在上面两封情书中显露无遗。薇塔热情、勇猛,更娴于这样爱的呼号:"我不能用出卖自己的方式,去赢得你更多的爱。"就像林忆莲的歌词说的：你从来不了解，心痛有多么强烈，如今若要我为爱妥协，我宁愿它幻灭。薇塔没法完全搁置自己的高傲，又无法抗拒要在过于汹涌的爱中俯身祈求。

年长的伍尔夫态度更沉静。她善于写连珠缀玉的长句，薇塔批评她"你的信里尽是精妙辞藻，却永远写不出简单自然的句子"。不过这封短简的句子可以称作"简单自然"，一头一尾，都是命令似的"抛开你的丈夫"，对薇塔信中发出的尖叫，她回应的是一种沉稳、简洁、有力的声音。那个泰晤士河上的约会有没有实现，不得而知。对读者来说最遗憾的是，她们在现实生活里获得了快乐、圆满，就从情书中消失了踪影。毕竟情书中的悱恻，只是肉体缠绵的代餐。

薇塔始终没有完全"抛开"丈夫，她跟弗吉尼亚热恋时也不断跟丈夫通信，几乎将所有细节都跟丈夫分享。"对弗吉尼亚的爱是很难拿捏分寸的一件事。这种爱是思想上的……她也爱我，这让我受宠若惊，身心愉悦……但我害怕得要死，因为她的疯病，我生怕触发她身体内的性渴求。"

薇塔还为文学史催生了另一部伟大的小说。她父亲去世后，由于只有男性家族成员才能继承庄园，诺尔庄园易主，新主人是伯父一家，这让薇塔非常失落。弗吉尼亚在1927年10月5日的日记中写道："这种激动突然闯进我的心里。一个从1500年开始并一直延续到现在的人物传记——奥兰多（薇塔）关于性别转换的故事。"1928年她写成了这部具有梦幻色彩的小说《奥兰多》，并把它献给薇塔。

故事巧妙地融入诺尔庄园的历史，将主人公奥兰多塑造成活了400年、雌雄同体的神奇人物。出版时，书中附了薇塔的照片，作为证实"奥兰多"存在的似幻似真的证据。奈杰尔称它是"文学艺术史上最长最动人的情书"。1929年,薇塔开始了和另一个女子、BBC记者希尔达的恋情。

1941年3月18日,长年经受精神疾病困扰的伍尔夫尝试自杀,她浑身湿漉漉地回家,但只告诉丈夫伦纳德自己是失足掉进水沟的,其实那时她已写完了遗书。28日,伍尔夫的最后一封信不是给薇塔,而是给伦纳德的。"亲爱的:我感到我又要发狂了。我觉得我们无法再一次经受那种可怕的时刻,而且这一次我也不会再痊愈……我无力再奋斗下去了,我知道我是在糟蹋你的生命……我相信,再没有哪两个人像我们在一起时这样幸福。"她在衣服口袋里装满石头,投河自杀。这次她没有再回到人间。

亨利四世致情妇加布丽埃勒

亲爱的加布丽埃勒：

我耐心等了整整一天，都没等到你的消息。我一直在计算时间，我必须那么做。可是到第二天仍杳无音讯，这就没道理了，除非我的仆人变懒了，或者被敌人俘虏了，我不敢责怪你，美丽的天使，我对你的爱充满信心，因为我的爱意从未如此丰沛，欲望从未如此热切，因此你的芳心理应归属于我。这就是为什么我在每封信里反复呼唤：来吧，来吧，来吧，我亲爱的人。你的到来会让某人备感荣幸，如果他尚是自由之身，他会不远万里步行到你面前，跪倒在你脚下，再也不离开。

……运送到位，到时我会进城用餐。

你到芒特拉若利的后一天，我妹妹会抵达阿内，在那里我可以每天都荣幸地与你会面。我送你一束我刚收到的橙花。如果公爵夫人[1]也在，容我亲吻她的手，以及我的好朋友的手。至于你，我亲爱的人，我要千百遍地吻你的脚。

亨利

1593 年 6 月 16 日

---

1. 加布丽埃勒的妹妹。

＊＊＊

亨利四世，1594年加冕，开创了法兰西王国的波旁王朝，享祚16年，在位期间颇有建树，深孚众望，人民赞他为"好王亨利"。在莎士比亚所写的历史剧中，《亨利四世》是最出色的一部，也让他成为波旁王朝最著名的贤君。

1591年，20岁的加布丽埃勒成为亨利的情人，当时他正与天主教联盟进行着艰苦的斗争。加布丽埃勒对他十分忠诚，即使怀孕期间，大腹彭亨的她也坚持留在军帐中，替他清洗衣物，料理餐食。

上面的信，即写于亨利取得最终胜利的前一年，他以轻松的口吻交代了战事情况：正等待攻城大炮的到来，等待又一场十拿九稳的胜仗，"到时我会进城用餐"，这城当然是已臣服了的城。他对情人的焦切呼唤以及"一直在计算时间"的殷殷之心，让人想起他的后人，另一位法兰西之主：拿破仑·波拿巴。

在巴黎的卢浮宫中藏有这样一幅著名的画：鲜红丝绸帷幕下，两名丰腴女子赤裸着雪白胴体，相对坐在浴盆里，金发女子手中拈着一枚戒指，仿佛正向别人炫耀展示，对面栗色头发的女子伸手，指如兰花，指尖捏住金发女子的乳头，画面香艳，气氛暧昧又怪异。画中的金发女子就是亨利的情人加布丽埃勒。由于绘者不详，亦没有画题，它被后人取名为《加布丽埃勒姐妹》。史学家们普遍认为，妹妹那个捏乳头的手势表示加布丽埃勒已怀上了国王的私生子（生于1594年的旺多姆公爵），即将开始哺乳，加布丽埃勒手中拈的戒指，象征她已获得了国王关于婚姻的承诺。

她差点儿真的戴上结婚戒指。1599年3月，亨利向教皇克莱门特八世申请废后再娶，获得准许，于是他送给加布丽埃勒一枚加冕戒指，她满心期待着即将到来的婚礼，自信满满地说："只有上帝或国王之死才能终结我的好运。"她说错了，还有一种终结的可能是准新娘之死。当时她正怀着与亨利的第四个孩子，4月初，她不幸患上产前子痫，生下一个死婴。1599年4月10日，得知噩耗的亨利在归途上快马加鞭，赶回去见她，她没有等到他就咽了气。

亨利八世致安妮·博林

52 我的情人，我的朋友：

我的心和我的人都已交到你手中，恳求你给予恩慈。你的铁石心肠无法打消我们的深情，只是增加痛苦，多么遗憾，你的薄情令我悲不自胜，比我想象的还多。

这让我想到天文学里的一个现象，两极距离太阳越远，灼烧耗损的热量越大。以之比拟我们的爱，你冷淡地与我保持距离，然而，爱的热度却不减反增，至少对我来说是这样。我希望你也有同感，若不是坚信你对我的感情坚韧忠贞，我简直难以忍受你的冷淡。为了提醒你，我赠你一些可能合你心意的东西——镶着我画像的手镯，当它讨得你欢心时，我希望我也能在它那个位置上。

你的忠仆与朋友手书
亨利

* * *

前一位亨利是法王，这位亨利是英王，以其先后娶了六位王后、处死其中两位的事迹，"荣登"世界君主史的暴君榜单，恶名昭彰。他的婚恋史，就像他女儿玛丽女王的外号（"血腥玛丽"）一样血腥。亨利八世本不是王储，自幼按未来国王教养长大的是他哥哥亚瑟，他只要过好声色犬马的王爷或约克公爵的一生即可。据说亚瑟王子宽仁娴雅，如能顺利继承王位，应当是个贤君，可惜天不假年，他与西班牙公主"阿拉贡的凯瑟琳"婚后四个月，就因病猝然去世。亚瑟的父亲、老国王亨利七世不希望这桩政治联姻跟长子一起进坟墓，同时也不舍得归还凯瑟琳的丰厚嫁妆。他说服了凯瑟琳留下来接着当英国王后，于是12岁的亨利把哥哥留下的王位和时年18岁的嫂子打包继承。1509年6月24日，亨利八世登基加冕。

成婚之初，亨利八世跟凯瑟琳颇为恩爱，青年时代他曾被外国使者称为全欧洲最英俊的君主，精力充沛，喜欢打猎、饮宴，爱好诗歌音乐，还能作曲演奏。好莱坞已多次搬演这段故事，拍得比较出名的有电影《另一个博林家的女孩》，还有美剧《都铎王朝》《西班牙公主》，其中饰演亨利八世的是艾瑞克·巴纳、乔纳森·莱斯·梅耶斯这样的顶级美男。还有一个侧面佐证：2020年英国皇家军械博物馆展出了亨利八世的两套铠甲，1520年定制的铠甲腰围是81厘米，2尺4，对于亨利八世1米88的身高来说，真是细腰了，可以想见当时身姿之健美。

王后凯瑟琳经历多次流产，她所生的孩子除玛丽（日后的"血腥玛丽"）外也无一存活。对这个无法给自己男继承人的王后，亨利八世的宠爱和耐心逐年递减，1525年，他看中了凯瑟琳的侍从女官安妮·博林，展开热烈追求。上面情书的收信人就是安妮。

如果不知双方身份，只看措辞，这好像就是一封普通情书。女方跟男方已经定情——"若不是坚信你对我的感情坚韧忠贞"，但她还想玩点儿手腕，摆摆架子，享受情人的沮丧，挑逗他更热烈地追求自己，而男方如她所愿，表达了痛心、谦卑和忠心，低声下气地求爱，"我的心和我的人都已交到你手中，恳求你给予恩慈"，落款是"你的忠仆"，完全没有一丁点居高临下的口吻。老虎有时也会像猫咪一样乖顺地伏卧，打哈欠、伸懒腰时也呈现出可爱无害的假象。

1527年至1528年两年间，亨利八世给她写了十几封情书，送的珠宝衣物车载斗量，好比曹操之待关羽，上马一提金，下马一提银。安妮·博林擅用欲擒故纵的手法，在这场游戏中与狼共舞，给点儿甜头，转脸又冷漠下来，坚持不成婚就不上床，把亨利八世逗得欲仙欲死。为了迎娶安妮，他悍然决定跟王后离婚。1533年他与安妮·博林秘密成婚。

我猜安妮可能相信与自己嬉戏的是一只为爱匍匐在脚下的猫咪，相信了情书里那个情圣一样的亨利八世，相信了他所发的誓："过去、现在、将来，对你永不变心。"然而国王的谦卑求爱、低声下气，不过是游戏中情趣的一部分。

婚后安妮·博林逐渐失宠，国王又看中了她的侍从女官简·西摩。昔日天边星，翻做眼中钉。为了再次回归单身，亨利八世给安妮硬安上一个叛国通奸的罪名。老虎露出了致命的爪牙，曾经恳求恩慈的是他，如今毫无恩慈的也是他。安妮惨遭斩首，成为史上第一个砍头王后。

处死安妮的第二天，亨利八世与简·西摩订婚，十天后正式举行婚礼，那顶血腥的王后冠冕，传到了简的手中。

普鲁斯特致丹尼尔·哈利维

你让我吃了一惊,但转变态度的你仍然那么美,犹如花朵,我没法跟你生气,因为花香如此馥郁,令我沉醉,连花刺都不觉得扎人。你用里拉琴击败了我,你的琴声悦耳极了……我会告诉你我的心事,确切地说是跟你聊聊天,聊一些有意思的事,即便你不太乐意开口。愿你能感激我的体贴,对我来说粗俗是最让人憎恶的东西,比放荡更可厌。我的道德信仰让我格外尊重一些精细的感觉,特别是法语这门语言,它像一位亲切、优雅的女士,不能硬让她做出一些淫荡姿态,否则她的美就被污染了。

你觉得我对这些都厌倦了,你错了。如果你生来貌美,如果你有一双可爱的眼睛,反映了精致洁美魂的优雅和肉身魅力,让我觉得除非亲吻它们,否则没法爱你的灵魂;如果你的肉与灵就像你的思绪一样那么轻盈,让我想要坐在你腿上以便跟你的灵思更贴近;如果我觉得在你的个人魅力中,敏捷思维和灵巧肉身是密不可分的,会使我在爱中体会更多的甜蜜乐趣,那么你不该用轻蔑的话来形容这些情感。那些话更适合沉迷女色,又要在鸡奸中寻求新乐趣的人。我有一些智慧超群的朋友,他们尽管颇有道德洁癖,但也会偶尔找个男孩来娱乐一下……不过那是青春刚开始时的游戏,后来他们都回到了女人身边。如果那是最终目的,上帝啊,那他们那种感情算什么?如果我简单潦草地把爱了结,那你认为我那种感情是什么,或者更确切地说,它会变成什么?我想跟你聊聊两位胆识过人的大师:苏格拉底和蒙田,这二人少年时都曾与同性欢好,以便了解世间所有快乐,也用来宣泄多余的情感。他们认为,对一个具有敏锐美感和清醒意识的青年来说,享受与同性间兼具感性与理性的友谊,好过跟愚蠢堕落的女人厮混。我觉得这两位先贤被误解了,以后我会告诉你原因。我只接受他们的理论。不要把我当成恋童癖,那样很伤我的心。即使只为体面之故,我也想试着保持道德上的纯洁……

1888 年秋

* * *

马塞尔·普鲁斯特,法国作家,意识流小说大师,他的长篇小说《追忆似水年华》乃世界文学史王冠上的明珠。上面那封信的收信人丹尼尔·哈利维是他的同学。1892 年至 1893 年间,普鲁斯特与丹尼尔等其他几个文学青年合作创办了一本名为《饮宴》的文学杂志,虽以失败告终,但后来他和丹尼尔一直保持通信联系,是无话不谈的终生挚友。

如今普鲁斯特的性取向可谓天下皆知,但当时他一直试图否认此事,从信中可以看出他向丹尼尔大胆求爱,丹尼尔拒绝了他。

信的语句忠实体现了普鲁斯特一贯的优雅、体面,这段话说得真是太讲究了:"如果你生来貌美,如果你有一双可爱的眼睛,反映了你纯洁灵魂的优雅和良好教养,让我觉得除非亲吻它们,否则没法爱你的灵魂;如果你的肉与灵就像你的思绪一样那么轻盈,让我想要坐在你腿上以便跟你的灵思更贴近;如果我觉得在你的个人魅力中,敏捷思维和灵巧肉身是密不可分的,会使我在爱中体会更多的甜蜜乐趣,那么你不该用轻蔑的话来形容这些情感。"我再翻译一下：我想吻你，我想坐在你的大腿上，我想要对你的肉体这样那样，这些都不是我的错，谁让你长得那么美呢？想要亲你抱你太正常了，你不能怪我。

接着普鲁斯特先是援引"智慧超群的"朋友们"找男孩"的行为，证明同性间不管求爱还是求性都再正常不过，他并不是独有这种癖好的怪人，再把两位大师苏格拉底和蒙田推出来给自己背书。

丹尼尔收到此信后的具体回应不得而知，可以知道的是，普鲁斯特的情人名单里没有他的名字。看来即使美妙如普氏的文字，也不是无坚不摧的。

第一次世界大战后，普鲁斯特时常为一种以艺术或文学作品本身作为目的的概念进行辩护，认为文学应该超越政治取向，追求真理才是唯一的目标；哈利维先生则坚持文学艺术应该为国家服务。他们虽秉持不同的文艺观，不过始终相互尊重、钦敬，两人的关系升华为一种纯净的真正的友谊。

伏尔泰致丹尼斯夫人

54 终于等到今天了,我终于能见你了,今天我将获得唯一的安慰,可以稍减生活之苦。造物主赋予我一颗最温柔敏感的心,却忘了给我一个胃。我虽没有食欲,但我还能爱。我爱你,这份爱将持续到我死亡之日。我亲爱的善良姑娘,我爱你。你的意大利文写得比我还好,你肯定能被克鲁斯卡学院录取。

我的心灵和阳具[1]都向你致以最温情的问候,今晚我一定要见你。

* * *

伏尔泰的名字在本书前面的篇幅中已经出现过了,那封约情人私奔的信里是一颗19岁的狂热之心,而写下上面那封短信的是一只属于60岁老人的手。这时伏尔泰的生命旅程将到尽头,他经历了流放、入狱、获得诗人桂冠、再次入狱、被驱逐出境、流亡……他一度找到一位心灵伴侣——夏特莱侯爵夫人,这位女子美且聪慧,不仅是数学家,还是实验物理学家、翻译家,以一己之力完成了牛顿《自然哲学的数学原理》一书的法文翻译,对法国科学史贡献卓著。1733年,39岁的伏尔泰与28岁的她相遇,

---

1. 丹尼斯夫人划掉了"阳具"这个词,用"灵魂"替换了它。——英文译者注

情书里最有趣的是最后一句"心灵和阳具都向你致以最温情的问候，今晚我一定要见你"，看来他并不真的甘心把嬉耍的乐事留给少年，更有趣的是丹尼斯夫人在信上做的涂改。

1753年，丹尼斯夫人因跟随伏尔泰颠沛流离而流产，留在巴黎休养。8月他给她写信倾诉孤独和思念，说像他这样一只老鸟不能没有巢。为了筑造两厢厮守的爱巢，1755年伏尔泰在日内瓦附近买下一套豪宅，丹尼斯夫人赶到那里与他会合，虽然没有结婚，但他们像夫妻一样出双入对地生活。富有的伏尔泰雇佣大批仆人，确保晚年生活的愉悦，他买了四辆马车，还建造了一座私人小剧院，就这样平静快乐地走向人生终点。伏尔泰一生中写给女子们的情书，终于有一句承诺他兑现了："我爱你，这份爱将持续到我死亡之日。"他与丹尼斯夫人共度了他生命中最后的29年。

巴尔扎克致汉斯卡伯爵夫人

55　我亲爱的天使：

我对你的爱几近疯狂，实已到达人所能承受的极限。如果脑中没有你的介入，我就不能把两种想法联系在一起思考。除了你，我没法想别的事情。我任由想象把我带到你身边，我紧抱你，亲吻你，爱抚你，想着给你的上千次最多情的爱抚，我的整个思绪都被占据了。至于我的心，你永远驻留在那儿，给我带来甜蜜的感觉，千真万确。可是，我的上帝，如果你夺去我的理智，我不知自己会变成什么样。今天早晨，一阵爱的癫狂涌上心头，让我有点儿恐慌。自从起床后，每时每刻，我的心都在说："走，去见她！"紧接着，想起肩负的责任，我又坐了下来。这种天人交战，太痛苦了。生活不该如此，我从未经历过这样的折磨。你的影子遮蔽了一切。我想着你的时候，一忽觉得自己像个傻瓜，一忽又觉得很幸福。我沉浸在美梦中，过一晌就像过了一千年。多么可怕！——被爱征服，每个细胞都感受着爱，只为爱而活，眼看自己被爱的哀伤所消耗，深陷情网。哦，我亲爱的埃娃，你对此一无所知。我收到了你寄来的卡片，它就在我面前，我跟它喃喃说话，就像你的人在这里。我看到你，犹如我昨天所见的那么美丽，夺人魂魄。昨天，整个晚上我都在自语："她是我的！"啊！天堂中的天使也不如昨天的我那么快乐！

1835年6月

* * *

奥诺雷·德·巴尔扎克,被称为现代法国小说之父。他的著作《人间喜剧》共91部小说,描绘了两千多个人物。巴尔扎克以惊人的精力每天疯狂工作16—20小时,持续20年。在这种体力劳动一样的脑力劳动之余,他还跟多名贵族妇女保持亲密关系,而几乎贯穿他一生的恋爱,是与波兰的伊沃琳娜·汉斯卡伯爵夫人。

恋情之始,他俩是女粉丝跟明星大作家的关系。1832年2月28日,巴尔扎克收到署名为"外国女人"的匿名来信,信中诚恳地谈论了他的小说《驴皮记》,并提出善意建言。为了找到这个粉丝,巴尔扎克在报纸上登了寻人启事。后来他得知这位粉丝是波兰一位贵族女性——汉斯卡伯爵夫人,有一位比她大23岁的丈夫。他们开始了漫长的笔友生涯。因为汉斯卡夫人认为《驴皮记》中对女性的塑造不够丰满细腻,巴尔扎克便在该书再版时做了大量修改,并写信告诉她:"但愿你知道《驴皮记》中每个修改过的句子有多少你的因素存在!"

1833年9月,汉斯卡夫人告知巴尔扎克,她要跟丈夫出门旅行,其中一站是瑞士的纳沙泰尔,巴尔扎克立即启程,他们在纳沙泰尔终于举行了一场专属粉丝见面会——约会的一些情节,他写进了小说《阿尔贝·萨瓦吕斯》。此后两人时常约会,每年他们都会在瑞士、意大利或法国某个指定地点会面,度过短暂甜蜜的几天。汉斯卡先生有时在,有时不在。这位可敬的绅士似乎一想到太太能与大作家交朋友就感到某种满足。不见面的时候,他们保持通信,从相识到去世那一年,巴尔扎克一共给汉斯卡夫人写了460封情书。

上面那封信就是"四百六十分之一"。没什么可分析的，那些话如此乏善可陈，又如此炽热动人，就像最常见的情书一样，巴尔扎克呻吟着：我爱你，我想见到你，我深受折磨，但又备感幸福。"每时每刻，我的心都在说：'走，去见她！'紧接着，想起肩负的责任，我又坐了下来。"这个"责任"说的是还债。他早年为了发财，经商，开矿，办印刷厂，没一样成功，反倒弄得债台高筑，27岁便背上9万法郎的巨额债务，高利贷的利滚利导致债越还越多，到49岁债务变成了21万法郎。他们第一次见面时汉斯卡夫人就表示愿意帮他还债，但巴尔扎克拒绝了。某封信里他对汉斯卡夫人说："我亲爱的美人，一个人必须爱着，才能写出欧也妮·葛朗台那样的爱，那是一种纯洁的、无瑕的、骄傲的爱。"近年学者们更认为，欧也妮·葛朗台的原型就是汉斯卡夫人。

在此后的十几年中，她对他的情感逐渐消退。1841年汉斯卡先生去世，巴尔扎克欣喜若狂，以为世间唯一阻碍姻缘的屏障终于不存在，他兴冲冲地给汉斯卡夫人写去狂热的信，声明想迎娶爱人，不料她冷淡地拒绝了他，理由是女儿尚未出嫁。这一推脱又是7年。1848年巴尔扎克远赴乌克兰，第n次试图说服汉斯卡夫人与他结婚，这时他的健康已非常糟糕，也许是出于怜悯，也许是预料到他命不久长，她终于答应了求婚。婚礼于1850年3月14日举行。5月，巴尔扎克携妻回到巴黎，很快病倒，奄奄一息。维克多·雨果去探望他，写了一篇《巴尔扎克之死》，记录他死前境况，文章并未公开指责他的新婚妻子，但悲恸中隐含愤愤不平。这位生前抨击人间世态炎凉的伟大作家孤独凄苦地死于1850年8月17日，享年51岁。有史料记载，汉斯卡夫人在丈夫病重期间忙于出入巴黎的珠宝店购物，买了价值2.5万法郎的首饰。

托马斯·杰斐逊致玛丽亚·科斯韦

是的,我亲爱的夫人,你的三封信我已收到。我想,你一定已经不把我放在心上,因为到最后的日期你也没收到我的一封信。其实我给你写了两封。第二封投到了邮局,我希望下月初你能收到。第一封我交托给一位绅士捎过去,但他给耽搁了,我猜你会连这封信一起收到。

多么希望这些信让我们变幻成空中的鸟,任意飞去我们喜欢的地方。我愿意用人类所自夸的那些所谓卓越才能,换取飞行的能力。我少年时读过福图内特斯的故事,他有一顶神奇的帽子,只要戴在头上,脑子里想着目的地,转眼就到了,我一生都在为无法拥有这么一顶神帽而遗憾。可是如果我真有了它,我怀疑我只会用一次。我要心里想着你,飞去跟你相会,然后再也不想去别的地方。等待帽子的时候,我会一直思念着你。如果现实中我不能与你同在,那就在想象中相聚吧。可你对来巴黎的事不置一词。你曾说要在春天来,现在已经是冬季了,是时候了,你该安排行程,打包行李了,除非你刻意要令我失望。如果真是那样,那我今后不会再见你。我相信你愿意去美国,去画"天然桥"、奥特峰等等,那样我就能在那里跟你相见,陪你一起寻访所有壮丽风光。我宁愿被欺骗,也不想毫无希望地活着。"希望"是多么甜美!是它让我们顺利翻越生活中的坎坷。翻山的时候,总期望脚下的就是最后一座山。但总还有下一座，下一座，永远有下一座。

怀着热情，多想想我吧。把我排在你心中挚爱的头一位，用你的信抚慰我的心。再见，我亲爱的、可爱的朋友！

托·杰斐逊

1786年12月24日于巴黎

P.S. 写完这封信之后，帮我捎信的那位先生带来了一卷他看过的东西，里面有你创作的歌曲。我认为它们很动人，谢谢你。一打开，第一行映入眼中的是这样的词，我觉得颇为不祥，"我在此等待，她从未来过"。

* * *

玛丽亚·科斯韦是一位才华横溢的英国艺术家，1786年，她陪伴丈夫、肖像画家理查德·科斯韦来到巴黎，托马斯·杰斐逊当时以美国特使身份驻留凡尔赛宫。他们有许多共同爱好，比如都对艺术和建筑感兴趣，两人遂携手参观巴黎市内与市郊乡村的风光。恋爱使人年轻，信之可也，沉浸在热恋中的杰斐逊竟表现出一种青春期少年式的轻浮冲动。某天他陪科斯韦夫人外出散步时，忽然想一显矫健身手，于是一跃跳过一道篱笆，可惜43岁的身体不肯配合，他的脚被篱笆绊住，摔了个脸朝地，由于落地时用手撑地，托马斯的手腕脱臼了。这一切实在太尴尬，他在她面前竭力假装什么都没发生。

然而疼痛加剧，翌日他用左手给玛丽亚写了一封短简："我在极度痛苦中度过一夜，连眼都没合过。因此我不得不怀着无限遗憾去看医生，咱们的约会我只能爽约了……昨天在路上摔倒时手腕咯的一声，希望问题不大……"

不知玛丽亚的丈夫是否察觉到了什么，在他的坚持下，夫妇俩于1786年10月12日离开巴黎。沮丧的托马斯用左手给她写了一封信，此信被称为"心灵与理智的对话"，充分展现了什么叫天人交战，以及他为克服对已婚的玛丽亚的渴望做了多少斗争。"我坐在火炉边，又孤独又哀痛，我真是世上最不幸的人，悲伤淹没了我，我身体每一根纤维都膨胀得超出了它能承受的范围……对抗这种单恋痛苦唯一有效的保障，是我们自己撤退，满足自己的幸福。"

几天后托马斯又给玛丽亚写了上面那封信。这时他情绪已平复得多，虽然还带着遗憾和淡淡愁绪。这个中年人像小孩一样描述他憧憬的童话神帽："我要心里想着你，飞去跟你相会，然后再也不想去别的地方。等待帽子的时候，我会一直思念着你。"他预感到跟玛丽亚的短暂情缘因为身处异国，多半是凶多吉少，只是还想保留一点儿希望，他对"希望"的看法让人想起《基督山伯爵》的名句："人类全部智慧就在这两个词中：等待和希望。"

1787年，托马斯在意大利旅行时给玛丽亚写信，描述想象中他们两人在未来某天相聚的画面："我们每天一起吃早餐……去沙漠闲逛，在凉亭下用餐，忘记我们将再次分开。"1788年，他从巴黎再次写信给她，表达柔情，希望她能在他身边，尽管他知道他"没有权利要求"。

有一封写于1788年9月26日的信，或许最能概括托马斯·杰斐逊与玛丽亚的恋情，当时他正计划返回美国，对他们不能在一起的失望难以抑制："我要去美国，你要去意大利。我们两人肯定有一个走错了路，这路是错的，因为它使我们越来越远。我的旅程是责任和爱的旅程……再会吧，我爱你。"

最终，异国恋的无望冷却了他的热情。1789年他专注于乔治·华盛顿总统的国务卿的职位，给她写的信越来越少，最后他承认，他的爱已沦为他们"关系纯洁"时的美好回忆。

值得一提的是，即使没有与未来美国总统那段恋情，玛丽亚·科斯韦的人生也十分辉煌：她是画家、音乐家，中年创办女子学校，为了表彰她在女性教育方面所做的开创性工作，奥地利帝国皇帝弗朗茨一世授予她男爵夫人的头衔。

查尔斯·帕内尔致凯瑟琳·奥谢

我最亲爱的小太太：

我已经找到跟你联系、收取你回信的办法。

先把你的信放入一个信封，再整个装进一个不封口的信封里，用跟我的铅笔相似的笔把你名字的首字母写在封口处，这样我就能收到了。我在这儿待得很舒服，房间向阳，是此处最好的监房。隔壁房间住着三四位先生，我能跟他们聊一整天来打发时间，也不觉得孤单。我唯一担心的就是我亲爱的王后。今天一整天，以及昨天、昨晚我心中都受着煎熬，怕这次牢狱之灾会伤害到你和孩子。哦，亲爱的，收到信后赶快回信给我，在咱们重逢之前，你要振作起来。你也可以给我拍一封电报。

我随身带了你的照片，每天早晨我都亲吻照片上你美丽的脸，那对我是极大的安慰。

你的国王
1881 年 10 月 14 日
于克尔梅因海姆监狱

* * *

1891 年，尚未写出《尤利西斯》等杰作的詹姆斯·乔伊斯时年 9 岁，为了缅怀一位刚刚逝世的爱尔兰民权运动领袖——查尔斯·斯图尔特·帕内尔,他写下了人生第一首诗。老乔伊斯将儿子的这首诗印刷出来,还给梵蒂冈图书馆寄了一份。后来詹姆斯的短篇小说集《都柏林人》中,有一篇名为《委员会办公室里的常青节》,也描述了都柏林人对帕内尔的怀念。

查尔斯·帕内尔是19世纪爱尔兰最重要的政治领袖,他为土地改革积极奔走,领导爱尔兰自治的政治斗争,深受人民的尊敬和爱戴,被视为"无冕之王"。1881年10月,帕内尔被捕并被关押在都柏林的克尔梅因海姆监狱,罪名是"合理怀疑其鼓励暴力"。上面那封信,就是他在狱中写给情人凯瑟琳的。

虽然查尔斯称凯瑟琳为"小太太",其实他们并不是夫妻。凯瑟琳·奥谢(Katherine O'Shea)另有丈夫和孩子。不管出于他政治犯所受的监管,还是顾忌凯瑟琳已婚妇女的身份,他们的通信都有些见不得光,要像间谍递交情报一样,偷偷摸摸。查尔斯说的方法也有点儿怪:写在封口让人查看的,不该是收信人的姓名吗?为什么写寄信人姓名的首字母?多半监狱里负责收发信件的人是查尔斯的支持者,早被交代过"K.O."(凯瑟琳·奥谢)的意思。从"我的王后""你的国王"来看,查尔斯自己也很喜欢被视为"无冕之王"。他这场牢狱之灾长达7个月,于1882年5月初获释。

后来查尔斯在政治上的倒台正是因为凯瑟琳,原本他们的婚外情是秘密的,1889年凯瑟琳的丈夫提出离婚,将这段婚外情公之于众。离婚后凯瑟琳得以与帕内尔结为夫妻,但此事被当作攻讦的理由,查尔斯受到来自政敌和爱尔兰罗马天主教当权派的多方攻击,他的政治生涯彻底毁了。

他试图东山再起,投入一场艰苦的竞选活动,这使他本来不佳的健康状况每况愈下。1891年10月6日,45岁的查尔斯因心脏病发作去世,此时距离他与凯瑟琳举行婚礼还不到两年。

托马斯·伍德罗·威尔逊致伊迪丝

昨天，我在深切的渴求中思考自己的生活，思考我担任的这项工作，我要用全部才能去做，而且只能在精神需求得到满足时才能做好。但现在我希望的是唤醒真正的、更优秀的自我，去回应你甜蜜的誓言，让它张开双臂走出去拥抱你。我爱你，不是爱自己。我生命的意义就是帮助你——"帮助，支持，抚慰"——取悦你，不给你增加负担，不让你烦心，帮你认识你未曾意识到的可爱之处。如果你陷入忧愁，如果阴影遮蔽了你与生俱来的内心的光辉，那会让我十分悲伤。如果我无法拥有那种特权，为你抵御世间所有不幸，至少我能保护你，不让我的自私伤害你，不让阴影遮蔽你的思绪，让你的灵魂聚拢在我的天空中。共处时，让你幸福是我的责任，也是我的快乐。我永远不会让我的爱成为你的绊脚石。你生活中的快乐太少了，我要想办法增加它，而不是夺走它！这位我所赏识、爱慕的卓越女性，我曾自私地只想追求、占有她，但我现在想让她的生活更丰富多彩，而不是困顿枯索。只要能让她更开心，只要她有此需求，我乐于奉献一切。比起自己得偿所愿，我更想看到她的眼中闪烁愉悦满足的光芒。

我想，我来到世上的意义就是奉献，而非索取，我愿献出所有，不求回报。这才是一个人彰显价值的方式。

> 你诚挚的朋友
> 伍德罗·威尔逊
> 1915年5月6日

* * *

在某个"最具影响力的白宫第一夫人"榜单里，伍德罗·威尔逊总统的夫人伊迪丝名列第四，她是伍德罗·威尔逊的第二任妻子，前任第一夫人埃伦·艾克森于1914年去世。1915年年初某天，伍德罗在白宫里遇到他表妹和一位丰腴秀丽的女士从电梯中跨出来，一瞬间"老房着火了"。他很快对这位43岁的寡妇展开热烈追求，包括但不限于送花吃饭写情书。如果看看伍德罗的照片，很难相信他会写下什么浪漫的情话，他那张庄重的大长脸、肃杀的眼神，让他看起来就像个令人望而生畏的教导主任或校长——他确实当过校长，被称为"学者总统"的伍德罗29岁获得博士学位，30岁成为大学老师，46岁出任普林斯顿大学校长，他还是唯一一个拥有哲学博士头衔的美国总统。人不可貌相，老房子的火一样烧得出高温，时年59岁的总统给女友写起情书来完全不输少年人。

读到这信开头"我担任的这项工作，我要用全部才能去做，而且只能在精神需求得到满足时才能做好"，我差点儿以为他要来一句"所以你身为一位爱国人士，有义务确保我这位美利坚总统的精神需求得到满足"云云。幸好人家没有，底下转折的方向是——但现在我更迫切的意愿是做更好的自己去帮助你、满足你的需求。不要求伊迪丝做任何事，反而是他大段大段地表述自己为她做出牺牲和奉献的渴望，这"毫不利己，只想利你"的风格，很像维克多·雨果年轻时给妻子阿黛尔的情书:"我的职责就是紧跟她的步伐,陪伴在她身边,为她抵挡所有危险,摘下我的头颅给她当垫脚石,让她免于一切烦忧之扰……"不过境界虽高,威尔逊先生这篇表白还是有点儿像论文,末了这豹尾——"我来到世上的意义就是奉献,而非索取,我愿献出所有,不求回报。这才是一个人彰显价值的方式",升华全篇,放入中学生考试作文里也毫无违和感。

1915年12月18日,伍德罗·威尔逊与伊迪丝结婚,白宫迎来新女主人。1917年4月,即威尔逊总统开始第二任期的4个月后,第一次世界大战爆发。战争期间,第一夫人带头节衣缩食,用实际行动支持前方,她在白宫内架起缝纫机,为前线将士赶制救护用品,还在白宫的草坪上养了一群羊,据说好处有二:一来节省修剪草坪的开支,二来可以剪羊毛增加收入。羊群在白宫四周悠闲漫步,让总统官邸看着就像一座乡间别墅。不仅如此,她还成为总统的工作助手,审阅他的邮件,陪他出席会议,连威尔逊最亲近的顾问也要取得伊迪丝的同意,才能与他会面。

1919年,威尔逊总统遭遇一场严重的中风,但按照当时美国宪法条款,他既没有被弹劾,也没有死亡,也不愿辞职,因此,除非医生证明他"无法履行总统的权力和职责",否则副总统托马斯·马歇尔不能接任。在与医生协商后,伊迪丝拒绝让丈夫辞职,这时总统实际已经部分瘫痪,但她试图向内阁、国会、媒体和人民隐瞒其病情的严重性,宣称总统只需要休息,他会在卧室里处理事务。

在威尔逊接下来的一年半任期中,伊迪丝表现得像那种挡在傀儡皇帝面前把持朝政的权宦、奸相、垂帘听政的后妃,未经她的同意,内阁成员一律不得跟总统谈话。她还截取了所有准备供伍德罗审阅或批准的材料，只有当她认为它们足够重要，才会把它们"带到总统的卧室里"，至于卧室里做决定的究竟是谁，"后宫干政"的成分有多少，无人知晓。

伊迪丝在1939年出版的自传中坚称，她虽然承担了总统的许多日常职责，但从未做过重大决定，从未签署或否决过法案，也从未试图通过发布行政命令来控制行政部门。"我阅读部长和参议员们寄来的每份报纸，试图消化那些东西，以简报形式呈现出来。在处理公共事务方面，我唯一能做的决定就是什么重要、什么不重要，以及什么时候把事情告诉我丈夫。"

然而历史学家们研究威尔逊政府多年来的运作后得出结论，伊迪丝在她丈夫生病期间所扮演的角色不仅仅是"管家"。她一直担任"伪总统"，直到1921年3月伍德罗·威尔逊第二任期结束。为了防止类似情况再次发生，1967年美国最高法院批准了宪法第二十五条修正案，对权力移交的程序和条件做出了更具体的规定。

1921年，伊迪丝与伍德罗一起退休，回到华盛顿特区的家中。1924年2月，这位学者总统去世。《纽约时报》报道称，他临终前两天说了最后一句完整的话："我是一台坏掉的机器。"他吐出的最后一个词是："伊迪丝。"

亨利·米勒与阿娜伊斯·宁互致

亨利致阿娜伊斯：

阿娜伊斯，我不知道怎样把我的感受告诉你，我活在永恒的期待中。你来了，时间流逝犹在梦中。只有当你离开，我才能完全意识到你的存在，但那时已迟了。你让我痴痴呆呆的。

我有点儿醉了，阿娜伊斯。我对自己说："这是我遇到的第一个可以对她绝对真诚的女人。"我记得你说："你可以骗我，我不会知道的。"当我走在路上，一直想着这句话。我不会骗你的，虽然我很想骗你。我是说，我不可能绝对忠诚于你，那不是我的本性。我太爱女人了，或者说，太爱生活了，我不知道究竟是哪样。笑一笑吧，阿娜伊斯，我喜欢听你笑，你是如此独一无二，兼具欢乐之感和睿智的宽容——不能再说了，你好像在怂恿我对你不忠，我爱你这一点。

我不知道你会有什么期待，不过一切都宛如奇迹。我想跟你讨要世上所有东西，包括最不可能的，只因你鼓励我那么做。你精神如此强健。我甚至爱你的诡计和背叛，在我看来它有种贵族式的感觉。

1932 年 3 月 21 日

阿娜伊斯致亨利：

今早收到你的来信，读完我很难过，所有人为压抑下去的情感瞬间涌上来,淹没了我。这封信给我的感觉,就像你把我揽进怀中抱着。现在你知道我读信时的感受了。不管说什么,你总能打动我、赢得我的心……我属于你!我们会有一个做梦都想不到的美妙一周。"温度计要爆炸了。"

我想再一次感受内心的剧烈波动,血液奔流、燃烧,那舒缓的爱抚节奏,以及忽然狂野的动作,脉搏疯狂搏动,我耳中响着雨滴落下的声音……亨利,它们就在我口中跳跃。真受不了给你写信——我绝望地想要拥有你。我想把两腿张大,几近消融,满心惶恐,我想要跟你做无比疯狂的事,不知怎么开口对你说。

1932年8月6日

你尽可以做你喜欢的事,可现在你的信读起来,简直就跟你从希腊给我写的信一样,当时差点儿让你我彻底决裂。那些信的口吻冰冷无情,倨傲狂妄,除了感官刺激什么也不在意。当我在去留之间犹豫不决,你写来回应我的激情的,就只是一些不近人情的、冷酷机械的东西……如果你肯用亲切点儿的调子写信,那一切都会好起来。但你写来的是那种最可怕的东西,可怕到足以摧毁任何人。信中关于我来还是不来的那段讨论,我从没见过那么死板、跟锅底一样面孔铁硬的语句。继续写这种以自我为中心的信吧,就是它们让你我之间的距离越来越远,而不是时间或分开的旅行。造就阻隔和分离的罪魁祸首,是你的那些信。

* * *

美国著名导演菲利普·考夫曼(其作品有《布拉格之恋》《鹅毛笔》)执导过情色片《亨利和琼》,亨利即亨利·米勒,琼是亨利的第二任妻子,由高大美艳的美国演员乌玛·瑟曼饰演,该片讲述的三角恋另一角,就是阿娜伊斯·宁。

阿娜伊斯·宁,小说家、散文家、舞蹈家,生于一个西班牙裔古巴家庭,长于美国。1931年末,已婚的阿娜伊斯遇到了亨利·米勒夫妇。她先是爱上了亨利那惊世骇俗的小说,又爱上了亨利本人。阿娜伊斯在1931年12月的日记里写道:"他下了车,朝我所在的门口走过来。我一见就喜欢上他了。在作品中他是华丽的、阳刚的、兽性的。一个被生活灌醉的人,我想,跟我一样……我们谈了好几个小时,亨利聊起事情来真实而深刻,他有一种独特的说'嗯'的方式,边说边沉思着遁入内心,宛如一艘船越航越远……几天后我跟亨利再次会面。我盼望见到他,仿佛见了就能解决什么问题,结果真的解决了。当我看到他,我想,这是一个我可以爱的人。我并不害怕。"

阿娜伊斯提到的亨利的"嗯"和陷入沉思的习惯,后来《巴黎评论》记者乔治·威克斯也描述过:"他的声音相当迷人,像是施了魔法的低音提琴,醇美却不失洪亮,洪亮却不失安静,安静却不会听不见,而且还有丰富的转调。这种音乐性的魔咒,不可能像他表现的那样是无意识的。他用修正过的布鲁克林口音说话,时不时会停下来,插入一些纯属修辞性质的短句,比如'你明白吗''你知道吗',有时说着说着就坠入沉思,发出一连串回音壁式的逐渐变弱的咕哝,'是呀,是呀……嗯嗯……嗯嗯……呀……嗯……嗯',然后没了声音。这个男人的味道和真诚也在于此,没听过他说话的人是不会完全明白这点的。"

亨利·米勒以物化女性闻名,在写给阿娜伊斯的信中,他表现出罕见的一点儿良心,以及非常多的真诚,"我不可能绝对忠诚于你,那不是我的本性。我太爱女人了,或者说,太爱生活了,我不知道究竟是哪样"。类似的话他在《北回归线》里也写过:"我对生活的全部要求不外乎几本书、几场梦和几个女人。"考虑到他作为丈夫的种种缺点，他的言论显得很讽刺，他从事专职写作期间，妻子琼为了养活两人，不得不去卖淫。

阿娜伊斯的银行家丈夫休（他作为电影制片人的名字为雨果），对她和亨利的关系进展了如指掌，他很钦佩亨利，也预感到自己会失去妻子。"你会爱上别人的思想，我就要把你输给亨利了。"他确实失去了她。不过他那时还没有料到他会先输给亨利，再输给亨利的妻子琼。跟亨利发展私情之后，1932年1月，阿娜伊斯跟琼彼此爱恋，三人深陷纠缠不清的激情中。她在日记中如此形容："亨利像陀思妥耶夫斯基笔下的人物，下流却有深度；琼是亨利口中放纵自私的女神，有脱衣舞女郎的身材和世界上最完美的脸。"到1932年年底，琼难以忍受这样的关系，主动退出，要求离婚。

三个灵魂运行轨迹偶然交叠，迸发出火花，然后渐行渐远，向不同方向行去。阿娜伊斯写下1932年8月6日的信时他们陷入热恋，且已有性爱交锋，因为她想要的是"再一次"，"我想把两腿张大……我想要跟你做无比疯狂的事"，直白地致敬了她喜爱的小说《查泰莱夫人的情人》。亨利访问希腊，回到美国后，写信要她到加利福尼亚来找他。上面第二封信是阿娜伊斯的回信，年份大约在1939年。

这时她对亨利已冷淡下来，句句都是用笔在吵架，不过似乎是亨利无情在先。据她的数落，亨利的罪状有：倨傲狂妄，不近人情，冷酷机械，死板，跟锅底一样面孔铁硬，以自我为中心……

阿娜伊斯后来的人生也十分精彩刺激，颇值一提：她41岁时，与小她16岁的鲁伯特热恋，甚至结了婚，另一边却还跟休保持夫妻关系。正像我国那个笑话。媒婆问某家女孩：东家男子有钱，西家男子俊俏，你愿嫁哪家？女孩答：食在东家，眠在西家。阿娜伊斯的两个丈夫，年长有钱的那个在纽约，年轻俊俏的那个在洛杉矶，两人始终不知对方的存在。每当她想去找鲁伯特，就以躲避追求者的骚扰为借口，光明正大地告诉休，她要到洛杉矶待几个月；在洛杉矶小住一段时间，再跟鲁伯特告别，以处理文学出版问题为由回纽约去。

就这样，她把这出"东家食，西家眠"的"双城记"足足演了33年。直到1977年阿娜伊斯去世，《纽约时报》为她发布讣告，里面提到她丈夫名字为雨果；同时《洛杉矶时报》也刊载讣告一则，文中其身份是鲁伯特·波尔的妻子，她的双重生活这才大白于世。

在《包法利夫人》中，查理·包法利也是在爱玛死后才发现她跟罗道尔夫的私情。某天鳏夫与情夫相遇，前者又悲又愤，怒火填膺；后者佯装镇定，东拉西扯。但阿娜伊斯的两个丈夫得知真相之后，竟全不恼恨，反而争相说她的好话，两人后来关系也很好，像是组成了"悼念亡妻"俱乐部似的。休死后，鲁伯特主持丧事，把他与阿娜伊斯的骨灰合在一起，撒入大海。

福楼拜致路易丝·科莱

62 亲爱的路易丝：

你是否真的没有注意到，无论置身何地，当这种私密的孤独围绕我，我总会想起你？散步的时候，所有少年时代的回忆对我喁喁细语，就像漫步海滩时，贝壳在脚下发出轻响，每一波浪潮的拍击，都在心中唤起迢遥的回声。

我听到往事隆隆作响，无穷无尽的旧日激情在我脑中如巨浪涌动。我记得内心抽痛，记得哀伤，记得追求欲望的勇气像风在桅杆绳索上打呼哨，那巨大却模糊不清的渴望，犹如一大群野鸥在暴风雨的密云阴影中打旋。

哦，除了你，我还能倚靠谁呢？我倦怠的思绪，只有想着你才能重新焕发精神，就像满身风尘的游子在岸边躺下，陷入绵软的青草丛中。

古斯塔夫
1853 年 8 月 21 日

* * *

写小说的人最钦慕、最常偷师的小说是哪一部？虽然我调查的样本可能不够多，但基本可确定，是《包法利夫人》。它是"小说中的小说"。

1836年，15岁的福楼拜在特鲁维尔海滨遇到26岁的埃莉萨·施莱辛格夫人，产生"巨大的情欲"，不过对方拒绝了他的求爱。多年后，他把施莱辛格夫人作为阿尔努夫人的原型，写进小说《情感教育》中。为了更彻底地把自己献给艺术，他19岁时曾想自我阉割，不让欲望拖累他。

1846年，他在芒特拉若利遇到女诗人路易丝·科莱。当时他妹妹卡洛琳刚死于分娩，他带着遗像来到雕塑家雅姆·普拉迪耶的工作室，想请他创作一尊妹妹的雕像，科莱正在那儿给雅姆当模特。她比他大10岁，已婚，有美貌，有才名。只用了8天，他们就确立情人关系。此后8年的关系中，他们两三个月约会一次，其余时间靠书信抒发感情。福楼拜把路易丝当作心中缪斯，在给她的信里讨论戏剧、小说、诗歌、写作观、阅读心得。1851年9月19日（小说史上最伟大的日子！），他开始写《包法利夫人》，从此信里常有极精彩的创作谈，比如他说写到爱玛和罗道尔夫私通，自己替艾玛"做爱"，累得够呛……

那些书信大部分是闪耀着光芒的文艺散文，却算不上好情书。路易丝抱怨："他给我写信不谈别的，只谈艺术，或者谈他自己。"上面的信已经是最"像"情书的一封了，不过画面里的主角仍然是他自己，他不像别的情人那样怀想对方的容貌，为不能在一切美好的时刻相拥而憾恨。他的句子里充满了"我"和"我的"需求。路易丝对他的作用，似乎只是当孤独侵扰他时的安慰，以及疲惫时提供憩息的青草河岸。在另一封信里他写道："我想跟你建立完全不同的关系，不是朋友，也不是情人。每一种分类都有局限，具有排他性。人们对朋友的感情达不到爱的程度，对情人的爱又太愚蠢……"

那么路易丝对他来说是什么呢？似乎是一个能激发他表达欲

的倾听者。后世读者如我读到那些信，暗暗感谢有这样一位收信人，但也替路易丝叹息，他似乎对她的心灵和见解不感兴趣，甚至讥讽她的创作，认为她的写作毫无价值。据说他烧掉了她所有的来信。

1855年，在《包法利夫人》出版前不久，他给她寄出最后一封信，结束了情人关系。

1876年，路易丝去世。福楼拜的挚友马克西姆·迪康（两人曾一起到东方旅行）为路易丝写了墓志铭："她安眠于此，她伤害过维克多·库赞，嘲弄过阿尔弗雷德·缪塞，辱骂过古斯塔夫·福楼拜，企图暗杀阿方斯·卡尔。愿灵魂安息。"4年后，在知交零落的寂寥与梅毒造成的肉体痛苦中，福楼拜也离开了人世。

莱温斯基致比尔·克林顿

亲爱的帅哥：

　　我真的需要跟你聊聊我的近况。咱们已经五个星期没联系过了。周六你就要离开，周一我也要跟国防部部长去马德里，7月14日才能回来。如果出发之前不能跟你谈两句，那等到我回来，我们就有整整两个月没说过一句话了。请别那样对我，我觉得自己被抛弃、被利用了，无足轻重。我理解你身不由己，可我只想跟你说两句话，看看咱们还有什么选择。这是最后一次了，我求你，周二晚上让我过去找你。周二下午我会给贝蒂打个电话，看是否可行。

莫
1997 年 6 月 29 日

* * *

　　我小时候某一天，我爸下班回来，手里拎着一本印刷质量不怎么样的地摊杂志，封面是个黑发胖姑娘，底下鲜黄色醒目大字："克林顿招了！"我妈问："买这玩意儿干什么？"我爸罕见地显出一丝羞涩："嗨，猎奇，猎奇。"我偷偷翻了翻，略感失望，里面也没什么需要遮遮掩掩的照片，黑发姑娘就是电视上念叨的"莱温斯基"。在接下来的几年中，她和比尔·克林顿的事在万众瞩目之下断断续续地发展，被抖搂出更多细节，仿佛一部全世界狂热追看的电视剧。又过了几年，我跟同学一起看奥斯卡颁奖典礼直播，昆汀的《杀死比尔》片名出现时，主持人说，这肯定是希拉里最喜欢的片子，全场哄笑。

莫妮卡·莱温斯基1973年生于旧金山，在洛杉矶地区的一个富裕家庭中长大。1995年夏天拿到心理学学位后，她在白宫办公厅找到了一份无薪的实习工作。那年11月联邦政府关门，许多白宫工作人员被迫休假，莱温斯基和其他实习生（由于不在工资名单上，他们可以继续上班）被调到白宫西翼接听电话、跑腿打杂。这让她有了与克林顿总统见面的机会，两人开始频频调情，并于11月15日晚在白宫有了第一次性行为，此后几个月又发生七次关系，地点包括著名的椭圆形办公室。总统身边的人精们嗅到了一丝危险气息，1996年4月莱温斯基被调到五角大楼，约等于被打入冷宫，无法像从前一样便利地与总统私会了。

2021年莱温斯基自己做制片人，把那段绯闻拍成了美剧（《美国犯罪故事》第三季《弹劾》）。我看的时候一直在想：这里到底有多少真实的细节？剧中的莫妮卡像个傻白甜追星女孩，风骚大胆，敢于隔着办公室拉下裤腰，向克林顿露出腰间的桃粉色丁字裤。总统悄悄送她一些小礼物，一枚帽针、一本惠特曼的《草叶集》，她都欢喜雀跃，这股天真娇痴导致了最后那个要命的结局。在五角大楼的放逐生活太苦闷难耐，她傻乎乎地向年长20岁的女同事琳达·特里普吐露了她与总统的婚外情。

平心而论，满足虚荣心可能本就是择偶的重要目的之一，交到了一个可以按核弹按钮的男朋友，一个真正的Mr. Big（"大人物"），哪能忍住不炫耀？独自把秘密埋在心里，不能骄其同侪，不能看到女伴惊羡的脸，岂不衣锦夜行？无奈选情人和选朋友，莫妮卡都太缺知人之明,她向之倾诉的耳朵属于一个不值得信任的人,琳达·特里普秘密录下了莱温斯基跟她的一些对话。五角大楼时期莫妮卡又跟总统幽会过两次,最后一次是在1997年春天,之后就只通电话,不再见面。上面那封情书即写于他们结束见面后两个月。

上款称呼是"handsome"——这是她对他私密的昵称。在莱温斯基担任制片的剧中,丰腴如奶油蛋糕的黑发姑娘枯坐空房间,隔一会儿瞧一眼电话,铃声骤然响起,她扑过去,接起来,甜笑着娇声道:"Hello, handsome……"一封短信寥寥几行,反复讲的都是日期:五个星期没联系过了,周六,周一,7月14日,两个月……她一直一天天地数日子。"忆归期,数归期,梦见虽多相见稀,相逢知几时?"这滋味认真谈过恋爱的人都懂,不能相见的每一天都像被打掉的一颗牙齿似的清晰、痛楚。前面讲过,薇塔与伍尔夫分别期间,前者计算重见面的时间精确到了秒,"重见是在48万秒后"。莫妮卡像雾都孤儿奥利弗讨一口粥一样,卑微地乞求"最后一次……跟你说两句话"。她对真相并非毫无察觉:我觉得自己被抛弃、被利用了,无足轻重。事实上她确实被抛弃了,确实无足轻重。对她来说这是一次刻骨铭心的恋爱,对总统来说只是"又一次"小乐子。克林顿童年时曾遭到母亲的虐待,导致他日后成为性瘾者,早在竞选议员期间,他的"情人"就多达几十位,需要助理整理出清单来应付。

莫妮卡信末提到的贝蒂,是克林顿的秘书贝蒂·柯莉,她像个忠诚的太监一样给主子打掩护。然而走漏风声的另有其人,琳达·特里普将她与莫妮卡的对话录音交给了检察官。1998年1月,丑闻全面爆发,克林顿发表著名言论:"我没有和那个女人发生性关系。"众议院弹劾总统,理由是他做伪证,妨碍司法公正,但他被参议院无罪释放。那年7月,莱温斯基向检察官提供了偷情物证——一条沾有精液污渍的蓝裙子,在特里普的建议下,莱温斯基从未清洗过它。铁证如山,1998年8月17日,克林顿被迫承认"我确实与莱温斯基小姐有过不适当的关系"。此即我爸买的地摊杂志上所说的:"克林顿招了!"

从某个角度来说,琳达出卖了莫妮卡,背叛了朋友的信任。但她自己谈到此事时,认为她是揭发总统的"滥用权力",堪称正义斗士,"人们认为它(他们的婚外情)在某种程度上是一种真实的关系——浪漫的,身体上的,但这与事实相距甚远。事实是克林顿为满足生理需求利用了一个年轻女孩的肉体,然后冷酷、无情地拒她于千里之外"。

可惜,跟许多类似事件一样,丑闻的男主角几乎没受到惩罚,克林顿保住了婚姻和总统职位——虽然希拉里"得知丑闻后哭个不停,愤怒得差点儿拧断他的脖子",但随后她公开表示支持丈夫。而莫妮卡经受的是无尽头的噩梦,她遭受前所未有的舆论暴力,全世界都在诋毁她,娱乐节目主持人拿她开粗俗的玩笑,说唱歌手们100多次提到她的名字,小报记者追逐她,报道她生活的每个细节。由于声名狼藉,她发出的所有求职申请都被拒。在事件爆发十多年后,莫妮卡仍然身无分文,靠父母资助生活,尽管出版商和制片公司无数次发出邀请,但她不愿用自己的故事赚钱。她说:"我想要一份工作,我想要一个丈夫,我想要孩子,我希望得到正常的对待。"

反观克林顿,他卸任后出版自传《我的生活》,以"坦白丑闻经过"为卖点,书畅销得一塌糊涂,帮他狂赚上千万美元。他在书中描述遭弹劾的经历时充满自豪,"我不会主动辞职,我从来没想过辞职,我顶住了,并将他们击败了。整场斗争都是光荣的事，我并不将它看成一个污点，因为它（弹劾过程）根本就是非法的"。2018年克林顿谈到这桩丑闻时口气仍很强硬，表示自己不欠莱温斯基什么，哪怕是一个道歉。直到2021年他才在希拉里的纪录片中说，他的所作所为让莱温斯基的人生被一桩婚外情定义，是不公平的，对不起。

2014年，变得更坦然、更勇敢的莱温斯基重新回到公众视野，如今她的新身份是专栏作者、制片人，以及反网络霸凌活动的倡导者。

爱因斯坦致玛加丽塔

64 我最亲爱的玛加丽塔：

我始终没收到你的回信，没法了解你的近况，我绞尽脑汁地想，怎么才能解决这个棘手的问题，人们都夸我聪明，但这次我真的被难住了。

最近我自己洗了次头发，不怎么成功，我不像你那么细心。"阿尔玛"[1]披肩，字典，那个我们以为丢了的精致烟斗，这隐居屋中的每一样小玩意儿，以及这寂寞的空巢，一切事物都让我想到你。

人们又恢复了他们从前的生活方式，好像我们从未面对过那个新的给一切蒙上阴影的危险，显然他们没能从经历过的恐怖事件中吸取教训。曾经是他们生活一部分的小小阴谋，重新占据了其思想的绝大部分。我们人类是多么古怪的物种啊！

如果你能收到这封信，祝福你，吻你。愿魔鬼抓走不让我们通信的人。

你的阿·爱
1945 年 11 月 27 日

* * *

这封信写于 1945 年到 1946 年间，但直到 1998 年才因被拿

---

1. 阿尔伯特和玛加丽塔名字的缩写。

出来拍卖而为人所知。原来那个20世纪最伟大的头脑中曾卷起过如此隐秘的爱的风暴,而女主角身份之传奇也足够配得上他:玛加丽塔是一位苏联女间谍,一切听起来像约翰·勒卡雷的小说。

阿尔伯特·爱因斯坦……还用介绍吗?他塑造了人类关于天才的想象,是半人半神的"科学家中的科学家",他在狭义相对论中提出的质能公式 $E=mc^2$ 跟他本人一样,是公式中的大明星,著名到连流行女歌手的专辑都以之为名(美国女歌手玛丽亚·凯莉录音室专辑《$E=MC^2$》,发行于2008年)。然而他搞学问搞得有多好,其他方面就搞得有多糟,尤其是婚姻家庭方面:他的结发之妻米列娃为了成全他的事业,把本来光明的学术前途埋葬在家务活和生娃带娃的主妇生涯中。米列娃原本是位才华横溢的数学家,其天赋连阿尔伯特也自愧不如,他在写论文期间说:"我需要我的妻子,她能为我解开数学难题。"论文写完了,功成名就了,阿尔伯特沉迷婚外情,开始厌倦这位"做题工具人"太太,1914年他给米列娃写了一份蛮横残忍的"通知":A.保证他的衣物、被褥、房间和工作室整洁,备好一日三餐;B.放弃两人的一切关系,在家中不能坐在一起,不能一起外出或旅行,但社交场合米列娃要以妻子身份出席;C.一旦他提出要求,米列娃必须闭嘴,离开卧室或工作室;D.在孩子面前不得以语言或动作表达蔑视。

这人品啊!扔一块饼干在地上拿鞋底碾五分钟都没他这么渣。

1919年他们离婚了。在第二次婚姻中,阿尔伯特也并不忠诚。1935年,他执教的普林斯顿大学想为他制作一个半身像,为此聘请了苏联雕塑家谢尔盖·科年科夫。造像期间,阿尔伯特与谢尔盖过从甚密,他爱上了谢尔盖的夫人——比他小17岁的玛加丽塔。

211

这桥段有点儿熟是不是？前面讲过罗斯金的妻子艾菲和画家米莱斯恋情之起源，就是米莱斯以艾菲为模特作画；福楼拜跟情人路易丝·科莱相识的因由，也是他到雕像家工作室去，为亡妹定做一座塑像，遇到当模特的路易丝……作画造像真是太高危了，阿佛洛狄忒用这个法子拉郎配也太熟练了。

两人相识第二年，阿尔伯特的妻子艾尔莎就去世了。他们的恋情是不是在他成为鳏夫前就开始了？无人知晓。1945年玛加丽塔与丈夫返回莫斯科，随后"冷战"拉开序幕，他们再也没见过面。从1998年被拍卖的9封信中，可以看出他俩曾共度极亲密的时光。"最近我自己洗了次头发，不怎么成功……"阿尔伯特那一头标志性的狮子似的乱发，果然清洗起来困难，他身边的几位女性是不是都曾像保姆一样给他洗头发，把他宠得直到60多岁还不会自己好好洗个头？细心的玛加丽塔大概是伺候他最舒服的一个（想起老广告"百年润发"里周润发给女主角洗头发的画面），令他如此怀念，要撒一下娇。想起他给米列娃写的那些冷酷无情的"条款"，我很难为这封情书感动，但看到这个绝世大聪明沮丧地说"我绞尽脑汁地想……这次我真的被难住了"，还是难免动容，问世间情为何物，连洞察时间奥秘的人也勘之不破。

他所说的"给一切蒙上阴影的危险"，即"二战"，一段举世皆醉唯我独醒的隽语之后，那句"愿魔鬼抓走不让我们通信的人"又天真得像个孩子。

那么，他是否知道玛加丽塔的真实身份呢？玛加丽塔接近他是为了爱还是为了任务？

1994年苏联间谍头目帕维尔·苏多普拉托夫出版了名为《特殊任务》的自传，该书披露了玛加丽塔作为间谍的代号"卢卡斯"，以及她接受的特殊任务：利用自己在欧美社交圈的身份，接近普林斯顿的著名科学家,重点关照参与"曼哈顿计划"的人。

阿尔伯特虽未直接参与"曼哈顿计划",但其研究工作与原子弹诞生也颇相关。然而让他改变立场是不可能的,因为他早就声明不喜欢斯大林和他的苏联。他答应玛加丽塔做的唯一一件事,是见一见苏联驻纽约副领事,那次会面时长一个小时。

玛加丽塔收到美国来的情书后有没有回信,亦不得而知,至今尚未发现她的信件,也没有证据表明她从他那里获取了什么有用信息带回苏联。阿尔伯特曾在自画像上题写一首短诗:

> 苦难也罢,
> 甜蜜也罢,
> 都来自我不能左右的外部世界,
> 而我只能孤寂地生活。
> 回想往事,
> 我曾痛苦万分,
> 也曾甘之如饴,
> 让一切都留在永远的记忆中吧。

人们认为,他这是在缅怀那段被政治因素杀死的异国恋情。

1955年4月18日,那个可能是人类史上最睿智的大脑发生脑出血,停止了运转。暮年的玛加丽塔隐居在乡间,度过余生,于1980年去世。按说间谍们的习惯是销毁证据,但那9封情书没有被毁掉,而是成为她遗产的一部分,18年后由她的一位"不愿透露姓名的亲戚"卖给了世间好奇的眼睛。

五 纸上知音

给我一个不为感情所奴役的人,我愿把他珍藏在我的心坎、我的灵魂深处,正如我对你一样。

——威廉·莎士比亚,《哈姆雷特》

刘易斯·卡罗尔致格特鲁德·汤姆森

我最亲爱的格特鲁德：

自从你走后，我得了种怪病，你听了肯定会难过、讶异又疑惑。

我去就医。我跟医生说："我觉得好累，给我开点儿药吧。"

医生说："胡说八道。你不用吃药，上床休息就好了。"

我说："不是那种躺一躺就能好的累，是脸觉得疲倦。"

他的样子有点儿严肃起来，说："哦，那是你的鼻子累着了，人一旦觉得自己无所不知，就难免说话过多。"

我说："不，不是鼻子。可能是头发的毛病。"

他一听，表情更加严肃："我知道了，是你弹钢琴的时候拨弄头发太频繁。"

"没有，绝对不是因为这个。不是头发，是鼻子和下巴出了问题。"

医生看起来严肃得要命："你近期是不是用下巴走路走多了？"

我说："不是。"

"哟！"他说，"那我实在搞不懂了。你说症结会不会在嘴唇上？"

"当然！"我说，"就是嘴唇的问题。"

于是他的脸变得极其严肃，说："我认为你肯定是吻得太多了。"

"是啊,"我说,"我确实吻了一个孩子,她是我的一个小朋友。"

"再好好想想,"他说,"确定就吻了那么一次?"

我又想了想:"可能吻了十一次吧。"

医生说:"嘴唇复原之前,你可不能再吻她了。"

"那怎么办?"我说,"你瞧,我还欠她一百八十二个吻呢。"

医生严肃得近乎悲伤,眼泪从他面颊上滚落:"你不妨把吻装在盒子里,寄给她。"

我想起来了,我在多佛买过一个小盒子,当时就想着哪天可以把它送给某位小姑娘。因此,我把剩下的吻小心翼翼地装进了盒子里。告诉我,它们是平安送达了呢,还是路上丢了一部分?

1876年10月28日

于牛津大学基督堂学院

* * *

这封情书的作者刘易斯·卡罗尔不像卡夫卡、马克·吐温那么街知巷闻,但他的读者数量很可能是本书之冠,谁小时候没读过《爱丽丝漫游奇境》呢?

刘易斯不是职业作家,本职工作是老师,供职于牛津大学基督堂学院。他还是一名牧师,终生未婚,没有子嗣,但他非常喜欢孩子。《爱丽丝漫游奇境》就是他为一个叫爱丽丝·利德尔的10岁小姑娘写的。1862年7月4日,他和朋友鲁宾逊·达克沃思划船从牛津旧城出发,沿泰晤士河划向戈斯托,一座位于牛津城西北约2.5英里的小村子,同船的是利德尔家的三姐妹,途中孩子们觉得无聊,他便即兴编了一个故事讲给大家。后来他把这故事扩写成《爱丽丝漫游奇境》,于1865年7月4日出版,以纪

爱丽丝

念那次河上旅行。

收信人格特鲁德是位插画家,她为《爱丽丝漫游奇境》绘制了一套极美的插图。她这样描述她跟刘易斯见面的情景:"快到十二点,我到了约会地点……大钟敲了十二下,我听到走廊里传来孩子们的说笑声。一位绅士走了进来,两手各牵一个小女孩。他身材颀长,脸刮得干干净净,精致而优雅。我对自己说:那就是刘易斯·卡罗尔。他昂着头站了一会儿,迅速地扫视了一下房间,然后弯下腰,对其中一个孩子耳语了几句。她四处看看,便指向我。他放下孩子们的手,走上前来,脸上带着迷人的微笑——那让我完全抛了面对牛津教师的压抑感。他说:'……是我的小朋友找到你的。我告诉她,我来见一位认识仙女的年轻女士,她立刻就把你认出来了。'"

他好像走到哪儿都带着一点儿梦似的气息,而上面那封信读起来,也像某个童话中的一幕,又幽默又奇幻,什么"鼻子累着了""用下巴走路走多了""把吻装在盒子里,寄给她",童话的要义就是一本正经地胡说八道，因为小孩子心中尚未建起成年人都谙熟的规则之墙。有些有天赋的人，他们的"墙"是可折叠的，当他们想写点儿好玩的小孩子喜欢的故事时，把"墙"折叠起来，那颗心就能瞬间变回生产奇思妙语的童心。刘易斯就是这种人。

很多艺术家喜欢孩子——褒义，不是罪恶的"恋童癖"——如约翰·罗斯金、迈克尔·杰克逊。出于种种原因，他们不愿面对成人的世界，嫌其污浊，转而到孩子身上寻找纯粹美好的"永无岛"。刘易斯也是这样，格特鲁德为他的书画插图时，他要求把其中男孩女孩的体征去掉。他还喜欢拍摄儿童的裸体照片，这爱好放在现在是要坐牢的，不过在他所处的维多利亚时期，儿童裸体照片常出现在明信片上，被当作艺术品欣赏，相互赠送，卡罗尔拍摄孩子之前也都征求了他们父母的同意。据目前所知的资料，刘易斯没有狎玩儿童，他把他们打扮成小仙童、乞丐女孩，其目的跟写童话差不多，乃是让摄影"打开一个通往幻想和私密的内在世界"。格特鲁德作为密友，成为他唯一邀请观看拍摄过程的人。

刘易斯一生的另一大爱好是写信。据说他是世界上书信写得最多的人之一。他自己这样讲："我三分之一的生命在收信，剩下的三分之二在回信。"作为一位讲究精确的数学和逻辑学教授，刘易斯在1861年元旦（此时距他29岁生日不到一个月）为自己设计了一个"书信记录簿"。每一封往来的书信他都会编号、记录日期，然后简写摘要。

此后37年，他一直坚持记录，直到1898年1月14日去世为止，最后一封信的编号为"98721"。考虑到他29岁之前的信未能收录，他一生写下的信件必定超过10万封。为了促进别人写信，他发明了"仙境邮票箱"。他还创造了许多受欢迎的游戏，如早期版本的"拼字游戏"。其余发明还有：网球比赛的淘汰规则，封信封用的双面胶，帮助卧床不起的病人读书的设备，等等。

晚年的刘易斯曾试图再写一个"爱丽丝"风格的故事，他出版了《西尔维和布鲁诺》及其第二卷，这本书被认为是"英国文学中最有趣的失败作品之一"。

萧伯纳致埃伦·特里

66 最亲爱的埃伦：

数学爱好者协会是什么？听起来像搞集邮的。你说你不会对我造成什么影响，那是大错特错了，不过对打扰你的人来说，这是他应得的惩罚。

现在我要跟你坦白讲一件怪事，我给亚历山大写了一个剧本，实际上是给帕特里克·坎贝尔夫人写的，那个角色就像布拉斯庞德一样适合她。因为不管有多少缺点，我一向是个给女演员"量体裁衣"的好"裁缝"。这个角色与众不同，跟西塞莉女士那个角色大相径庭。（你会说："我不这么觉得。"）那么问题来了，她会愿意演吗？我再说一遍，这个角色一点儿不像西塞莉·韦恩弗利特女士，她的名字叫伊丽莎·杜利特尔，一个卖花女，满口污言秽语，腰间扎着围裙，插着三根鸵鸟毛，把她的帽子放进烤箱能熏死虫子，走下舞台时像德林特沃特那样。我不敢让她演这个角色。我把剧本拿去一个朋友（伊迪丝·利特尔顿女爵）家，猜想她可能也在。结果她真的在，散发着宝拉夫人的魅力。她一下就看穿了一切。"你这坏蛋，你就是给我写的，每一行都是。我都能听到你写的时候模仿我的腔调……"她应对得十分体面从容，并且说她对此感到受宠若惊。然后，然后，哦，埃伦，然后发生了什么？然后我镇定地跟她回到她的寓所，竭力让自己不动心，可我毕竟是个活生生的人呀，30 秒钟之内，我就喜欢上她了。这种感觉持续了 30 多个小时。确定无疑的是：我整个人陷入混乱了，那个下午以及第二天，都觉得如在梦境、如履云端，就像个 19 岁的愣头青。我对自己说："至少我能把这事写进几封信里，以博埃伦一笑了。"

她不知道她有一句话让我特别开心，她说杜塞的脚步太重了，完美的步伐应该如蹑空蹈虚一般轻盈，"就像埃伦·特里那样"。我本来想回答说埃伦踩在男人心头的脚步可够重的，不过我没说……

我还要在此地待几天。我好心的天使，给我写封短信吧，哪怕寥寥几行。

G. B. S

1912 年 8 月 13 日

于法国默尔特－摩泽尔省南希市高级酒店

* * *

埃伦·特里，英国历史上最有表演才华的女演员之一，1847 年生于英国一个戏剧世家，8 岁登台，在莎士比亚的戏剧《冬天的故事》中扮演一个小男孩。在以后的 30 年里，她声名日隆，成为伦敦戏剧舞台的主宰，时常在英美各地巡回演出。她最擅长饰演莎士比亚戏剧中天真纯洁的姑娘，如鲍西娅、奥菲利娅、比阿特丽斯等等。人们爱她，崇拜她，称她为"戏剧皇后"。

萧伯纳在 1892 年第一次遇见埃伦·特里。她 44 岁，是国际知名的女演员；他 36 岁，写了很多被出版社拒绝的小说，唯有一些音乐评论文章开始受到瞩目，距离他成为"戏剧大师、诺贝尔文学奖获得者"还远得很。两人开始通信。也就在这一年他正式动笔写戏，创作出了生涯代表作之一《华伦夫人的职业》，该剧于1894年首演，大获成功。

与埃伦断断续续地通信3年后，他开始"一场纸上求爱……也许是所有求爱中最愉快、最持久的"。两位杰出的戏剧艺术家在信中谈感情、谈剧本、谈表演。他给她的舞台表现提出颇有价值的建言，她也对剧本提出意见。因有共同的职业与热爱，他们建立起一种奇异的亲密关系。特里评价萧伯纳时说："他本人和我从信中对他的想象不一样……"

上面那封信中提到的帕特里克·坎贝尔夫人，是另一位著名英国女演员，1893年因在戏剧《第二个谭科雷太太》中扮演宝拉·谭科雷名声大噪。萧伯纳赞她"散发着宝拉夫人的魅力"，说的就是那个角色（她出演的其他名剧包括梅特林克的《普莱雅斯和梅丽桑德》、易卜生的《群鬼》、索福克勒斯的《厄勒克特拉》，萧伯纳跟她也一直保持友好的书信往来）。

他信中提到的关于"满口污言秽语的卖花女"的剧（《卖花女》，又译《皮格马利翁》）于1914年上演，坎贝尔夫人成功扮演了伊丽莎·杜利特尔。今天我们可能更熟悉另一个电影版的伊丽莎·杜利特尔：奥黛丽·赫本。好玩的是，他如此坦荡地讲他如何对坎贝尔夫人"一见钟情"，好像完全不怕埃伦嫉妒，或许他们的默契已达到这种程度，她完全信任他，知道春风只能吹得湖边柳枝一阵晃动，而主宰整个湖、住在湖心深处的精灵永远是她，又或许他故意想给她一点儿危机感。信里有跟她调情的话，不过也是淡淡几句，"埃伦踩在男人心头的脚步可够重的"云云，点到即止。

自称好裁缝的萧伯纳后来也为埃伦量身定做了戏剧：《布拉斯庞德上尉的转变》和《康蒂妲》。用情人这个词概括他们的关系不太确切,他们之间的爱跨越友谊,但又不掺杂欲望。两人的信件往来持续 30 多年,互致一百多封情书,却从不私下会面,唯一一次亲密的接触,是《布拉斯庞德上尉的转变》首演之夜,他在仪式上吻了她的手,一位剧作家向女主角致意的、绅士的举动。

柴可夫斯基致梅克夫人

67　　看到你的笔迹,知道我们又能继续通信了,我心中的喜悦难以言喻。乔根森忘了跟我说,由我们的交响乐改编的钢琴曲终于出版了,所以你是第一个告诉我的人。听说你对这支改编的曲子很满意,这让我万分喜悦。讲实话,确实改编得很好,很巧妙。

　　至于交响乐本身,我早就料到你会喜欢,怎么可能不喜欢呢?我谱曲时满心都是你。那个时候我跟你还不像现在这么亲密,但我已模糊预感到,这世上没人能比你更敏锐地响应我对灵魂的最深切、最隐秘的探索。没有哪部音乐作品的献词,比我的更郑重,它不仅仅代表我,也代表你。真的,这部交响乐不是我一个人的,而是我们两个的。它将永远是我最珍爱的杰作,只因它就像为这段日子而立的纪念碑——其时,我承受着不断加重的精神痛苦,忍耐着一连串难熬的苦难、悲伤、绝望。忽然,希望的曙光初升,幸福的金阳开始闪现,这交响乐所献给的那个人,就是那道阳光的化身。

　　我颤抖着,想象如果命运没把你送到我身边,我会怎么样?一切皆出于你的恩赐:生命,追求自由的机会——那个尚未实现的宏愿,以及我做梦都不敢奢望的铺天盖地的幸运。读你的来信,我心头充溢着如此澎湃的感激与爱意,除了音乐别无表达之法。但愿某一天我能用乐曲把它们说出来!

亲爱的朋友，望你诸事都好。比起自己，我更期望你安康。读到信中说你听我们的交响乐听得彻夜难眠，我的心一阵抽痛。我希望今后我的乐曲给你带来欢乐和慰藉，全心全意地祝你愉悦、安宁。

你的 P. 柴可夫斯基
1879 年 10 月 10 日

* * *

梅克夫人，全名娜杰日达·冯·梅克，生于 1831 年，丈夫是铁路运输业富商，挣下一份偌大家业之后，于 1873 年去世，42 岁的梅克夫人继承了极丰厚的遗产，热爱音乐的她资助了很多音乐家。1876 年，为了给朋友柴可夫斯基寻求资助，莫斯科音乐学院院长、钢琴家尼古拉·鲁宾斯坦来到梅克夫人的庄园，为她演奏柴可夫斯基的《暴风雨》。在邻室倾听的梅克夫人被深深打动，决意出手帮助这位天才，难得的是她并没有粗暴地砸钱过去，而是以女性特有的体贴，谨慎地选择了一种最不伤人自尊的方式：以收藏乐曲为名，请柴可夫斯基编写一首曲子。收到曲谱后，她写信致谢，随信附上了优厚报酬。

从此两人开启了以书信共享欢乐与忧愁的 14 年时光。1877 年 5 月，柴可夫斯基态度坦然地告诉梅克夫人，他确实身负债务，但不喜欢她在每封信里夹钱的这种资助方式，希望她能一次性借他 3 000 卢布，让他彻底摆脱债主。两人相处时，清晰地提出需求，其实最有助于关系的良性成长。面对这个张口讨钱且金额具体的要求，梅克夫人不怒反喜，跟他约定每年固定提供 6 000 卢布的"年薪"。有了这样的坚实后盾，柴可夫斯基得以全身心投入创作。

我是个自由职业者，靠稿费生活，我还有一些同为自由职业者的朋友，我们经常以这样的话互相勉励：苟富贵，一定要包养我！或者，说不定这本书出了就畅销了，我就发迹了，到时我包养你！……不少艺术家有金主，或名为庇护者、赞助者，比如赞助了达·芬奇、米开朗琪罗、波提切利等人的美第奇家族，莎士比亚"将之比作一个夏日"的南安普敦伯爵，他们像红拂慧眼识李靖一样，能从默默无闻、潦倒困顿的年轻人身上认出未来的大师。然而出了钱的人难免要俯视，要提要求，像梅克夫人这样毫无要求、对受资助者始终尊重有加的金主，堪称天使。

而且她的慷慨并不仅给予柴可夫斯基一个人，1880年7月，她雇17岁的德彪西做家庭钢琴教师，陪同她和她的孩子们旅行，她付给他丰厚的报酬。这次旅程遍及整个欧洲，在此期间，过得称心如意的德彪西创作出了《G大调钢琴三重奏》。人们普遍认为该作品表达了他对梅克夫人的敬爱与感恩，因为她最钟爱钢琴三重奏。

"知音人亦有，谁若尔知心"，在众多音乐家中，她只把最深的爱意送给柴可夫斯基。上面那封信中提到的交响乐，是柴可夫斯基著名的F小调《第四交响曲》，扉页题词"献给我最好的朋友"。

他所说的"承受着不断加重的精神痛苦，忍耐着一连串难熬的苦难、悲伤、绝望"，指的是在写这部曲子期间，他一时昏了头，跟一个热烈追求他，但丝毫不懂音乐的女子安东尼娜结婚，婚后立即陷入痛苦与悔恨，甚至投河自杀。在最接近死亡的时候，他留话说"如果我死了，原稿送交梅克夫人"。

其实柴可夫斯基是个同性恋者，100多年前，俄国是最排斥同性恋的国家之一，他所承受的精神压力可想而知。他确实非常幸运，得到梅克夫人这样无条件提供情感支持的志同道合的"爱人"——如果爱中可以不包含"性"，那他们之间一定是爱。各种迹象表明,她的性格跟他十分相近,都是情感深沉又克制的人,而且她有极高的音乐素养,足够做他的知音。"想象如果命运没把你送到我身边,我会怎么样?一切皆出于你的恩赐:生命,追求自由的机会……我心头充溢着如此澎湃的感激与爱意,除了音乐别无表达之法。"如果不是遇见你,我将会在哪里?日子过得怎么样?人生是否要珍惜?他几乎在每封信里都会表达感激与爱意,她的回应则是:"我爱你胜过其他任何一个人,我珍惜你胜过世界上所有东西。如果这话令人烦恼,请原谅我,反正我已经说出口了。理由是——你的交响曲!"

他们的书信对话始终在相当平等的氛围下进行。她在信中从未流露一丁点"女施主"的优越感。尽管如此情投意合,而且她的态度中明显有情色的成分,但两人达成默契,无论在什么情况下都不会见面。她说:"我曾一度衷心地热望见到你本人,但我现在感到你越是使我着迷,我越怕和你见面。在我看来,到那时候,我就不会像现在这样跟你交谈了……我宁可远离你而想象你,宁可在你的音乐中和你相映。"她是从感性而非肉体的角度看待性爱,与伟大作曲家之间柏拉图式的关系已经满足了她的内心需求。

1878年11月,柴可夫斯基旅行至佛罗伦萨,梅克夫人提前为他租好豪华公寓,设计好散步路线,她的体贴功夫细到把屋里预备的杂志翻到评论他音乐的一页。某天下午他出门散步,迎面一辆马车驶来,梅克夫人与女儿坐在车中。"细马香车,两两行相近",但两人未交一语,只远远致意。这是他们距离最近的一次会面。

在互相写下1 200余封书信后,梅克夫人忽然给柴可夫斯基写了一封绝交信,提前送上一年的年金,并谎称破产,不能再资助他。实际情况是她重病后手臂萎缩,写信变得越来越难,而儿子的去世也令她愧疚,她认为自己过度沉浸在与柴可夫斯基的关系中,疏忽家人,丧子是命运的惩罚。另一方面,她也承受着巨大的家庭压力,子女因她与柴可夫斯基的亲密关系感到尴尬,逼迫她与他断交。

但柴可夫斯基并不知道真相,他怀着失去世上最亲密之人的哀伤,逝于1893年11月。梅克夫人得知消息后,深陷忧伤与不安,两个月后亦追随而去。

纪伯伦致玛丽·哈斯凯尔

亲爱的玛丽,你有一种善解人意的天赋,能给予人无限活力。你就像伟大的神灵,待人至诚,不仅与人分享自己的生命,而且为其增加能量。与你相识,是我生命中最了不起的事情,是自然规律之外的奇迹。

我和我心中那个疯狂的自我,总觉得被那些了解我们的人擒住了软肋。但面对你时不是这样。你对我的了解,让我感到前所未有的平静、自由。上次你来看我,那最后两个小时,你捧住我的心,发现上面染了污点,而就在那一刻,污点永远消失,我得到了无拘无束的轻松。

现在你进山做了一名隐士,我觉得隐居在"遍布幽秘美景"的地方,确实惬意无穷。不过,亲爱的,你可不要冒险。偶尔隐居一次,难以满足灵魂的饥渴,你一定要保持健康强壮,才能再次享受隐逸生活。

在我这儿,月桂树叶和香脂草叶正散发出最迷人的香气,谢谢你把它们寄送给我,上帝保佑你。

爱你的
卡里
1914年7月8日

* * *

这世上有些画家能写漂亮的文章，有些作家能画上几笔很不错的画，能给自己的书画插图（作者自绘的插图，往往有专业技艺达不到的传神和准确），但像纪伯伦这样两边都做到真正的"家"的人极少。在去世将近一个世纪后，黎巴嫩画家、诗人、哲学家卡里·纪伯伦所留下的论述，仍然是世人最喜爱的关于真理的声音之一。

纪伯伦1883年生于黎巴嫩，12岁移居美国，1904年首次在波士顿举行个人画展，观者中一位小学女校长、时年31岁的玛丽·哈斯凯尔，买下了两幅画。她对纪伯伦的才能激赏不已，主动提出资助他到欧洲学艺，每月供给他75美元（相当于今天的2 000美元）津贴。他接受了。1908年，动身前往巴黎前不久，纪伯伦在写给朋友的一封信中称玛丽是"引导我走向辉煌未来，为我铺平成功之路的女天使"。

抵达巴黎后，他投在罗丹门下学习绘画和雕塑。他在从巴黎寄给哈斯凯尔的第一封信中写道："亲爱的玛丽，我在情绪低落之际读了你的信。当浓雾淹没内心的自我，我从小盒子（指玛丽的信）里拿出两三个字，重读了一遍。它们让我想起真实的自己，让我忽略了生活中所有鄙俗丑陋的东西。亲爱的玛丽，每个人都须有安息之地。我灵魂安息之地是一片美丽的树林，也是我对你的认知所在。"

他们一直保持通信。他在另一封信中说："巴黎这间画室里我的全部作品都属于你，我期望自己活得长一些，好为你准备更成熟的果实，你给予我的太多了。"

他于1910年10月回到波士顿，很快向玛丽求婚。1910年，在37岁生日前一天，玛丽在日记中记录道："卡里用一整个晚上说他爱我，如果可以，他想娶我。他说：'每当我想跟你说话，想跟你亲近的时候，你就会飞到遥远的地方，无法接近。'我说，我想让我们的友谊天长地久，又怕因为一场糟糕的恋爱而毁了一段美好的友谊……第二天下午，我答应了他。"但玛丽始终在犹疑中动摇不定。第二年春天，在她的坚持下，他们的关系发生了重大转折，两人共同做出决定：放弃婚姻，不做夫妻，只做彼此生命中最亲密的挚友和伴侣。

她在1911年4月的日记中阐述了这样做的原因："是时候了，在卡里和这个爱他的世界之间，大门即将打开，他肯定会感到他正把作品倾注到世界的心里。我想属于他的未来就要到来了！……我确信自己有可能成为他的妻子。虽然从那（废弃婚约）以后每一个清醒的小时，我心中都泪流不止，但我知道我是对的，泪水代表喜悦，而非痛苦。我的年龄只是障碍之一，不是一票否决的决定性因素……他最伟大的作品将源于婚姻——他最大的幸福，全新、充实的生活。我距离那个幸运的身份只有一步之遥。虽然我会流泪，但想到她我就高兴——我不想要卡里，因为我知道她（指他未来的妻子）正在某处为他而成长，而他也在为她而成长。"

虽然有缘无分，但两人之间的书信来往和面晤互访从未停止。上面的信就是纪伯伦以"挚友"身份写给玛丽的，能读得出曾经指向占有与婚姻的激情已经平息下来，升华成为一种深沉的感激和关怀。"你对我的了解，让我感到前所未有的平静、自由"，可以想见他们共处时的温馨。纪伯伦有一篇见解深刻的《论爱》："……那藏在羽翮中间的剑刃许会伤毁你们／……它的声音会把你们的梦魂击碎，如同北风吹荒了林园／爱虽给你加冕，它也要把

你钉在十字架上 / 它虽栽培你，它也刈剪你。"很多时候爱是一桩疲惫的事，要打起精神永不停歇地营造、省察，逆水行舟不进则退。像狂风暴雨过境一样的爱，往往只留下断壁残垣。比起匆匆烧光情意，也许退回半步，隔着细流相望，以另一种身份偕老是更不容易失去爱人的选择。

纪伯伦与玛丽这种超越婚姻的伴侣关系持续了27年，他终身未婚，也没有子女。1931年4月10日，他因病去世，终年48岁。他的遗嘱正如当年从巴黎写给她的信，"画室中的一切，包括画、书和艺术品，全部赠予玛丽·哈斯凯尔"。

米开朗琪罗致维多利亚·科隆纳

M女士：

因为我正在罗马，我觉得托马索少爷可以为您和您的仆人——我——做个中间人，让我能供您驱使，特别是我想为您做的事比世上任何人都多，但我所献身的伟大工程不允许我分身旁顾。我知道，您也知道，爱情不需要主人，爱人也不需要眠憩，由中间人牵线就更不合适。虽然看上去我已忘记，其实我正在做一些暂不能言明的事，目的是给您意料之外的惊喜。我的计划已经破产了："忘记这样的信任，是邪恶的。"

您的仆人
米开朗琪罗·博纳罗蒂
于罗马

* * *

这封信中出现的两人——维多利亚·科隆纳和托马索·卡瓦列里，是米开朗琪罗毕生至爱。罗曼·罗兰所著的《米开朗琪罗传》中，这样形容科隆纳对他的意义："他从没有休息，也从没有最微贱的生灵所享受的温柔……即在一生能有一分钟的时间在别人的爱抚中睡眠。妇人的爱情于他是无缘的。在这荒漠的天空，只有维多利亚·科隆纳的冷静而纯洁的友谊，如明星一般照耀了一刹那。"

"托马索少爷"则是米开朗琪罗爱恋的美男子卡瓦列里。美术理论家、米开朗琪罗的弟子瓦萨里说:"他爱卡瓦列里甚于一切别的朋友。这是一个生在罗马的中产者,年纪很轻,热爱艺术;米开朗琪罗为他作过一个肖像……是米氏一生唯一的画像;因为他痛恨描画生人,除非这人是美丽无比的时候。"这种爱即使在当时也不是光彩的事。罗曼·罗兰在《名人传》里写道:"米开朗琪罗的侄孙于1623年第一次刊行米氏的诗集时,不敢把他致卡瓦列里的诗照原文刊入。他要令人相信这些诗是给一个女子的。即便在近人的研究中,尚有人以为卡瓦列里是维多利亚·科隆纳的假名。"

维多利亚·科隆纳生于1492年,17岁时结婚,成为佩斯卡拉侯爵夫人,但因为相貌不美,无法获得丈夫的爱,只能在宗教与文艺中寻求精神慰藉。她善文工诗,其诗歌在16世纪初开始为她赢得声誉,后来她成为16世纪意大利最受欢迎的女诗人之一。

1534年,米开朗琪罗到罗马去完成教皇克雷芒七世交给他的工作——为西斯廷礼拜堂绘制祭坛画《最后的审判》,结识了当时正住在罗马一座修道院里的维多利亚。上文的短函就是初相识那段时期写的,他说的"所献身的伟大工程"即画《最后的审判》。

每到礼拜日他们在同一间修道院做礼拜,热烈地聊天,或者在圣·西凡斯德罗教堂里消磨日子,讨论两人感兴趣的宗教问题,同时代葡萄牙画家弗朗西斯科·德·奥兰达描述道:"(他们)坐在石凳上,旁边是喷泉,上面是桂树的荫蔽,墙上都是碧绿的蔓藤。在那里他们凭眺罗马,全城展开在他们的脚下。"在初相识的三四年内,那种情感由信仰之光笼罩,平和、宁静、庄严。

1538年,她46岁,他63岁,两个灵魂达到了前所未有的亲密。1541年,她离开罗马,到奥尔维耶托、维泰尔博继续过幽闭生活,但她经常回来看望米开朗琪罗,"他为她的神明的心地所感动,她使他的精神获得安慰。他收到她的许多信,都充满着一种圣洁的温柔的爱情,完全像这样一个高贵的心魂所能写的"。他为她写了很多火热的情诗,她也为他做了一百多首诗。

受到她的鼓励与激发,米开朗琪罗在艺术上更臻化境,罗曼·罗兰认为,他的许多作品受到了她的影响,如《哀悼基督》《基督下十字架》,以及现藏于卢浮宫和大英博物馆的两幅《复活像》。

维多利亚去世时,米开朗琪罗悲痛不已,他说:"我看着她死,而我没有吻她的额与脸如我吻她的手一样,言念及此,真是哀痛欲绝!"据载,维多利亚之死使他痴呆了很久,"仿佛失去了一切知觉"。他与许多男性恋爱过,而在世间女性中,他一生只爱她一个。

1564年2月12日,米开朗琪罗站了一整天创作《哀悼基督》,14日他发烧卧床,18日下午5时,这位天才停止了呼吸。

杰克·伦敦致安娜·斯特伦斯基

70　亲爱的安娜：

　　我有没有说过人类应该按类划分？如果说过，那我就再给它补个条件——不是所有人都能分类。你就不能。你无法归类，我捕捉不到你的特征。我可以吹嘘说，在特定情境下，十个人里有九个，我能预测他们的行为；十个人里有九个，我能根据他们的言谈举止，捉摸他们的心思。但第十个总是让我挫败，那超越了我的能力。而你就是那第十个人。

　　两个喑哑的灵魂是多么不相称啊！我们可以感受到相同的东西——当然，我们经常如此——当感觉不同步的时候，我们反而能相互理解。然而，我们缺乏共同语言。不可理喻。上帝一定会嘲笑那种哑剧表演。

　　其中还有一丝理智之光，因为我们都是性情中人，能够相互理解，真的，我们总能以一种模糊的方式达成共识；当我们彼此怀疑时，它就像幽灵一般，让真相萦绕在我们身边。我始终是那个不敢相信的人，因为你是我无法揣度的第十个。

　　我现在这样说是不是晦涩难懂？我不知道。我想可能是。我找不到能让你理解的表达方式。

　　性情中人，就是这样，那是唯一能把我们联系起来的东西。你我之间属于"我们"的时刻已经过去了。每个人都会有那么一点儿共通之处，我们就是因为那"一点儿"被吸引到一起的，然而我俩的差异还是太大了。

当你情绪高涨的时候，我是否向你微笑？那不是谅解的笑意——不，那笑是因为嫉妒。这 25 年我都在压抑中度过，我学着不动感情，这种本事太难忘掉了。我已经开始释放自己，但收效甚微。即使最乐观地估计，我也不指望在死之前能全忘掉或忘掉大部分。现在我学着"狂喜"，为一些小事、别人的事，但为我自己的、私密的事，我无法欢悦起来。我说的你能明白吗？你能听到我的心声吗？恐怕不能。世上有许多装模作样的人，我就是其中最成功的一个。

杰克

1901 年 4 月 3 日于奥克兰

* * *

杰克·伦敦，19 世纪末 20 世纪初最著名的美国作家之一，自幼家境贫困。15 岁，他从邻居手中借来几百美元，买下一艘二手小船，在海上闯荡，当上了牡蛎盗贼，还没成年的他开始喝烈酒、养情妇（他把船主的前女友变成了自己的现女友），跟一群法外之徒成了莫逆之交，有了个响当当的匪号"牡蛎海盗王子"。后来他接受招安，又成了渔场巡逻队抓贼的队长。此后他走得更远，上了一艘到日本海捕海豹的远航船。又流浪了一年，他回到美国，以 19 岁高龄进入奥克兰高中读书。

高中时期，杰克加入了一个叫"亨利·克莱学会"的沙龙，与埃德蒙·阿普尔加思结为好友。埃德蒙把杰克带回家，介绍自己的姐姐玛贝尔和他认识。杰克对玛贝尔一见倾心。她比他年长，耐心教导他提高语法和语言能力，并指引他接触更广泛的艺术。

为了赢得美人芳心，杰克拼命写作投稿，但收入还是不太拿得出手，玛贝尔的母亲认为杰克没有能力养家，对他们的恋情并不支持。尽管二人一度订婚，最终还是没走到一起。这段经历后来被杰克用作《马丁·伊登》的素材，玛贝尔就是书中露丝·莫尔斯的原型。

和玛贝尔交往那段时期，杰克·伦敦经常参加社会主义者的集会活动，与俄国裔犹太姑娘安娜·斯特伦斯基成为密友，二人一起探讨进化论、唯物主义、社会主义等问题，安娜也对杰克的小说给予精准、贴切的评论。杰克视她为灵魂伴侣，"是她的智慧使我着迷，而不是她的女性气质"。这一点在上面的书信中能看出来，他的话与其说是讲给深爱的女子，不如说更像是讲给知己好友。马克思和恩格斯互致的书信都比他这个更像情书。"亲爱的恩格斯，你是在哭还是在笑，是在睡觉还是醒着？最近三个星期，我往曼彻斯特寄了各种各样的信，却没有收到一封回信……""世上没有一个人这样真心地关心你的忧乐，除了你的摩尔（恩格斯对马克思的爱称）。""老摩尔，老摩尔，大胡子的老摩尔，你出了什么事？怎么听不到你一点儿消息？你有什么不幸，你在做什么？"

可是我得说，即使去除对杰克·伦敦的粉丝滤镜，这仍是全书最令我动容的情书——也许是因为它太清醒、太坦诚。杰克有明显的性格缺陷，很大程度源于原生家庭：他是私生子，亲生父亲跟他母亲始终没结婚，他母亲怀孕后，其父怀疑孩子不是自己的，气得孕妇差点儿自杀明志。最后两人还是分开了。为了生计，他母亲带着他嫁给一个农场主，继父待他还算不错，不过因不善经营，家庭经济状况很糟糕。这些早年经历使杰克一生困于自卑与自恋情结，迫切希望获得认可，他的人生跟菲茨杰拉德有点儿像，靠写作名利双收，跻身上流社会之后，就陷入了挥霍金钱、自我压榨的死循环。

在这封信里，他是如此坦率地表露他的自傲："十个人里有九个，我能预测他们的行为"；他对这段恋情的冷静判定——"属于'我们'的时刻已经过去了"；他的痛苦——他曾经长久地压抑情感，导致那种能力像得不到锻炼的肌肉一样萎缩了，"我无法欢悦起来"。人在爱中一般不太清醒。高热中的谵妄、天真少年式的满口豪言，那才是情书的正常形态。说话清醒理性，说明要不就是温度还不够，要不就是爱已经退烧了。

终其一生，杰克都不擅长写爱情。

六

与子偕老

少壮时欣欣向荣,盛极又必反,
繁华和璀璨都从记忆中被抹掉;
为了你的爱我将和时光争持:
它摧折你,我要把你重新接枝。

——威廉·莎士比亚,《十四行诗》

乔布斯致劳伦娜

20年前，我们对彼此了解还不深，受着直觉的指引，我与你走到一起。你让我如痴如醉，如在云端。犹记得在阿赫瓦尼酒店结婚那天，雪花纷飞。年复一年，我们有了孩子。有过好时光，也遇到过难关，但没有一刻不快乐。彼此间的爱与敬意经受磨砺，不仅历久弥新，且与日俱增。一起经历过诸多坎坷，我们回到爱的起点。年纪长了20岁，脸上多了皱纹，心中亦增加了智慧。阅尽世事，尝过人生苦乐，见识过生命的秘密与奇妙。到如今你我仍厮守在一起，而身在云端的我，一直为你神魂颠倒，双脚始终还没踏回地面呢。

2011年3月

* * *

2011年10月5日，苹果公司创始人史蒂夫·乔布斯因胰腺癌病逝，全世界对他的关注达到了峰值，人们迫切想要了解这位天才。于是他生前唯一授权的传记、《时代周刊》前主编沃尔特·艾萨克森撰写的《史蒂夫·乔布斯传》，就像给想睡觉的人发枕头一样及时到来。在他去世19天后，该书于10月24日全球发售，中文版亦同步发行（看新闻报道，发布时间准确到10点5分，搞出了火车时刻表的精确度），人们以彻夜排队买苹果手机的热情，排长队买"苹果之父"的传记。此后一整年时间，书封上那张长着鹰钩鼻、戴着圆眼镜、略似约翰·列侬的脸，几乎悬挂在所有书店、报刊亭里。好像理发店门口旋转的红蓝灯柱一样，没那标志都不好意思说自己是从业者。

上面这封情书收录在《史蒂夫·乔布斯传》里，是 2011 年 3 月他为结婚 20 周年写的。20 年前，他与妻子劳伦娜·鲍威尔在约塞米蒂国家公园的阿赫瓦尼酒店结婚。20 年后，他想携妻重游故地，发现房间都订完了。他请酒店联系订了他们当年结婚套房的客户，询问对方是否能让出，对方得知他们要庆祝结婚纪念日，便爽快答应了。当日乔布斯朗读此信，把它跟结婚照片放在一起送给劳伦娜。

史蒂夫·乔布斯，世界上最有影响力的人之一。作为苹果公司的创始人，他以突破性的发明革新了技术，永久改变了人类的移动通信；他还创建了皮克斯工作室，是迪士尼公司的董事会成员。1989 年，劳伦娜到斯坦福商学院去听讲座。当时她是刚刚入读 MBA 的新生，台上是 34 岁的创业奇才史蒂夫·乔布斯。她来之前只模糊听过这名字，脑子里对应的人是比尔·盖茨。史蒂夫做完演讲，在第一排坐下，刚好坐在劳伦娜身边。散场后他在停车场追上她攀谈，当天晚上他们一起吃饭，吃了 4 个小时。他说："从那以后我们就一直在一起。"

劳伦娜不是他的初恋，他 27 岁时曾跟民谣女王琼·贝兹约会，还和前女友克里斯安·布伦南未婚生有女儿丽萨。那对母女仅靠救济金生活，身为亿万富翁的他却不肯承认她们，也不给抚养费，"我不希望做父亲，所以我就不做"。他甚至在法庭上说自己不育。做了亲子鉴定，他才答应每月支付 500 美元。丽萨 14 岁时搬去跟乔布斯夫妇同住，史蒂夫拒绝给她的卧室装暖气。

但他对劳伦娜以及她生育的三个子女又有无限温情。他一直感激劳伦娜改变了他糟糕的生活方式，让他得以振作起来，返回苹果重掌大权。在《史蒂夫·乔布斯传》的后记中，作者说："(乔布斯)并不是一个传统意义上的居家好男人，他自己也承认这一点。但对一个人的评价总应该考虑到方方面面。作为一位商业领袖，他可能严苛挑剔、喜怒无常，但他打造了一个狂热而忠诚的团队，这个团队深爱着他。作为一个有家之人，他可能很粗暴，还经常心烦意乱，但在他的婚姻中，他和女强人妻子之间有着完全的伙伴关系，非常浪漫。"

所有人都喜欢花好月圆，乐于看到德艺双馨，平天下的英雄还能修身齐家，改变世界的天才同时也是深情款款的丈夫。因此和高中同学克里斯安·布伦南的纠葛成了补全乔布斯"完美形象"的重要拼图，很多人只知他与劳伦娜是灵魂知己、模范夫妻，不知道他是私生女丽萨冷酷无情的父亲。

中国读者们对情书译文颇有不满，认为译得粗糙。理工科学生出身的乔布斯写信时没用什么生僻词，也没有套娃式的长长从句，中学毕业生都能看懂。门槛既如此之低，沉浸在研读《史蒂夫·乔布斯传》热潮中的大家奋袖出臂，展开一场翻译大赛。

这是10年后我找到的几版当时投票获选"最受欢迎"的译文。

  网友@东方神骏HXW的译文:20年前虽相知不多，但心有灵犀，你让我为之倾倒。当步入婚姻殿堂，阿瓦尼雪花飞舞，似为我们庆祝。转眼间，生儿添女，有苦有乐，但无怨无悔。平日相敬如宾，我们的爱日久弥新。一切之后，重温20年前故地，虽满脸皱纹，心历沧桑，但你我都更为成熟睿智。如今已然明白了生活中的苦乐、真谛与奇妙，我们依然相濡以沫，携手同行。我也一直漫步在爱的云端，不想坠落尘寰。

网友 @ Echo 马潇筠的译文：二十年前，未相知时。然郎情妾意，梦绕魂牵。执子之手，白雪为鉴。弹指多年，添欢膝前。苦乐相倚，不离不变。爱若磐石，相敬相谦。今二十年历经种种，料年老心睿，情如初见，唯增两鬓如霜，尘色满面。患难欢喜与君共，万千真意一笑中。便人间天上，痴心常伴侬。

网友 @ 千年老妖猴的译文：二十年前初相识，随心而遇惹人痴。犹记新婚当日景，雪花飞舞阿瓦尼。光阴似箭已添丁，幸福艰难总不离。爱至深处久弥新，回首廿载似昨夕。岁增智长皱渐生，知秘解惑尝悲喜。天地无涯有时尽，此情绵绵不绝期。

网友 @ 孙晗的译文：陌人相盼至白头，二十丁丑，方寸不意，月老红线留。前夜飘雪花满楼，韶光竞走，光阴似水流。千言不尽一语莫，个中幸苦心自说。天命已知顾往昔，青丝易白，骸骨已陋，阴阳相隔，相思如红豆。今生无所求，来世再相谋。

这种盛况，当年《泰坦尼克号》在中国首映时上演过一次，人们争相翻译《我心永恒》的歌词。诗人、小说家和歌手纷纷贡献新译本，连演员陈道明都出手译了一版歌词。后来英国歌手阿黛尔的《像你一样的人》(*Someone Like You*) 也小小享受了一下这个待遇，还获得了一个流传甚广的文言文译本《另寻沧海》："已闻君，诸事安康。遇佳人，不久婚嫁。已闻君，得偿所想。料得是，卿识君望。"

中国几千年文化历史悠久，祖上狠狠阔过，于是难免有些厚古薄今的情绪。直到当代，人们还习惯性地相信：古方治病必有奇效，古法榨油肯定更香，武侠小说里威力最大的是上古传下来的神兵利器。我们望着"传统文化"时仿佛总隔着一层滤镜——也许是爱得深沉因此常含泪水，再加上从小语文课背古文最费劲，大家对其敬畏有加，导致我们对文言文有种天真的集体崇拜，认为它像古玉、老坑翡翠、后母戊鼎一样，是祖传宝贝，是汉语言行文造句的最高形式。高考考生写作文卷，一旦祭出文言文，便能令阅卷老师膝头一软，纳头拜倒，双手把满分奉上。我当学生的时候，好像每隔几年就会出一篇文言文满分作文，这几年少了，老师不好骗了。

因此大家表达对某外国文艺作品的喜爱，方式是赋予它一个文言文的外壳。好比洋公使来朝，赐穿黄马褂，或是当代娶了中国女子的洋女婿，取个中国名，穿对襟华服，戴小瓜皮帽，磕头拜年，才最讨人喜欢。

但我很厌烦这种用文言文翻译外国语段的做法，其不伦不类，好比用马头琴拉碧昂丝的《光环》。翻译的职业道德，在于尽可能完美传达原文的风格、韵律、语感，而文言文有着过于强烈的自我风格、固定的意境和习语，是最不适合当"伴奏"的。就像你要把一个外国的英俊少年介绍给中国观众，却给人家画了一脸京剧的花脸妆，谁还能看清他长什么样？

好，咱较一下真，来看上面那版被认为"最有才华"的文言版：

> 二十年前，未相知时。然郎情妾意，梦绕魂牵。执子之手，白雪为鉴。弹指多年，添欢膝前。苦乐相倚，不离不变。爱若磐石，相敬相谦。今二十年历经种种，料年老心睿，情如初见，唯增两鬓如霜，尘色满面。患难欢喜与君共，万千真意一笑中。便人间天上，痴心常伴侬。

"二十年前，未相知时"。XX时，这是个时间从句，还没说事呢，后面怎么就一个"然"，转折了呢？原因是，非要把语意摁进四字格里，只能像灰姑娘她姐姐把脚后跟削掉。

"然郎情妾意，梦绕魂牵"。首先，人称不对，"妾"是女性谦称，以女子口吻讲爱情时才出现，如"当君怀归日，是妾断肠时"，可原文明明是男性第一人称。其次，"梦绕魂牵"这种陈词滥调的习语摆在这里，读者根本看不到相恋有什么细节。其实原文是，"We were guided by our intuition."。你看，乔布斯的意思很清楚：我们当时其实还不太了解对方，只受着直觉的指引，越走越近。更重要的是他紧接着有一句"you swept me off my feet"，虽然有时这个直译成"你让我神魂颠倒"，但此处最重要的是"feet"，因为这封信最后一句又提到"feet"，译文也要译出字面的首尾呼应才不损失乔布斯的构思，囫囵丢出个习语"梦绕魂牵"，实为下策。

"白雪为鉴"这四个字，乔布斯的原文是，"It was snowing when we got married at the Ahwahnee."。直译为：当我们在阿赫瓦尼结婚时，下雪了。他只是回忆当时的情景，没说"白雪是我们的见证"，译者自作多情，跳出来加戏，极不可取。

"Our love and respect has endured and grown"译成"爱若磐石，相敬相谦"更是大谬。首先，没有磐石。其次，乔布斯的重点在于"endured and grown"，他是一生都孜孜不倦追求"更好、更美、更进步"的人，但"相敬相谦"把这个意思给无视了——那译成"与日俱增"行不行？行，但是不押韵……押韵和作者原意哪个重要？当然是押韵了。

"年老心睿，情如初见"，原文是，"We've been through so much together and here we are right back where we started 20 years ago—older, wiser—with wrinkles on our faces and hearts."。直译为：

我们一起经历了那么多，又回到了20年前开始的地方，变老了，变睿智了，脸上和心上也多了皱纹。"年老心睿"这种生造的四字词，算它勉强过得去，但"情如初见"就错了。首先，乔布斯没这意思。其次，译者估计很喜欢网红词句"人生若只如初见"，再加上全民"不忘初心"的渲染，觉得"初见"就是最好的。然而纳兰词里的"初见"，是跟后来的薄情对比，好比破产之后想起当初的十万存款，确实怀念。乔布斯夫妇的感情是越过越深，上句已说"爱情"是增长了，跟初见时肯定不一样，再拿"如初见"夸人家，好比你跟已经年薪百万的人说："你今年是不是还挣得跟大学刚毕业一样多？"真棒……

"两鬓如霜，尘色满面"，这是把苏轼的"尘满面，鬓如霜"拿来了。东坡那句词的语境是梦中与亡妻相见，死者面貌由死亡的琥珀保存着，仍像当年一样美，他却已头发变白，满脸沧桑。首先，没有鬓，没有如霜。其次，虽然乔布斯那时与癌症斗争8年，生命只剩7个月，但他写信主要还是表达对妻子的爱和感激，而不是哀痛和思念，还没到天人永隔那一步呢。

最离谱的是最后一句，"My feet have never returned to the ground."。这本是全文豹尾，跟前面呼应：当年爱上你之际，晕晕乎乎像双脚离地，20年过去，那种梦幻般的感觉还在，"我的脚一直都还没回到地面呢"。其实这一句直译出来，就很动人了。"痴心常伴侬"跟原文又可有一丝一毫的关系？

好好一篇简洁有力、庄重深情的情书，给翻成了毫无独特细节、通篇套话的伪文言文。只觉得，译者中学确实好好背古诗词课文了。其余没好好背过的人，粗略一看，半懂不懂，只觉得"高级感"拉满，便喝起彩来……而比拟了一番，史蒂夫原文的好处，也都说尽了。

温斯顿·丘吉尔致克莱门蒂娜·丘吉尔

我亲爱的克莱米[1]：

你从马德拉斯给我写的信中说，是我令你的人生充实富有，这些话太贴心了，因为我时常感到亏欠你良多——如果爱可以计算衡量的话……这些年有你的爱陪我度过，其意义之重大，没有什么词汇能形容。时间过得好快，想一想我们顶住了重重困难与压力，熬过多事之秋，走过艰难岁月，仍然积攒下如此可观且与日俱增的精神财富，这难道不是赏心乐事？

你心爱的丈夫
温斯顿·丘吉尔
1935年1月23日

* * *

2002年，BBC举行了一项名为"最伟大的100名英国人"的调查，英国前首相温斯顿·丘吉尔获选有史以来最伟大的英国人。要尽数他的成就，可能我们这一本书的篇幅都还不够用。不过很少有人知道，他妻子克莱门蒂娜在那些成就中做出多少贡献。丘吉尔的幕僚长黑斯廷斯·伊斯梅将军曾说："如果没有克莱门

---

1. 克莱门蒂娜的昵称。

蒂娜，温斯顿·丘吉尔和世界历史将会是一个完全不同的故事。"

克莱门蒂娜年轻时有着惊人的美貌，丘吉尔夫妇的朋友描述说："她可以出现在荷马故事里。她的蓝绿色大眼睛、轮廓分明的鼻子、优雅昂起的头让人想到女神。"他们首次相遇在1904年，场合没什么特别的，一个普普通通的夏日舞会上，当时她19岁，温斯顿30岁。他已经是个颇有名气的公众人物，当过军人、战地记者，写过6本书，也已开始政治生涯，被选入了议会。但当温斯顿被介绍给那位吸引他目光的美人时，他变得支支吾吾，不知所措，克莱门蒂娜对他的第一印象不怎么样，两人在尴尬中煎熬了一阵，另一个求婚者前来把她带走共舞。

再次见面是1908年春天，他们共进晚餐，那夜温斯顿跟克莱门蒂娜女士聊得很好，把日后改变世界局势的大师级的演讲口才都发挥了出来。到那年9月，他们就结婚了。

上面那封信里，没什么炽热火辣的词，展现出的是静水流深的夫妇之情。克莱门蒂娜感激伴侣的原因是对方令自己的人生充实，这是检验一段关系最好的试纸之一：想想你的生活是否因他/她变得更好、更充实、更有趣。温斯顿最大的感触，则是艰难岁月幸好有爱人陪伴度过。两人共度的难关，就不再是难关，而是"精神财富"。

其实在婚姻中，她所做的远不止于照料他、维护他的健康。温斯顿做出的许多决策，都与克莱门蒂娜的意见密不可分，她参与了战争中一些最重要的决定。"克莱米坐在我身后的站台上，对我正在酝酿的一些新观点摇着她美丽的头，表示不同意……"

虽然她从不在公共场合公开反驳丈夫，但私下里两人会展开较量，他给她取的昵称叫"必须服从的女人"。较量的结果，可能克莱门蒂娜经常是赢家，以至于世间流传着这样一个著名的笑话。某次宴会上,丘吉尔先生与他夫人面对面坐着,他的一只手在桌子上来回动,两个手指向着他夫人的方向弯曲。好奇者问丘吉尔夫人:"那是什么意思呢?"丘吉尔夫人答道:"很简单,离家前我们发生了小小的争吵,现在他认错了,那两个手指表示他正双膝下跪,向我道歉呢。"

他们之间建立了一种智力上势均力敌的关系。在"二战"的风暴中,温斯顿把她当作知己和靠山一般倚重,他承认"如果没有她,我不可能熬过战争年代"。据说她的魅力与机敏还帮丈夫缓和了他与斯大林、罗斯福、戴高乐等多位领导人的关系。

虽然婚后孕育子女占用了大量精力和时间,性别又常常导致她被排除在公共生活之外,但克莱门蒂娜对公共事件和政治的兴趣从未动摇。"一战"期间,她代表基督教青年会在伦敦为军火工人组织食堂,这为她赢得1918年大英帝国勋章夫人指挥官的荣誉。"二战"期间,她担任了诸如红十字会援助苏联基金会主席等多个职位。1946年,她被授予大英帝国大十字勋章,成为克莱门蒂娜·丘吉尔女爵士。

温斯顿一直欣赏、敬畏克莱门蒂娜,他说,与她结婚是他一生中最辉煌的成就。

詹姆斯·乔伊斯致诺拉

亲爱的诺拉：

　　我真的快崩溃了。我是十一点半到的，然后就呆坐在安乐椅上像个白痴。我什么也不能做，耳朵里除了你的声音什么也听不见。听到你叫我"亲爱的"，我反应得就像个白痴。今天我一脸冷漠地离开，得罪了两个人。可我不想听他们说话，只想听到你的声音。

　　跟你共处时，我摒弃了自己傲慢多疑的天性。多希望你的头靠在我肩上。我该上床睡觉去了。

　　写这封信花去了半小时。你能给我写点儿什么吗？希望你会的。我该怎么写落款呢？我什么也不会签的，因为我不知道署什么名字。

　　　　　　　　　　　　　　　　　1904 年 8 月 15 日

我的宝贝：

　　你没给我写信，我沮丧得要命。你生病了吗？

　　我跟一位老朋友拜恩谈起这件事，他完全站在你那边，说整件事是"糟糕的谎言"。

　　我这人真是太不中用了！但经历过这件事之后，我会变得更值得你爱，我最亲爱的。

今天我送了三大袋带皮可可豆给你。收到请告诉我。

我妹妹波比明天会离开。

今天我签了《都柏林人》的出版合同。

我没给斯特尼写信,替我向他致歉。

我亲爱的、高贵的诺拉,求你原谅我那些可鄙的行为,可夹在你我之间的那些人,他们真把我气疯了。我的爱人,我们会击败那些懦夫的阴谋。甜心,别生我气了,好不好?

最亲爱的,跟我讲句话吧。哪怕你说句否定的话,我都能瞬间快活起来!

我的宝贝,你还好吗?你没有因为这个焦虑吧?之前我寄去的那些可怕的信,你不要读,那时我愤怒得失去理智了。

现在我必须赶到邮政总局去,抢在邮车离开前把信寄出。已经夜里一点了。

晚安,"我的小亲亲"!

我相信,没有哪个男人配得上女人的爱。

我亲爱的,原谅我。我爱你,所以一想到你跟那个平庸的无耻之徒在一起,我就要疯掉了。

诺拉宝贝,我谦卑地向你道歉。再次拥抱我吧。让我更配得上你的爱。

我会征服一切,然后你就会站到我这边来。

晚安,"我最亲爱的人","我的小亲亲"。整个人生正在我们面前敞开。经历一点儿苦涩,日后我们的爱会更甜美。

我的爱人,给我你的芳唇。

"此刻我的吻带来安宁,

让你的心闲适平静。

在这静谧中入睡吧,

哦，你这颗不安定的心。"

吉姆
1909年8月19日

亲爱的，你有一个屁气充盈的玉臀，那天晚上，我把它们给干出来了，有的屁又大又肥，有些是长长的，带着呼呼风声，还有一大群身段玲珑的小淘气，一次拖长音的喷涌，它们就从你的洞穴里钻出来啦。跟会放屁的姑娘干真是太爽了，每个动作都压出一个屁。我觉得无论在哪儿，我都能听出诺拉的屁。即使满屋女人都噗噗放屁，我也能认出它来。它有一种特别少女的声音，不像那些胖太太放的屁，带着湿音儿。它又快又干爽，还有点儿下流味儿，就像胆子大的小女孩夜里在学校宿舍放着玩儿的那种屁。我希望以后诺拉在我脸上不停地放屁，好让我知道它们的气味。

詹姆斯

* * *

詹姆斯·乔伊斯，爱尔兰作家、诗人，20世纪最伟大的作家之一，后现代文学的奠基者，代表作有《都柏林人》《一个青年艺术家的画像》，以及傲立于世界小说金字塔顶端、足够文学研究者们忙上几百年的"天书"《尤利西斯》。

他写给爱人诺拉的情书也很著名，在全世界诗人、作家们的情书中，不落窠臼，品位独特。诺拉出身于爱尔兰的普通家庭，比乔伊斯小两岁，文化程度不高，在修道院学校上到13岁就出来挣钱谋生了。1904年6月10日乔伊斯在都柏林伦斯特街的芬因饭店认识了服务员诺拉，被她深深吸引，两人第一次正式约会

詹姆斯·乔伊斯、诺拉·巴纳克尔和他们的律师去登记结婚

是在6月16日——这彪炳文学史的金光闪闪的一天！后来乔伊斯把《尤利西斯》中故事发生的日期选在6月16日，作为"献给诺拉的诚挚礼物"，由于小说主人公叫布卢姆，这一天被称作"布卢姆日"，成为爱尔兰仅次于国庆节的第二大节日。

上面第一封情书就是他们开始约会不久时写的，不过，显然他还处于热恋初期对爱患得患失的状态。在这封信之后的两个月，1904年10月8日，乔伊斯说服诺拉跟他私奔，他们乘船离开爱尔兰，开始流亡的一生。此后几十年两人对彼此坚贞不渝。乔伊斯声名日隆，逐渐成为受人膜拜的著名作家，诺拉始终不读丈夫的书，但乔伊斯说："没人比你更接近我的灵魂。"

第二封信记录了两件重要的事。第一件事，他们发生了矛盾、争吵。当时因"夹在你我之间的那些人"所说的谗言，乔伊斯怀疑诺拉出轨，甚至疑心儿子也不是自己的，但很快误会解除，他苦苦恳求原谅；第二件事，他签了《都柏林人》的出版合同，文学史上最重要的一部小说集进入产房待产。

第三封信就……飞起来了。其实乔伊斯是一个温文尔雅的人，在公共场合说脏字都会让他不自在，但在情书里他彻底解放自我，展现出激情澎湃、满口秽语的一面。他将这种释放归功于诺拉："最亲爱的，我从来不开黄腔，不讲粗话。你从来没听见我在别人面前说过一句不合适的话吧？人家在我面前讲下流淫荡的故事时，我几乎不笑……可是，你把我变成了一头野兽。"

除了屁，其他信里还描写过屎尿，倒是契合庄子的理论：真正的"道"寓于屎溺之中。从乔伊斯信中的一些描述来看，诺拉给他写的信也是同样的风格，大胆、性感。

在他的情书集中，这一封还算是没那么荤的。作为一个有点儿精神洁癖的人，我翻译那段带着响声和气味的屁文时，十分难受，而且书信体裁是第二人称，就像对方在跟我说话，我忍不住暗忖：如果男朋友给我写这种屁情书，我一定会踩着风火轮去跟他分手——当然，会写《尤利西斯》的男人除外。

问题来了：这种极其私密的信，两位当事人怎么可能允许它们被公之于众？……乔伊斯逝于1941年，10年后诺拉亦离开人世。1957年，乔伊斯的弟弟斯坦尼斯劳斯的遗孀把这些信卖给了康奈尔大学，后世读者才得以见到。诺拉的回信至今尚未被公开。

乔治·布什致妻子芭芭拉·布什

亲爱的芭[1]：

这封信写起来本该很轻松——选择词句很容易，要告诉你打开报纸看到我们的订婚公告时的狂喜，也不难。可不知为什么，我觉得一封信完全无法表达出我想说的一切。

我用全部身心爱着你，宝贝，我深知爱你就是我生命的意义。我时常想象我们未来生活的无尽幸福，有你这样的母亲，咱们的孩子多幸运啊！

……星期三一定会举行授衔仪式，我真希望你能到场。明天我会给妈妈打电话，跟她讲我的计划。我的很多战友没让父母或妻子来，所以你可以冒充某位夫人。只要说你丢了邀请函，然后报上名字，他们一查名单，就能找到你。如果你能来，那我会有多自豪！

以后我会给你详细讲最近一次的飞行训练。要干的事太多，时间又太少，有时还挺棘手的。不过认真对待问题的成效已经慢慢体现出来了。我被任命为枪炮长助理，霍尔上尉离职后我就会升任枪炮长。虽然担心难以胜任，但我还是很激动，详情容后再叙。

---

1. 芭芭拉的昵称。

最近狂风劲吹，不得不最大程度地减少飞行。我的战机现在是2号，正在匡希特机场安装相机。我把它命名为"芭2号"，不过只能在心里叫，因为大西洋舰队不允许我们自己给飞机取名。

晚安，我的美人。每次我夸你漂亮的时候，你都开玩笑要杀了我，但你只能接受——

周四我可能休假。亲爱的，我所有的爱都给你——

波比

自1943年12月12日始正式成为你的未婚夫

* * *

一身兼任美国总统之妻、之母的女性有两位：阿比盖尔·亚当斯和芭芭拉·布什。不过小约翰·亚当斯就任时，他母亲已经去世，所以芭芭拉还可以独享这个纪录：唯一活着见证丈夫和儿子当选总统的人。其实她自己的皮尔斯家族也与总统有些关系，她父亲是美国第14任总统富兰克林·皮尔斯的后代。

1941年圣诞节，16岁的芭芭拉在学校舞会上认识了17岁的高中生乔治·布什。他觉得她美得耀眼，她认为他英俊得发光，"我第一次见他，几乎没法呼吸"。两人很快确定关系，此时第二次世界大战正如火如荼，乔治高中毕业后志愿加入美国海军，而且加入的是伤亡率最高的海军航空兵舰载机部队。经过一年多的飞行训练，积累了300小时的飞行经验，完成航母甲板上高难度起降训练。1943年6月9日，还差三天才满19岁的乔治被授予海军准尉军衔，成为当时美国海军最年轻的飞行员。几个月后他跟芭芭拉订婚，在报纸上登出了订婚公告，上面的信即写于订婚之后。

那是战争期间普通又不那么普通的一封战士家书，倾诉思念和爱意，斗志昂扬，对当时在部队中的成绩感到满意，还有一点儿小狡黠，"你可以冒充某位夫人。只要说你丢了邀请函，然后报上名字，他们一查名单，就能找到你"。虽然这时候他说"舰队不允许我们自己给飞机取名"，但后来他还是成功地把芭芭拉的芳名写上去了。在战机记者拍到的照片中，有一张是乔治坐在机舱里，下方是"Barbara III"的字样。先后有三架鱼雷轰炸机是用芭芭拉的名字命名的：芭芭拉1号、2号和3号。

1944年9月2日，乔治与战友驾驶轰炸机执行对日本父岛列岛的轰炸任务，飞机被防空火力击中，14位飞行员在飞机坠毁前跳伞，5人阵亡，8人被俘。这8名战俘在遭受折磨后被杀害，更骇人听闻的是，其中4人竟被分尸吃掉了，原因是日军认为吃战俘的肉能增加勇气。只有乔治一人在跳伞坠海、漂流四小时后，被一艘美国潜艇救起，奇迹般生还。因其英勇表现，他获得一枚卓越飞行十字勋章。

劫后余生，这位21岁的飞行员一回家乡便利用假期举行婚礼。1945年1月6日，他与20岁的芭芭拉成婚，开启长达73年的婚姻。在上面那封信里他憧憬过与芭芭拉养育子女，"有你这样的母亲，咱们的孩子多幸运啊"。芭芭拉为此做出的牺牲是，订婚后就从著名的史密斯学院退学了。婚后他们共养育六个孩子，四男二女，长女于3岁夭折。

飞行员们有个术语叫"Ceiling and Visibility Unlimited"（简称CAVU），大意是"高空晴朗，能见度高得没上限"。后来乔治把这四个字母刻在木牌上，挂在家中，他说："十八九岁我在太平洋战区心惊胆战地当飞行员，我们起飞前最希望听到的就是CAVU。这就是我对人生的感受，芭芭拉和我不要求更好的了，我们真的很幸福，心满意足。"

看完这些资料，我都不忍心去搜索"George Bush affair"（乔治·布什的风流韵事）。但我还是搜了。果然，他也有过婚外情，还是在北京发生的，跟他的金发女秘书。当时布什在京担任美国驻华办公室主任时传出了这一绯闻，芭芭拉曾为此深陷抑郁，甚至试图自杀。

结婚47周年的庆典上，她说："乔治是我一生中唯一亲吻过的男人。"

2014年6月，老乔治以高空跳伞的方式，庆祝自己的90大寿，想必也是纪念当年那次跳伞生还。他和芭芭拉共享另一项纪录：史上婚龄最长的总统夫妇。芭芭拉故于2018年4月，仅仅半年后乔治亦与世长辞，跃向彼岸之海。

哈里·杜鲁门致贝丝·杜鲁门[1]

1920 年 6 月 28 日：幸福的一年。
1921 年 6 月 28 日：诸事顺遂。
1922 年 6 月 28 日：破产，艰难度日。
1923 年 6 月 28 日：上任东部法官，可糊口。
1924 年 6 月 28 日：女儿 4 个月了。
1925 年 6 月 28 日：失业。
1926 年 6 月 28 日：仍然失业。
1927 年 6 月 28 日：当上首席法官——又有口饭吃了。
1928 年 6 月 28 日：一切顺利。钢琴。阿尔·史密斯[2]。
1929 年 6 月 28 日：10 月爆发经济危机。
1930 年 6 月 28 日：大萧条持续。
1931 年 6 月 28 日：女儿 7 岁了。
1932 年 6 月 28 日：道路竣工。
1933 年 6 月 28 日：人事部主任。
1934 年 6 月 28 日：大楼竣工。竞选参议员。
1935 年 6 月 28 日：美国联邦参议员……
1936 年 6 月 28 日：费城法案。罗斯福连任总统。

---
1. 杜鲁门妻子伊丽莎白·弗吉尼亚·华莱士·杜鲁门的昵称。
2. 曾两次出任纽约州州长，是美国历史上第一位信仰天主教的总统候选人。

1937年6月28日：在华盛顿风光无限。

1938年6月28日：非常幸福，玛吉[1]14岁了。

1939年6月28日：指定立法。

1940年6月28日：参议员竞选开战。

1941年6月28日：参议院特别委员会。玛吉想当歌手。

1942年6月28日：依旧快乐。

1943年6月28日：公务繁忙。

1944年6月28日：讨论我当副总统的事。这差事不咋样。

1945年6月28日：成为副总统，接任总统。"二战"结束。

1946年6月28日：玛吉毕业，当了歌手。第八十届国会召开。

1947年6月28日：马歇尔计划，希腊、土耳其问题。结婚28周年庆典。

1948年6月28日：艰苦地竞选连任。快乐的一天。

1949年6月28日：连任总统。还是快乐的一天。

1950年6月28日：朝鲜战争，一段艰难时期。

1951年6月28日：在基韦斯特度过快乐的一天。

1952年6月28日：开心极了。

1953年6月28日：1953年1月20日，卸任。回家。好多玫瑰花。

1954年6月28日：快乐的35周年纪念日。

1955年6月28日：乱七八糟，不过还是很快乐。

1956年6月28日：伟大的一天——更多选举。

1957年6月28日：又来到这一天，哈里会说，朝着钻石婚

---

1. 杜鲁门的女儿玛丽·玛格丽特·杜鲁门的昵称。

前进，已经数过 38 个纪念日啦！

H. S. T
1957 年 6 月 28 日
于密苏里州堪萨斯城

* * *

这是一位丈夫在结婚周年纪念日时给太太写的"婚姻编年简史"。两人是发小，在主日学校里相识时，哈里 6 岁，贝丝 5 岁，还属于吃饭不知饥饱的岁数，虽然哈里常说他一见到贝丝就爱上她了，不过那是"事后诸葛亮"式的浪漫说法。1910 年的某一天，哈里的姨妈塞给他一套蛋糕盘，让他还给街对面的华莱士家。他按响门铃，来应门的是 25 岁的少女贝丝，自此他们开始长达 9 年的恋爱。

华莱士家族是邑中望族，而哈里出身贫苦，父亲是贩骡马的。他的家世差到什么程度？历任美国总统只有他一个人祖籍不明，因为出身太寒微，后世研究者怎么挖也挖不到他的家谱记载。贝丝的母亲极力反对女儿跟这穷青年谈恋爱，他们的约会只能在起居室或后门廊处偷偷进行。迫于母亲的压力，1911 年，贝丝拒绝了哈里的第一次求婚，两年后才下定决心违抗母命，答应嫁给他。

1917 年，美国正式向德国等同盟国宣战，加入第一次世界大战。哈里入伍，被派往法国作战。贝丝希望在他上前线之前完成婚礼，战争期间，很多青年情侣选择这样做。但求婚那么积极坚决的哈里，这时却反过来拒绝结婚：他为她考虑得更远，他说服她，应该等他回来再决定，以防战争给他留下永久性伤残。D. H. 劳伦斯的小说《查泰莱夫人的情人》讲的就是哈里所顾虑的那种坏的可能：1917 年，青年查泰莱上了战场，假期回来与未婚妻康妮匆匆完婚，又返回部队。不久后他负伤回国，腰部以下永久瘫痪，导致康妮过上了守活寡的痛苦生活。幸好两年后哈里完整健康地退伍回国，1919年6月28日，35岁的他与34岁的贝丝终于结婚了。

婚后他们的日子怎么样？看上面那封情书，一目了然。"艰难"这个词出现了好几次。1922年破产，1925年、1926年失业，1929年、1930年经济大萧条，后来日子渐渐好起来，从1934年竞选参议员开始，哈里的人生走上了上坡路，直到1945年，"密苏里州的小人物"哈里，成了杜鲁门总统——1945年4月12日，时任美国总统罗斯福突发脑出血去世，副总统哈里·杜鲁门接任。据说贝丝得知消息后，失声痛哭，因为她只想要平静的生活。等到1950年朝鲜战争爆发，又是一段艰难时期……我想起电影《岁月神偷》里鞋子作坊的老板娘说的：人生就是一步难、一步佳。不管总统还是鞋匠，人人如此。

哈里终身坚守对贝丝的忠诚和爱，创作情书，笔耕不辍。杜鲁门总统博物馆曾公开展览他一生写下的一千多封情书，史学家给它们取了个专门称呼叫"亲爱的贝丝"。在这些信件中能看到，杜鲁门不光谈感情，还经常就自己的政治行为征求妻子的意见，他的许多重要演讲稿由贝丝撰写，为此他管她叫"老板"。

1972年，89岁的哈里在老妻陪伴下逝世。据说，贝丝在丈夫去世后每天都读那封"编年史"情书，直到1982年身故，享年97岁。她是美国历史上最长寿的第一夫人。

斯托夫人致丈夫卡尔文

78 我最亲爱的丈夫：

跟结婚那天相比，现在的我已判若两人，我跟天父的关系也有了很大变化。我对生活的全部渴望就是生活在爱的包围中，倾注热情地去爱。夫妻分离是对我的第一次考验，但即将当上母亲的期待，又为我带来慰藉。没人像我那样迫切地渴望见到孩子的小脸，心中充满那样澎湃的给予之爱。接下来，疾病、痛苦、困惑、持续的沮丧，日日夜夜消耗我的生命，丈夫离开了……而你的归来只是增加了困扰。

身为人母，我获得的抚慰是多么有限啊，我所计划的一切都搅在一起，混杂不清，我的青春又怎么就被篱笆圈住了呢？

总之，上帝教会我，不要让家庭事务主宰我情绪的悲喜，为这个我从心底感激他。人们自然会猜测我俩这样的一对，怎么结合在一起——同样敏感得近乎病态，可性格方面很多又截然相反。一个脾气草率，容易冲动；一个神经过敏，忧心忡忡。一个追求精确，一板一眼；另一个则讨厌所有的繁文缛节。综上所述，人家推测我们生活中充满摩擦也是必然的了。

如果上帝无意给我们施加最沉重的外部压力，这些终究不会起多大作用……你的失败之处、你的错处，在我眼中都是一个爱人会犯的错，就是那个无论如何我的心都会选择的人，假设我现在是自由之身，仍会不顾一切去爱的人。虽然我不能再像新婚时那样盲目地、傻傻地爱你，但现在我的爱依然真挚，只是更加理智了。

说到未来的日子——我们的婚姻生活，我认为，曾经挡在我们幸福之路上的障碍，有两到三样。

第一，你我身体上的问题，比如你的忧郁症、病态的情绪不稳，对此唯一的解决办法就是悉心照料，关注健康的种种规律；至于我，毛病在于过度敏感、思维混乱，需要对头脑和记忆加强控制，而我抱怨和挑剔的次数变得越来越多，随着病情好转，这些问题有望慢慢解决。我还希望我们都能认识到关注健康的重要性。

第二，我们应该拟定明确的计划，监督彼此的进步，下定决心，定下确切的时间和地点帮助彼此提高，并且承认自己的失误，为对方祈祷，这样下去我们一定能康复如初。

无比爱你的 H

1847 年 1 月 1 日

* * *

哈丽雅特·比彻·斯托，美国作家，坚定的废奴主义者，19世纪最具影响力的女性之一。她的代表作《汤姆叔叔的小屋》前所未有地揭示了被奴役者的困境，许多历史学家认为正是这本书引发了美国内战。该书也是最早被翻译并引入我国的外文小说，首次出版于清光绪二十七年（1901）——《辛丑条约》签订之年，有识之士无不屈辱愤恨，译者林纾"触黄种之将亡，因而愈生其悲怀"，期望以《黑奴吁天录》（《汤姆叔叔的小屋》林纾译本译名）"为振作志气，爱国保种之一助"，呼唤中国人民警醒起来，为独立、自由、平等而奋斗。

哈丽雅特出生于康涅狄格州的一个显赫家庭，她的12个兄弟姐妹（有些是她父亲丧妻再婚后生的）中许多人是社会活动家，并参与了废奴运动。哈丽雅特在姐姐创办的女子学院任教，闲时写些小说和散文。她所在的州与奴隶制合法的肯塔基州隔河相望，因而经常遇到逃亡的奴隶，亲耳听他们讲了很多令人心碎的故事。

1836年，她与34岁的卡尔文·斯托结婚，从此被称为"斯托夫人"。卡尔文自幼好学，入读鲍登大学期间与未来的美国总统富兰克林·皮尔斯是同班同学，毕业后任教于神学院，是一位受人尊敬的学者和神学家。难能可贵的是，卡尔文一直热情鼓励妻子从事写作事业，告诉她"一定要成为一名女文学家"。

不过从上面的信中能看到，卡尔文虽然精神上支持，但可能未从行动上减轻母职给哈丽雅特造成的负担。她描述生下孩子之后的"疾病、痛苦、困惑、持续的沮丧，日日夜夜消耗我的生命"，我猜她当时陷入了一定程度的产后抑郁，这个时候最应该提供抚慰的是孩子父亲，然而"丈夫离开了……"，好不容易等到他回来，却又觉得还不如不回来，"你的归来只是增加了困扰"。困扰从何而来？她本来幻想丈夫伸出援手，把她解救出去，但盼望成空。她对丈夫是有微词的，但也只是轻轻地抱怨一两句。"身为人母，我获得的抚慰是多么有限啊。"

婴儿刚出生时，要求养育者付出极高的专注、精力、耐性。哈丽雅特的哀叹，古今如一。"我的青春又怎么就被篱笆圈住了呢？"但她仍是理智和克制的，哀怨的话就这么多，后面的态度陡然转为积极。从她的叙述来看，卡尔文不够健康的精神状态曾让他们发生矛盾，这封信应该是在一段不太平顺、让她屡出怨言的生活之后写的，可能还大大地吵过架。哈丽雅特善意地替他宽解，"你的错处，在我眼中都是一个爱人会犯的错"。她对未来婚姻的展望也十分乐观,"监督彼此的进步……承认自己的失误",和和气气地,像是跟合作项目的同事商量怎么磨合。

我没找到关于斯托夫妇更多婚姻细节的报道,不知她的磨合方案管用了没有。她经历了更多分娩,一共生了七个孩子。1851年,18个月大的儿子查尔斯死于霍乱,这让她几乎被悲伤摧毁。后来她说,丧子之痛让她更同情在奴隶拍卖区被分开的黑人家庭,她懂得了孩子被强行夺走时母亲的心碎。她把这种痛苦写进了小说,《汤姆叔叔的小屋》中的黑奴汤姆,被迫与妻子和孩子分离,在拍卖会上被卖掉……

这本书出版后,第一周就卖了1万册。在接下来的一年里,它在美国卖出30万册,在英国卖出100多万册。斯托夫人一夜成名,到美国和英国各地巡回演讲,宣传《汤姆叔叔的小屋》和她的废奴主义观点。但在那个时代,人们认为女性在公开场合面对男听众讲话,是不得体的行为。因此,尽管是为她举办的活动,也只能由她的丈夫或兄弟拿着稿子替她发言。

1864年,卡尔文从神学院退休,举家迁往康涅狄格州的哈特福德——马克·吐温在情书里跟妻子憧憬的那个地方,跟吐温家做了邻居。斯托家的七个子女,有三个因病或事故死于青壮年,还有一个于1870年去往加州,从此下落不明。

271

罗纳德·里根致南希·里根

79 亲爱的莫米·噗：

他们把 2 月 14 日当作节日，称"情人节"，但这天是给那些不走运的人的。

从 1952 年 3 月 4 日开始，我就拥有"终身情人节"，只要我有你，这节就会一直过下去。

因此，明白你的重要性之后，我想问：你愿不愿意做我的情人，从现在直至永恒？你瞧，我没什么选择余地，要么过情人的一生，要么根本没有"一生"，因为我深深爱你。

"老爸"

1960 年 2 月 14 日

80 我亲爱的第一夫人：

在结婚 15 周年纪念日这天，我望着躺在我身边的你，暗忖：为什么人们只把你当作第一夫人？15 年来，你是我的"第一"，实际上也是我的唯一。

听起来有点儿怪，15 年，好像只过了几分钟，时间过得太快了！如果说还有什么遗憾，那就是我们曾暂时分离，我醒来你却不在身旁。哪天你得给我解释一下：你是怎么做到 15 年来熟睡时都像 5 岁的小姑娘一样可爱？也许这跟我在 15 年中所做的事有关——因为在我看到你之前,我没有真正的生活。

感谢你带给我生活与生命,感谢你赐予我世人所能拥有的最圆满的幸福。

我如此爱你,这爱意与日俱增。

你的丈夫
1967 年 3 月 4 日

* * *

先做个名词解释。罗纳德称呼南希"Mommie"(莫米),那是"Mommy"的昵称,后者不是"妈咪",它的每个字母都代表一个词,分别是:Misery("痛苦"),Only("没有你我会死掉的"),Much("分开时我想死你了"),Million("我爱你的百万种方式"),Yippie("耶!我好开心")。

罗纳德·里根,年轻时高大英俊,做过救生员,"二战"时当过兵,当过广播电台主持人,在好莱坞浮浮沉沉,签约华纳兄弟电影公司之后,演了 50 多部电影,却还是个三流演员,第一任妻子是奥斯卡影后简·怀曼。他跟南希相遇时 38 岁,刚刚离婚,遭遇华纳兄弟裁员,偶尔还要"沉沦下僚",到夜总会里演一演赚钱糊口。然而在南希的"理想结婚对象"名单(是字面意思,她真的写了个单子)上,演员工会主席罗纳德·里根排在第一位。1949 年 11 月,两人开始约会,后来的里根总统在自传里写道:"南希给出的是一个美妙、神奇、充满温暖与满足的世界。"1952 年 3 月 4 日,他们结婚了。"从 1952 年 3 月 4 日开始,我就拥有'终身情人节',只要我有你,这节就会一直过下去。"也许爱的真理箴言就那么多?看到这句简直可以唱出来:"其实爱对了人,情人节每天都过。"

1966年里根当选加州州长，南希成为加州第一夫人，上面的第二封信就是他任期第二年结婚纪念日写给南希的。

从梦境回到现实世界，刚跨越那条界限，是人最脆弱的时候，迷离恍惚，理智尚未接管情绪，对人在世间孤身一人这件事的感觉格外清晰。在罗尼（南希对丈夫的昵称）心中，那个时刻一定很重要，因此他最遗憾的是"我醒来你却不在身旁"。他还非常喜欢醒来静静看妻子睡觉的模样，在上面的第二封信里他形容南希"15年来熟睡时都像5岁的小姑娘一样可爱"。

而在1963年的一封信里，他写道："你知不知道，你睡觉时会把手蜷起来，垫在颏下？很多个清晨，我醒来看着身边的你，就这么一直看着，怕弄醒你，可又实在忍不住想抚摸你。"

1980年11月，里根当选总统。在他们长达51年的婚姻中，每年3月4日，他都会写一封情书，坚持了40多年，直到疾病侵蚀智力与记忆。1994年，里根向公众宣布自己患上阿尔茨海默病，擅长写信的他给美国人民也写了一封真挚的告别信："我们衷心希望这（指他公开病情）能进一步提高人们对阿尔茨海默病的警惕。或许这能促使人们更好地理解罹患此病的个人和家庭……我只希望有一种方法，能使南希从这种痛苦中解脱出来。当这一时刻来临之时，我相信，有你们的帮助，她将有信心和勇气面对这一切。"他说的"这一时刻"便是死亡。

其实里根患病后，以他们的财力，南希完全可以把护理工作交给保姆与护工，但她没有，而是坚持跟工作人员一起照顾丈夫，尽心尽力，那是一种让人肃然起敬的深情。在生命的最后几年，罗纳德已无法认出妻子，他不能讲话、行走，也不能自己进食。媒体曾用"The Gaze"来特别形容南希凝望丈夫的真挚、深情的目光。2004年，罗纳德·里根去世。临终前，他出人意料地睁开眼睛，凝望南希，就像无数个清晨看着熟睡的"5岁小姑娘"，他们的女儿形容他的目光"清晰澄蓝，充满生气"。那是他们最后一次对视。

所有人都相信，那一刻他是认得她的。"没有什么比两个人心灵合一的爱更坚强。爱使一个人在弥留之际睁开眼睛，跨越疾病的障碍，重燃生命之火。"

....

....

....

....

....

....

....

....

....

....

....

* 第 81 封信由读者你写出。